MORD AUF HARTIGAN HOUSE

EIN FALL FÜR GINGER GOLD #2

LEE STRAUSS

Übersetzung
STEPHANIE VON DER MARK

Lektorat
JUDITH ZIMMER

la plume
PRESS

Library and Archives Canada Cataloguing in Publication Title: Mord auf Hartigan House / Lee Strauss. Other titles: Murder at Hartigan House. German

Names: Strauss, Lee (Novelist), author, Stephanie Von der Mark (Translator), Judith Zimmer (Editor)

Description: Series statement: Ein fall für Ginger Gold ; 2 | "Ein 1920er-jahre cosy-krimi". |Translation of: Murder at Hartigan House. | Text in German.

ISBN: 978-1-77409-493-8 (d2d) Classification: LCC PS8637.T739 M8215 2023 | DDC C813/.6—dc23

EIN FALL FÜR GINGER GOLD

MORD AUF HARTIGAN HOUSE

1

*A*n der Eingangstür von Hartigan House blieb Ginger Gold stehen. Sie hatte keine großen Gefühle erwartet, aber nun überkam sie eine Welle der Melancholie. Dieses prachtvolle, dreistöckige Gebäude aus hellem Kalkstein in der malerischen Straße Mallowan Court in Kensington war in den Kriegsjahren gealtert. Die Mauern wirkten grauer, der Garten verwildert. In den ersten acht Jahren ihres Lebens war dies ihr Zuhause gewesen. Es war schon ein Jahrzehnt vergangen, seit sie damals während ihrer Hochzeitsreise 1913 zum letzten Mal hier gestanden hatte.

Doch ihre überwiegend glückliche Kindheit war längst vorbei, ihr lieber Ehemann schon lange verstorben.

Haley Higgins, Gingers gute Freundin und Reisebegleiterin, bemerkte ihr Zögern. »Ist alles in Ordnung?«

»Hartigan House birgt eine Menge Erinnerungen.« Ginger fühlte sich hin- und hergerissen zwischen London, wo sie zur Welt gekommen war, und Boston, der Stadt, in der

sie aufgewachsen war. Dort, am Beacon Hill, hatte sie zwei-
undzwanzig Jahre lang gelebt, doch England war immer
noch tief in ihrer Seele verwurzelt.

Aber jetzt, da sie endlich wieder hier stand, war die
Freude über das Wiedersehen mit Beunruhigung verbunden. Noch an Bord der *SS Rosa* hatte sie ein Telegramm
erhalten: GRÄSSLICHER DACHBODENFUND AUF
HARTIGAN HOUSE.

Ginger sammelte sich, trat an die Haustür und betätigte
den schmiedeeisernen Türklopfer.

»Eigentlich ist es doch *dein* Haus, nicht wahr?«, fragte
Haley. Dabei strich sie sich eine lange braune Locke hinters
Ohr, die sich aus ihren zu einem falschen Bob hochge-
steckten Haaren gelöst hatte. »Da musst du doch nicht
anklopfen.«

»Ich habe aber keinen Schlüssel, und ich bin mir ziemlich sicher, dass die Tür zugesperrt ist.«

Haley versuchte, den Knauf zu drehen, und musste
Ginger recht geben.

Ginger rückte ihren gelben Cloche-Hut mit dem blauen
Band zurecht, der wunderbar zu ihrem feinen Leinenanzug
passte, den sie auf der Fifth Avenue in New York gekauft
hatte, und prüfte mit den behandschuhten Händen den Sitz
ihres roten Bobs. Boss, der kleine Boston Terrier, saß
gehorsam zu ihren Füßen.

Man erwartete ihre Ankunft bereits, denn Ginger hatte
vor der Abreise aus Boston ein Telegramm mit den Daten
geschickt. Schon öffnete sich die Tür und vor ihnen stand
Pippins, der Butler. Auch ihn schienen die Jahre eingeholt
zu haben. Seine Schultern waren gekrümmt, sein Haupt-
haar hatte er fast gänzlich verloren. Doch die kornblumen-

blauen Augen strahlten wie eh und je, als er Ginger erblickte.

»Meine liebe Lady Gold.« Das leichte Zittern in der Stimme verriet, wie bewegt er war. Eine traurige Erinnerung blitzte vor Gingers innerem Auge auf: Sie als dürres rothaariges Mädchen, wie sie weinend vom Vater mitgenommen wurde und ein letztes Mal zum geliebten Butler zurückblickte.

Eine einzelne Träne löste sich aus ihrem Augenwinkel, dann warf sie sich in seine Arme. »Oh, Pips.«

Clive Pippins, der sich bei dieser unorthodoxen Begrüßung erst einmal versteifte, erwiderte schließlich die Umarmung. Dann löste sich Ginger von ihm, trat zurück und verschränkte die Hände. Sie spürte Pippins' Verlegenheit und nun war ihr die stürmische Begrüßung selbst ein wenig peinlich. Gerade in England achtete man stets auf gute Umgangsformen, und es gehörte sich einfach nicht, einem Hausangestellten so offen seine Zuneigung zu bekunden. Sie räusperte sich und lächelte. »Wie schön, Sie wiederzusehen, Pips.«

Pippins stand aufrecht, die Hände hinter dem Rücken. »Noch einmal mein herzliches Beileid zum Verlust Ihres Vaters. Mr Hartigan war ein guter Mann.«

»Ich danke Ihnen.« Ginger vermisste ihren Vater sehr, aber Pippins zu sehen und zu wissen, dass er ihr treu ergeben war, half ihr über den Schmerz hinweg.

Ginger warf einen Blick auf Haley, die erwartungsvoll in ihrem braunen Tweed-Anzug und den robusten Oxford-Schuhen mit Absätzen neben ihr stand. »Wo sind nur meine Manieren? Pippins, das ist meine gute Freundin, Miss Higgins.«

Pippins verbeugte sich. »Madam.«

»Guten Tag, Mr Pippins.« Haleys Bostoner Akzent war nicht zu überhören. Sie streckte die Hand aus, und Lachfältchen zeigten sich in ihren Augenwinkeln, als sie lächelte. »Ich bin eine Bürgerliche.«

Pippins' Lippen zuckten amüsiert. Mit kräftigem Schütteln nahm er ihre Hand.

»Miss Higgins war in den letzten drei Jahren Vaters Krankenschwester«, erklärte Ginger. »Sie ist nach London gekommen, um hier an der London School of Medicine for Women zu studieren.« Ginger hängte sich bei Haley ein. »Sie wird bald Ärztin sein!«

Pippins nickte anerkennend. »Wie wunderbar.«

Ginger hob ihren Boston Terrier hoch und streichelte ihm liebevoll über den schwarzen Kopf. »Und das hier ist Boss. Kurz für Boston.«

»Ein hübsches Exemplar, Madam. Wie war Ihre Reise?«

»Sehr angenehm«, antwortete Ginger. »Abgesehen von einem kurzen, aber heftigen Sturm war das Wetter sehr gut.« Den Mord, der an Bord der *SS Rosa* geschehen war, und die Rolle, die sie und Haley bei dessen Aufklärung gespielt hatten, verschwieg sie lieber.

Endlich hatte Ginger die Gelegenheit, sich in der Eingangshalle umzusehen. Sie erkannte den schwarzweißen Fliesenboden wieder, ebenso den großen Kronleuchter, der von der Deckenhöhe des ersten Stockwerks herabhing, und die Fenster zu beiden Seiten der geflügelten Eingangstür, durch die natürliches Licht hereinfiel. Die imposanten Arekapalmen aus Indien, die früher in großen Keramiktöpfen am Fuße des Treppenaufgangs platziert gewesen waren, fehlten. Das war wohl zu erwarten, wenn ein Haus so viele Jahre lang leer gestanden hatte.

»Wir haben keinen Diener, Madam«, sagte Pippins, »aber ich bringe Ihre Sachen gerne herein.«

Pippins, der alte Junggeselle, musste mittlerweile über siebzig sein. Ginger wollte ihn nicht mit so einer mühsamen Aufgabe belasten. »Es ist schon in Ordnung, Pips. Ich habe dafür gesorgt, dass unsere Sachen mit einem Lieferwagen gebracht werden. Der Fahrer wird allein damit zurechtkommen.«

»Sehr wohl, Madam.«

Ginger betrachtete ihn wehmütig. »Jetzt werden Sie mich wahrscheinlich nicht mehr wie früher ›Kleine Miss‹ nennen, oder?« Diesen Kosenamen hatte Pippins ihr einst gegeben. Damals war er der Einzige unter den Dienstboten gewesen, der sich Zeit für sie genommen hatte. Er hatte heimlich Spielchen wie »Ich sehe was, was du nicht siehst« und »Kreis und Kreuz« (beziehungsweise »Drei gewinnt«, wie Haley es nannte) mit ihr gespielt. Allerdings nur, wenn ihr Vater nicht dabei war oder jemand anders vom Personal, denn so etwas ziemte sich nun mal nicht für einen Hausangestellten. Bei diesen nostalgischen Erinnerungen zog sich ihr Herz zusammen.

»Kleine Miss‹, Madam?« Seine Augen blitzten bei dieser Erinnerung auf. »Ich glaube nicht, Madam«, sagte er lächelnd.

Ginger stieß einen verspielten Seufzer aus. Natürlich hätte »Kleine Miss« auch nicht zu einer dreißigjährigen Frau gepasst.

»Darf ich Ihnen Tee bringen, Madam?«, fragte Pippins.

»Nach der Zugfahrt von Liverpool sind Sie gewiss erschöpft.«

»Tee klingt wunderbar, Pips, aber zuerst müssen wir wissen, was es mit Ihrer dringenden, geheimnisvollen Nachricht auf sich hat«, sagte sie und meinte damit das Telegramm. Ihre Neugierde war größer als der Wunsch, die Füße hochzulegen. Abgesehen davon hatte sie im Gasthaus in Liverpool gut geschlafen und war nicht sonderlich müde.

»Sie haben etwas Unangenehmes gefunden?«

»Ich glaube sogar, dass das Wort ›grässlich‹ verwendet wurde«, fügte Haley hinzu. »So ein starkes Wort. Ich würde zu gern wissen, auf was sich das bezieht.«

Pippins' Gesichtsausdruck wurde ernst. »Es ist in der Tat grässlich, also machen Sie sich auf etwas gefasst. Wenn Sie mir folgen möchten.«

Die breite Treppe führte in einem Bogen auf die Galerie im ersten Stockwerk, die die hohe Eingangshalle umrundete. Am hinteren Ende des Treppenabsatzes befand sich eine Tür, die von den Bediensteten benutzt wurde, um in den ersten Stock zu gelangen. Sie öffnete sich zu einem schmalen Treppenhaus mit steilen Stufen, die hinunter zur Küche und hinauf zum Dachgeschoss führten, in dem sich die Schlafräume des Personals befanden. Die Zimmer der Frauen befanden sich im Westflügel, die der Männer lagen auf der Ostseite.

»Entschuldigen Sie bitte, dass ich Sie durch den Dienstbotengang führe, Madam.«

»Kein Problem, Pips.« Ginger hoffte sehr, dass es sich bei dem »grässlichen« Fund auf dem Dachboden um etwas Triviales handelte, so etwas wie Holzfäule oder Schimmelbefall. Ihr war allerdings nicht klar, warum Pippins nicht einfach selbst die Reparaturen in Auftrag gegeben hatte. Vielleicht fühlte er sich, seit er wieder auf Hartigan House arbeitete und nun Ginger statt ihrem Vater unterstellt war, nicht mehr befugt, solche Entscheidungen eigenständig zu treffen.

»Ich platze vor Neugier, Pippins«, sagte Ginger. »Geben Sie uns doch einen Hinweis.«

Zögerlich sagte er: »Ich weiß wirklich nicht, wie ich es beschreiben sollte.«

»Können wir eine Pause einlegen?« Haley blieb auf halber Höhe der Treppe stehen. »Ich bin nicht mehr in Form.«

»Mir geht es ähnlich«, sagte Ginger. »Pippins bringt uns in Verlegenheit.«

Pippins blähte seine Brust vor Stolz auf. »Das kommt vom jahrelangen, täglichen Auf und Ab, Madam.«

Ginger lachte. »Vielleicht sollten wir hier oben ein Zimmer beziehen, Haley.«

Augenblicklich wurde Pippins mürrisch. »Auf keinen Fall, Madam.«

Bevor Ginger erklären konnte, dass sie es nicht ernst gemeint hatte, marschierte Pippins den Flur durch die Unterkünfte der Männer entlang bis zum hintersten Zimmer. Dort zog er einen Schlüssel aus der Tasche. »Ein Generalschlüssel, Madam«, erklärte er. »Er öffnet alle Türen im Dachgeschoss.«

Das Schloss klickte, dann schwang die Tür auf.

Als Ginger über die Schwelle trat, entfuhr ihr ein Schre-ckensschrei.

Um Himmels willen!

Mitten auf dem Boden lag ein Skelett.

2

*W*ährend des Krieges hatte Ginger viele Leichen gesehen, doch der Anblick dieser hier auf dem Dachboden von Hartigan House schockierte sie dennoch. »Wer ist das?«

»Wenn ich das nur wüsste, Madam«, erwiderte Pippins.

Der kleine Raum war spärlich möbliert, nur ein schmales Bett stand unter der Dachschräge, an der höheren Seite eine Kommode aus Holz, die von einer dicken Staubschicht bedeckt war. Haley näherte sich den menschlichen Überresten und inspizierte sie.

»Die Leiche befindet sich im trockenen Verwesungszustand. Die Beckenknochen deuten darauf hin, dass es sich um eine weibliche Person handelt, was uns natürlich auch das Kleid schon sagt. An der linken Hand scheint ein Endglied zu fehlen.«

»Du meinst eine Fingerspitze?«, fragte Ginger nach. »Was könnte damit passiert sein?«

»Schwer zu sagen.« Haley zog nachdenklich die Nase

kraus. »Ich bin mir nicht hundertprozentig sicher, aber ich würde schätzen, die Leiche liegt hier schon seit mindestens zehn Jahren.«

»Hartigan House wurde vor zehn Jahren verriegelt«, sagte Ginger. »Die Leiche muss also schon vorher hier gewesen sein.« Sie drehte sich zu Pippins, der schweigend an der Tür stand. »Pippins, wie ist es möglich, dass diese Frau damals nicht entdeckt wurde?«

Pippins bedachte Ginger mit einem Blick, aus dem sein Unbehagen sprach. »Ich fürchte, Madam, die Tür war verschlossen. Wir hatten ein Telegramm von Mr Hartigan erhalten, mit der Anweisung, den Raum nicht zu betreten.«

Von Mr Hartigan? Gingers Augenlider zuckten. »Von meinem Vater?«

Der Butler nickte. »Sie können vielleicht verstehen, warum ich nicht zur Polizei gegangen bin. Ich möchte mögliche Gerüchte von der Boulevardpresse fernhalten. Tatsächlich weiß außer uns dreien niemand in diesem Haus etwas davon.«

»Ich danke Ihnen für Ihre Diskretion«, sagte Ginger. Auf keinen Fall durfte der gute Ruf ihres Vaters durch den Dreck gezogen werden. Der Gedanke, dass er irgendetwas mit dem Ableben dieser Frau zu tun haben könnte, lag schwer wie ein Felsbrocken auf ihrer Brust. Sie schluckte, um das Grauen zu verdrängen. »Sie haben ganz richtig gehandelt, Pippins.«

»Vielleicht kann uns die Kleidung einen Hinweis auf die Identität der Person geben«, überlegte Haley.

Das rote Abendkleid, das flach über den Knochen hing, war von gierigen Motten heimgesucht worden, die den Stoff zerlöchert hatten. Ginger ging neben Haley in die Hocke und strich vorsichtig über das, was von dem Kleidungsstück noch übrig war. »Es ist ein Lucile«, stellte sie fest.

»Ein was?«, fragte Haley nach.

»Das Kleid. Es ist ein Lucile, ein Haute-Couture-Kleid, entworfen von Lady Duff-Gordon.«

»Woher weißt du das?«

»Lady Duff-Gordon hat mehrere Läden in New York. Ich erkenne es am Schnitt. Geschmeidiger Satin, bodenlang geschnitten, mit einer zweiten, kürzeren Lage, die schräg von der Taille abfällt. Dazu der Kontrast zu dem schwarzen Oberteil mit Empire-Taille und der passenden Seiden-schleife auf der rechten Seite. Du hast recht, was den Zeit-rahmen angeht. Das Kleid muss ungefähr zehn Jahre alt sein. Ich hatte selbst mal ein ähnliches.«

»Glaubst du, das Opfer stammt aus New York?«, fragte Haley.

»Nicht unbedingt. Das Modehaus Lucile hat seinen Ursprung in London.«

»Ein Abendkleid würde darauf hindeuten, dass die Frau als Gast auf Hartigan House war, oder?«, überlegte Haley. »Sie muss doch als vermisst gemeldet worden sein.«

»Ja, vermutlich wird die Polizei sie schnell identifizieren können.«

In der Zwischenzeit war Boss unters Bett gekrochen und tauchte jetzt mit staubbedecktem Fell wieder auf.

»Boss!«, rief Ginger. »Sieh dich nur an, wie dreckig du bist!«

»Er hat etwas im Maul.« Haley ging in die Hocke und streckte ihm die Hand entgegen. »Was hast du da, alter Knabe?«

Boss gab seinen Fund frei und setzte sich, wobei sein

wedelndes Stummelschwänzchen auf dem staubigen Holzboden entlangwischte.

»Was ist das denn?«, wollte Ginger wissen.

»Sieht aus wie das fehlende Fingerteil.«

»Und wie ist es unters Bett gekommen?«

»Ratten?«

Gingers Magen zog sich zusammen. Eine Leiche auf Hartigan House und das seit mehr als einem Jahrzehnt? Furchtbar. Ganz und gar furchtbar. »Ich wüsste nur zu gern, wie die Frau ins Herrenquartier gelangt ist«, sagte Ginger. Sie wandte sich an den Butler. »Pippins, wer hat als Letztes in dieser Kammer geschlafen?«

»Sie wurde zuletzt von Mr Andrew Bailey bewohnt.«

»Vaters Kammerdiener?« Ginger stöhnte innerlich auf. Wenn sie nur zu ihrem Vater gehen und ihn um eine Erklärung bitten könnte. Doch leider war das nicht mehr möglich. Dieses Geheimnis würde sie allein aufklären müssen. Und herausfinden, ob ihr Vater auf irgendeine Weise darin verstrickt war. »Lasst uns vorerst kein Wort darüber verlieren.«

»Aber Ginger«, wandte Haley ein, »du kannst doch nicht einfach die Tür wieder absperren und so tun, als wäre nichts geschehen. Die Familie der Frau wird sich fragen, was mit ihr geschehen ist. Der Fund muss gemeldet werden.«

»Ach, Haley, ich weiß ja, dass du recht hast. Aber können wir nicht wenigstens noch einen Tag warten?« Sie brauchte Zeit zum Nachdenken.

Haley seufzte. »Sie liegt seit zehn Jahren hier. Vermutlich wird ein Tag mehr oder weniger nun auch keinen Schaden mehr anrichten.«

Die Klingel der Eingangstür ertönte, was man bis ins

Dachgeschoss hinauf hörte. »Das wird unser Gepäck sein«, wandte sich Ginger an Pippins. »Könnten Sie den Fahrer hereinlassen und ihm unsere Zimmer zeigen? Die Koffer und Truhen sind beschriftet.«

Als Pippins hinausgegangen war, ließ Ginger die Maske fallen. »O Gott, Haley, mein Vater wusste davon!« Ihre Wangen begannen zu glühen, als ihr das Ausmaß der Geschichte bewusst wurde.

Beruhigend legte Haley ihrer Freundin die Hand auf die Schulter. »Du darfst keine voreiligen Schlüsse ziehen. Wir wissen nicht, warum er angeordnet hat, die Tür zu diesem Raum verschlossen zu halten. Er könnte völlig unschuldige Gründe dafür gehabt haben, und irgendwer anderes, der davon wusste, hat es ausgenutzt.«

»Ja, du hast ja recht.« Ginger atmete aus.

»Alles, was wir über die Tote wissen, ist, dass es sich um eine junge Frau handelt, die etwa eins siebzig groß war«, erklärte Haley.

»Und wahrscheinlich als Gast hier war«, fügte Ginger hinzu, »während sie ein Abendkleid von Lucile trug.«

Der Versuch, sich die Ereignisse vorzustellen, die zum Tod dieser armen Frau geführt hatten – und noch dazu in Gingers eigenem Haus –, überforderte sie. Es war einfach zu viel! Ihre Knie zitterten, doch wollte sie sich auch nicht auf das staubige Bett setzen. Stattdessen lief sie im Kreis umher.

»Was willst du jetzt tun?«, fragte Haley.

»Ich hätte nichts dagegen, mich etwas hinzulegen.« Ginger wurde plötzlich von einer Welle großer Müdigkeit überwältigt. Die Zeitumstellung von Boston in Verbindung mit dieser schockierenden Nachricht hatte sie sowohl körperlich als auch seelisch erschöpft.

Nachdem Haley die Tür hinter sich zugezogen hatte, sperrte Ginger ab und steckte den Schlüssel in die Rocktasche. Anschließend gingen sie in den ersten Stock hinunter.

»Du bist in diesem Zimmer hier untergebracht«, stellte Ginger fest, als sie zu einer offenen Tür kamen.

»Woher weißt du das?«

Ginger deutete den Gang entlang zu einer anderen Zimmertür, die ebenfalls offenstand. »Weil ich schon immer dort drüben gewohnt habe. Es war früher einmal mein Kinderzimmer. Außerdem warten hier bereits deine Koffer auf dich.«

»Stimmt«, sagte Haley. Besorgt sah sie Ginger an. »Es wird alles gut.«

Ginger schluckte. »Hoffentlich.«

3

*A*ls Ginger vor ihrem offenen Zimmer stand, überkam sie eine Flut von Erinnerungen, obwohl alle Gegenstände aus ihrer Kindheit längst entfernt worden waren. Der große Raum war stilvoll und luxuriös eingerichtet mit Möbeln, die mit Gold und Elfenbein verziert waren. Ein bodenlanger, kunstvoll gearbeiteter Spiegel stand in der Ecke neben einem dazu passenden Schminktisch. Zwei Sessel mit farblich passenden Streifen standen vor den hohen Fenstern. Ein perfekter Platz, um im hellen Tageslicht Tee zu trinken oder Tagebuch zu schreiben. An der Wand stand ein Bett mit einem aufwendig geschnitzten Kopf- und Fußteil.

Dieses Bett hatte sie einst mit Daniel geteilt. Sie hatten eine Schallplatte von Frank Croxton aufs Grammofon gelegt und auf dem glänzenden Parkett zu *Road to Mandalay* getanzt.

Ginger ließ sich auf einen der Sessel sinken. Boss, der

Gingers trübe Stimmung spürte, kletterte auf ihren Schoß und stupste mit seiner feuchten Nase an ihre Wange.

»Ach, Bossy. Was würde ich nur ohne dich machen?«

Sie streichelte das Tier, während sie auf ihre Kisten, Koffer und Hutschachteln starrte.

Ihren Mann hatte sie das letzte Mal in Frankreich im Sommer 1918 gesehen. Er hatte gedacht, sie wäre dort als Telefonistin im Einsatz, und Ginger hatte ihn in diesem Glauben gelassen. Ihre wahre Rolle im Krieg hatte es ihr ermöglicht, ein paar Fäden zu ziehen, sodass sie einen ganzen Tag und eine gemeinsame Nacht in einem malerischen kleinen Ort in der Nähe von Marseille verbringen konnten. Während der vierundzwanzig Stunden, die sie zusammen waren, wollten sie nicht über den Krieg sprechen, so hatten sie es vereinbart. Daniel musste am nächsten Tag wieder nach Belgien zurück.

Dass Daniel ständig in Gefahr war, wusste Ginger. Aber ihr Mann hatte keine Ahnung, wie gefährlich die Lage auch für sie war. Bevor sie ihm die Wahrheit sagen konnte, war er gestorben. Es schmerzte sie sehr, dass ihr die Gelegenheit verwehrt worden war, ihm alles zu erklären.

Ein zaghaftes Klopfen an der Tür riss sie aus ihren düsteren Gedanken.

»Herein.«

Ein junges Dienstmädchen mit zurückgebundenem dunklem Haar und einem freundlichen Gesicht betrat lautlos den Raum und machte einen Knicks. Sie hielt ein Teetablett in den Händen. »Guten Tag, Lady Gold. Mr Pippins dachte, Sie hätten vielleicht gerne etwas Tee.«

»Ja, da hat er recht. Ich nehme sehr gerne eine Tasse.«

Das Mädchen schenkte ein. »Milch und Zucker,

Madam?«

»Nur Milch. Und wie heißen Sie?«

»Lizzie, Madam«, antwortete sie mit einem erneuten
Knicks. »Mr Pippins meinte auch, dass Sie vielleicht Hilfe
beim Auspacken gebrauchen könnten?«

»Ja, das wäre fabelhaft. Mein Mädchen aus Boston hat
sich leider geweigert, mich zu begleiten«, erklärte Ginger.
»Sie hat Angst vor dem Ozean.«

»Oh, wie traurig, Madam«, sagte Lizzie. »Eine solche
Chance zu bekommen und von der eigenen Angst davon
abgehalten zu werden.«

Ginger war erstaunt über die Wahrnehmungsfähigkeit
ihres neuen Dienstmädchens.

Doch schon wurde Lizzie rot. »Verzeihen Sie, Madam, es
geht mich nichts an.«

»Es ist schon in Ordnung, Lizzie. Sie haben ja recht.«

»Ich will nur rasch sehen, ob Miss Higgins auch eine
Tasse Tee möchte, dann bin ich gleich wieder da.«

Ginger lächelte. »Natürlich.« Haley würde bei Tee die
Nase rümpfen, da sie mit Leib und Seele eine Kaffeetrin-
kerin war. Daher war Ginger nicht sonderlich überrascht, als
Lizzie unmittelbar darauf zurückkam.

Mit bereits deutlich besserer Laune sagte Ginger:
»Fangen wir mit den Truhen an, ja?«

Im Gegensatz zu Haley, die auf der *SS Rosa* beim Auspacken geholfen hatte, kannte sich Lizzie mit den verschie-
denen Kleidungsstilen sehr gut aus. »Während meiner
letzten Anstellung war ich Kammerzofe«, erklärte sie, »bis
die Lady nach Afrika auswanderte.« Ihr Gesichtsausdruck
verriet echte Wertschätzung für die Qualität von Gingers
Abendkleidern aus importierter, geschmeidiger Seide, grif-

figem Krepp, schimmerndem Chiffon und weichem Samt. »Stammen die Kleider aus Amerika?«, wollte sie wissen, was Ginger mit einem Nicken bejahte. »Sie sind wunderschön!«

»Danke, Lizzie. Es gibt viele Modeboutiquen in Boston und New York. Kennen Sie sich mit den Läden hier in London aus?« Ginger dachte daran, dass sie vielleicht etwas über das Kleid von Lucile in Erfahrung bringen könnte. Vielleicht konnte sie jemanden finden, der etwas über das Opfer wusste?

»Ein wenig, Madam. Meine frühere Lady hat oft davon gesprochen.«

»Ich wäre Ihnen dankbar, wenn Sie mir vielleicht eine Liste der beliebtesten Geschäfte geben könnten.«

»Ich nehme an, Sie bevorzugen die Modesalons?«

Ginger war freudig überrascht, dass dieses junge Mädchen den Unterschied zu kennen schien. Modesalons entwarfen und schneiderten Unikate für ihre Kundinnen. Andere Läden dagegen boten erschwinglichere Kleider an, die fabrikgefertigt waren. Eine Branche, die sich seit dem Krieg vor allem bei den jüngeren Flappergirls großer Beliebtheit erfreute. Ginger mochte beide Arten von Geschäften.

Nachdem Lizzie die Truhen geleert hatte, ging sie zu den Koffern über und hängte die Tages- und Teekleider auf. Ginger machte sich währenddessen daran, ihre Hüte und Accessoires zu ordnen und ihren Schmuck und die Hutnadeln zu verräumen.

Dann fiel ihr das Foto ihres Mannes wieder ein, der in seiner Uniform so attraktiv aussah, und nahm es aus ihrer Handtasche.

Daniel, Lord Gold, Baron, und die große Liebe ihres

Lebens. Ginger erinnerte sich noch daran, wie sehr sie sich darauf gefreut hatte, ihn hierherzubringen, ihm Hartigan House zu zeigen und all die kostbaren Erinnerungen von früher wieder aufleben zu lassen. Sie war so aufgeregt gewesen, Pippins und ihren frisch gebackenen Ehemann einander vorzustellen. Pippins war recht groß gewachsen, doch hatte ihr Daniel ihn sogar noch überragt. Mit echter Wärme in seinen braunen Augen und einem aufrichtigen Lächeln hatte er den Butler damals begrüßt.

»*Lady Gold spricht in den höchsten Tönen von Ihnen, Mr Pippins.*«

Pippins' Augen hatten gefunkelt, als er ihren neuen Titel hörte, und gegen seinen Willen hatte sich sein Mund zu einem Grinsen verzogen. »Sie haben eine ganz besondere Gattin, Sir.«

»Das habe ich in der Tat!«

Bei dieser Erinnerung musste Ginger lächeln. »Lizzie, gibt es hier einen Bilderrahmen, den ich verwenden könnte?« Sie zeigte dem Dienstmädchen das Foto. »Ich habe nur diesen einfachen Rahmen, den ich für die Reise benutzt habe, weil er wenig wiegt.«

»Ja, Madam. Ist das Lord Gold, Madam?«

»Ja, das ist Lord Gold.«

»Er war sehr gut aussehend«, sagte Lizzie, bevor sie hastig hinzufügte: »Wenn ich das so sagen darf.«

»Das dürfen Sie, und ich bin ganz Ihrer Meinung.«

Lizzie verschwand kurz, dann kam sie mit einem silbernen Rahmen zurück. Ginger schob das Foto hinters Glas und stellte das Bild auf den Nachttisch neben ihrem Bett.

»Perfekt.«

4

*D*as kurze Nickerchen hatte wenig dazu beigetragen, Gingers wachsende Sorgen zu lindern, aber immerhin hatte es ein bisschen Farbe in ihr blasses Gesicht zurückgebracht.

»Ich dachte mir, Sie sind nun vielleicht bereit für eine kleine Erfrischung«, sagte Pippins, als Ginger das Wohnzimmer betrat. »Deshalb habe ich etwas vorbereiten lassen.«

Ginger war froh, dass Pippins hier war. Nicht nur, weil er seine Aufgabe als Butler mit großer Versiertheit ausführte, sondern auch, weil sein freundliches und vertrautes Gesicht ihr half, sich an die neue Situation zu gewöhnen. Noch vor Ausbruch des Ersten Weltkriegs hatte ihr Vater ihn zu einer unverheirateten Cousine gesandt, wo Pippins die ganzen Jahre auch geblieben war. Erst vor Kurzem war die alte Cousine Enid friedlich entschlafen, und somit war Pippins für den Dienst auf Hartigan House wieder frei geworden.

Ginger und Haley setzten sich in die Ohrensessel vor dem großen Kamin, und Boss ließ sich auf Gingers Schoß nieder. Als Lizzie den Tee einschenkte, bemerkte Ginger, wie das Hausmädchen zu dem Tier schielte.

»Mögen Sie Hunde, Lizzie?«

»O ja, Madam. Ich hatte früher selbst einen. Allerdings musste ich ihn zurücklassen, als ich meinen Dienst als Hausmädchen antrat. Ich vermisse den alten Kerl immer noch.«

»Ab und zu werde ich Hilfe mit Boss brauchen. Würde es Ihnen etwas ausmachen, wenn ich darum bitte?«

»Ganz und gar nicht, Madam! Ich wäre hocherfreut!« Aufgeregt machte sie einen Knicks, bevor sie den Raum wieder verließ.

»Und schon hat der Boss eine neue Freundin«, sagte Haley mit einem Augenzwinkern.

»Er ist eben ein Charmeur.«

Lizzie brachte frische Lachssandwiches, die, wie Ginger vermutete, wohl von der neuen Köchin zubereitet worden waren, die sie bislang noch nicht kennengelernt hatte. Nachdem Ginger dem jungen Dienstmädchen versichert hatte, dass sie nichts weiter brauchten, waren die beiden Frauen wieder unter sich.

Ginger nippte an ihrem Tee und betrachtete das Wohnzimmer. »Es ist wirklich sehr viktorianisch hier«, stellte Ginger fest.

»Ja?« Nach dem ersten Schluck Tee verzog Haley das Gesicht, trank dann aber trotzdem in kleinen Schlucken weiter.

»Ja, übertrieben opulent mit zu vielen Accessoires und Möbelstücken. Man kann ja kaum durchs Zimmer gehen, ohne sich einen blauen Fleck zu holen.« Ginger empfand den überfüllten Raum mit seinem dunklen Dekor als bedrückend.

Haley nickte. »An Sitzgelegenheiten mangelt es jedenfalls nicht.«

»Stimmt, wenn man sich nicht an abgenutzten Stoffen und klumpigen Kissen stört. Das Haus ist seit der Jahrhundertwende nicht mehr modernisiert worden. Ich glaube, das werde ich tun, solange ich hier bin. Ich werde Hartigan House etwas herrichten. Neue Möbel, neue Böden. Die Wände befreien.«

»Ein ehrgeiziger Plan«, meinte Haley. »Ich dachte, du wolltest das Haus verkaufen?«

In Wahrheit wusste Ginger nicht, was sie vorhatte. Boston war seit mehr als zwanzig Jahren ihr Zuhause und zu ihrer Heimat geworden. Doch in London war sie zur Welt gekommen, von hier stammten ihre Eltern, die wie ihr Mann hier begraben lagen.

»Na ja, so wie es im Moment hier aussieht, kann ich es wohl kaum verkaufen, nicht wahr? Ein frischeres Aussehen wird einen höheren Verkaufspreis erzielen.«

»Da hast du wohl recht.«

»Außerdem kann ich mir so die Wartezeit vertreiben. Sonst geistere ich nur stumpfsinnig durch dieses große Haus, während du dich weiterbildest und den Menschen in London mit deinem medizinischen Wissen hilfst.«

Nicht zum ersten Mal führten sie diese Unterhaltung. Zum Glück hatte Ginger vor ihrer Hochzeit das College besucht, und die Kenntnisse aus dem Studium der Mathematik und der Sprachwissenschaften waren während des Krieges auch von großem Nutzen gewesen. Doch jetzt, als

Kriegswitwe, gab es für Ginger nur die Aussicht, sich wieder zu verheiraten, wozu sie nicht bereit war.

George Hartigan war ein guter Geschäftsmann gewesen, der seiner Tochter die Hälfte seines Vermögens und dieses alte Haus hinterlassen hatte. Die andere Hälfte, zusammen mit dem Haus in Boston, hatte er Gingers amerikanischer Stiefmutter und ihrer Halbschwester vermacht. Genau genommen hatte Ginger in Boston also kein Zuhause mehr.

»Du bist alles andere als *stumpfsinnig*«, erwiderte Haley, indem sie Gingers britischen Tonfall nachahmte. »Ich bezweifle sehr, dass du lange herumgeistern würdest. Und vergiss nicht ...« Sie deutete zur Decke.

Ginger schlug die Hand vor den Mund. »Wie konnte ich das auch nur eine Sekunde lang vergessen? Die Zeitverschiebung zwischen Boston und London hat mein Gehirn in Brei verwandelt. Wie pietätlos von mir, angesichts der Umstände über Renovierungspläne zu sprechen!«

»Der Lady in Rot wird es ziemlich egal sein«, beruhigte Haley sie. »Außerdem wird sich die Polizei der Angelegenheit annehmen, und so bleibt dir genügend Zeit, dir Gedanken über neue Farben zu machen, und was auch immer dazugehört, um hier frischen Wind hereinzubringen.«

Pippins klopfte an der Tür und Ginger bat ihn herein.

»Lady Gold«, sagte er, »ich möchte Ihnen gerne die Haushälterin vorstellen.«

Eine stämmige Frau mit rötlichem Gesicht, die eine Kochmütze und eine Schürze trug, trat vor.

»Das ist Mrs Thornton. Sie ist auch unsere Köchin. Vielleicht erinnern Sie sich an sie von Ihrem letzten Besuch im Jahr 1913.«

Ginger konnte sich tatsächlich noch an Mrs Thornton erinnern. Allerdings hatte sie damals, als sie mit Daniel zu Besuch war, keine Gelegenheit gehabt, sich mit der Frau zu unterhalten. Damals war sie die rechte Hand der Köchin gewesen und wurde *Miss* Thornton genannt. Offenbar hatte man ihr inzwischen den Höflichkeitstitel *Mrs* gegeben. Sie sah immer noch aus wie früher, stämmig, mit kurzem, drahtigem Haar, das unter der Mütze hervorkam. Die vollen Wangen wurden rot, während die Frau einen Knicks andeutete.

»Guten Tag, Mrs Thornton«, sagte Ginger. »Wie schön, dass Sie nach so vielen Jahren nach Hartigan House zurückkehren.«

»Es ist mir 'ne Freude, wieder hier zu sein, Madam«, gab die Köchin zurück. »Hartigan House ist ein wunderbares Anwesen.«

»Mrs Thornton hat Lammragout mit Klößen vorbereitet«, erklärte Pippins, »für wann auch immer Sie zu speisen wünschen.«

»Das ist sehr nett von Ihnen, Mrs Thornton«, sagte Ginger. »Jetzt merke ich plötzlich, wie hungrig ich bin.«

»Ja, vielen Dank«, fügte Haley hinzu.

»Pippins«, hielt Ginger den Butler zurück, der mit Mrs Thornton hinausgehen wollte. Er trat zu ihr.

»Lady Gold?«

»Sind dies nun alle Hausangestellten?«, fragte Ginger. »Nur Sie drei?«

»Madam, ich habe mir erlaubt, eine Reinigungsfirma zu beauftragen, die bei der Eröffnung des Hauses geholfen hat. Vor Kurzem habe ich dann Lizzie Weaver eingestellt, damit Sie und Miss Higgins angemessen betreut werden können.

Doch ich hielt es für das Beste, weitere Anweisungen abzuwarten, bevor ich noch mehr Dienstboten einstelle.«

»Natürlich, Pippins.«

DAS SPEISEZIMMER WAR GENAUSO EXTRAVAGANT GESTALTET wie das Wohnzimmer. Doch waren hier die Sprungfedern der Polsterstühle locker und drangsalierten einen auf höchst unangenehme Weise an heikler Stelle. Die goldenen Seidenbezüge waren abgenutzt, und Ginger bemerkte auch, dass das Porzellangeschirr teilweise angeschlagen war.

»Hartigan House braucht liebevolle Pflege«, sagte Ginger zu Haley, als Mrs Thornton und Pippins gegangen waren. »Weniger Krimskrams, dafür moderne Farben und andere Kunstwerke. Ja, wir brauchen unbedingt neue Bilder an den Wänden.« Ginger seufzte. »Wenn da nur nicht dieses Skelett auf dem Dachboden läge, das einen Schatten auf die ganze Angelegenheit wirft.«

Haley führte den Löffel zum Mund. »Welch' Unannehmlichkeit, wenn man neu dekorieren will.«

»Wohl wahr. Wahrscheinlich wäre es zu viel verlangt gewesen, nach London zu reisen, ein paar Papiere zu unterschreiben und anschließend wieder zurückzusegeln, ohne vorher noch ein Verbrechen aufklären zu müssen.« Vor allem eines, in das ihr Vater verwickelt sein könnte.

»Aber du weißt, dass du das Verbrechen nicht selbst aufklären musst, oder? Ruf die Polizei.«

»Meine liebe Haley, du bist noch nicht vertraut im Umgang mit der Oberschicht und weißt daher nicht, wie gefräßig die Wölfe sind. Die vornehmen Herrschaften gieren nach Skandalen, es ist ihre Art der Unterhaltung. Wenn erst einmal bekannt wird, dass seit über einem Jahrzehnt eine Leiche auf Hartigan House liegt, kommt das auf die Titelseiten der Zeitungen. So hatte ich mir meinen Presseauftritt allerdings nicht vorgestellt. Wir werden das Stadtgespräch sein. Danach können wir uns nirgends mehr blicken lassen, ohne angestarrt zu werden und ohne, dass man über uns tuschelt.« Ginger stöhnte auf. »Und Gott steh uns bei, wenn sich die Sache mit dem angeblichen Telegramm meines Vaters herumspricht, in dem er die Anweisung erteilt hat, dass die Tür verschlossen bleiben soll.«

»Ich verstehe«, erwiderte Haley. »Aber könnten wir das mit dem Telegramm nicht erst einmal für uns behalten und diese Information nur herausgeben, wenn sie für die Lösung des Falles notwendig ist?«

Ginger lenkte ein. »Es wird zwar die gierigen Wölfe nicht fernhalten, aber andererseits ist es ja auch nicht so, als hätte ich noch nie mit unerwünschter Aufmerksamkeit zu tun gehabt.«

Als Ginger die Glocke läutete, huschte Lizzie herein. »Könnten Sie Pippins bitten, sich zu uns zu setzen?«

Einen kurzen Augenblick später betrat Pippins den Raum. Er blieb vor dem Tisch stehen, den Rücken gestrafft, die Hände vor dem Bauch ineinandergelegt.

»Wie darf ich Ihnen behilflich sein, Lady Gold?«

»Sorgen Sie bitte zunächst dafür, dass Lizzie und Mrs Thornton anderweitig beschäftigt sind.«

»Gewiss, Madam.« Pippins verließ den Raum wieder.

»Was hast du vor?«, wollte Haley wissen.

»Ich möchte ungestört mit Pips sprechen.«

Kurz darauf kehrte der Butler zurück und verkündete:

»Mrs Thornton erntet Kürbisse im Gemüsegarten, und Lizzie ist mit, äh, Boss spazieren gegangen.«

»Gut. Pips, Miss Higgins und ich glauben, dass wir die Polizei rufen sollten.«

Haley warf Ginger einen überraschten Blick zu.

»Ich verstehe.«

»Aber können Sie mir zuerst versichern, dass Sie nichts über meinen Vater und das Telegramm sagen? Zumindest fürs Erste nicht?«

»Natürlich.«

»Großartig. Ich nehme an, dass es Aufzeichnungen über jede Einladung und Abendveranstaltung gibt, die auf Hartigan House stattgefunden hat?«

»Jawohl, Madam. Über Menüfolge, Dekoration und die Art der Unterhaltung wurde akribisch Buch geführt.«

»Könnten Sie die Unterlagen bis zum Winter 1913 durchsehen? Insbesondere suchen wir eine Veranstaltung, die Abendgarderobe erforderte.«

»Ich glaube, alle Unterlagen wurden weggepackt und in Mr Hartigans, verzeihen Sie, ich meine *Ihrem* Arbeitszimmer verstaut. Möchten Sie, dass ich sie suche?«

»Ja, bitte tun Sie das.«

Pippins verbeugte sich und verließ den Raum.

Haley zog fragend ihre dunklen Augenbrauen hoch. »Ich dachte, du wolltest noch einen Tag warten, bevor du die Polizei rufst?«

»Das habe ich nur gesagt, weil ich unter Schock stand. Ich brauchte ein bisschen Zeit, um ihn zu verarbeiten, aber jetzt denke ich, wenn wir länger warten, könnte es gegen uns ausgelegt werden, falls die Ermittlungen schiefgehen.« Also falls ihr Vater in die Sache verwickelt sein sollte, dachte Ginger, doch war es ihr zu peinlich, das laut auszusprechen.

Haley neigte den Kopf und schaute Ginger sanft an. »Es tut mir leid, dass ich dich damit alleinlassen muss.«

»Was meinst du damit?«

»Am Montag beginnt doch mein Studium. Dieses Wochenende soll ich bereits ins Wohnheim ziehen.«

»Nun ja, natürlich wusste ich, dass du gehen musst.« Ginger legte ihren englischen Charme an den Tag und zwang sich zu einem Lächeln. »Irgendwie werde ich schon ohne dich auskommen, altes Mädchen.«

Nun kehrte Pippins zurück und blieb stehen, bis Ginger ihn zu sich rief. »Haben Sie etwas herausgefunden?«

Er schlug ein altes Haushaltsbuch auf. »Ihr Vater hat am einunddreißigsten Dezember 1913 zu einer Silvester-Soiree eingeladen.«

»Wie viele Gäste waren anwesend?«

»Ein Dutzend, Madam.«

»Ich nehme an, es gibt keine Gästeliste?«

»Doch, Madam«, sagte Pippins und reichte Ginger das Buch. »Sie ist hier verzeichnet.«

Ginger legte es auf den Tisch und studierte die Seite.

»Ist irgendwer dabei, den du kennst?«, wollte Haley wissen.

Während sie die Namen überflog, schüttelte Ginger den Kopf, dann nickte sie. »Ah ja, Mr und Mrs Schofield sagen mir etwas. Ich glaube, das sind die Nachbarn.« Sie betrachtete weiter die Liste. »Ich bin in Boston aufgewachsen und kenne die Londoner Bekannten meines Vaters nicht.« Dann hielt sie inne und zeigte auf einen Namen. »Moment, diesen Namen kenne ich doch. Harriet McCallum.«

»Ach ja?«

»Sie hat uns damals in Boston besucht, als ich ein Kind war. Ich erinnere mich noch daran, dass meine Stiefmutter ihr gegenüber nicht gerade gastfreundlich war.«

»Die liebe Sally?«, sagte Haley sarkastisch. »Das kann ich mir gar nicht vorstellen.«

»Oh doch. Wenn mein Vater einmal kurz den Raum verließ, hatte ich fast schon Angst, dass Sally und Harriet McCallum sich gegenseitig die Augen ausstechen würden.«

Haley klopfte sich auf den Oberschenkel. »Ach, da hätte ich gern Mäuschen gespielt.«

»Miss McCallum hatte rotblondes Haar. Ich glaube, sie hat Sally an meine Mutter erinnert.«

»Madam«, sagte Pippins, »mir fällt ein, dass Miss McCallum in letzter Minute abgesagt hat. Ich habe wohl vergessen, ihren Namen von der Liste zu streichen.«

5

*W*ährend Hartigan House wieder bezugsfertig gemacht worden war, hatte Ginger Pippins angewiesen, eine Telefonleitung installieren zu lassen.

»Bitte rufen Sie die Polizei an, Pippins.«

Als Lizzie zum Abräumen kam, standen Ginger und Haley auf, um sich ins Wohnzimmer zurückzuziehen. »Ah, Sie sind wieder da«, sagte Ginger. »Bitte bringen Sie Boss zu mir, wenn Sie hier fertig sind.«

Lizzie machte einen Knicks. »Jawohl, Madam.«

Das Feuer im Kamin war heruntergebrannt. Haley legte ein Holzscheit nach und stocherte in der Glut, bis neue Flammen entfacht waren.

»Das ist eigentlich Aufgabe des Personals«, meinte Ginger.

»Es macht mir nichts aus«, gab Haley zurück. »Außerdem wird die arme Lizzie ganz schön auf Trab gehalten. Sie wischt und saugt Staub, sie macht die Betten, serviert Tee, hilft Mrs Thornton in der Küche *und* sie führt deinen Hund spazieren.«

»Du hast recht. Ich muss jemanden einstellen, der ihr hilft.«

Nun stürmte der Hund ins Zimmer, Lizzie folgte hinterdrein. »Er ist so ein braves Kerlchen, Madam«, sagte Lizzie. »Und so schlau.«

Lächelnd kraulte Ginger Boss hinter den Ohren. »Nun, jedenfalls denkt er, dass er das ist.«

»Wie alt ist er, Madam, wenn ich fragen darf?«

»Fünf Jahre.« Ginger erinnerte sich noch an den Moment, als ihr Vater ihr damals den Boston Terrier geschenkt hatte, kurz nachdem sie ohne Daniel aus Frankreich zurückgekehrt war. Viele Wochen lang hatten ihre Tränen das Fell des kleinen Hündchens benetzt.

»Fünf? Er benimmt sich immer noch wie ein Welpe.«

Lizzie machte einen Knicks, bevor sie wieder hinausging.

»Ein sympathisches Mädchen«, sagte Haley.

»Ja. Ich mag sie.«

Kurz darauf läutete es an der Tür. Pippins erschien und kündigte die Polizei an. »Chief Inspector Reed und Sergeant Scott, Madam.«

Ginger erhob sich, um den Chief Inspector zu begrüßen. Sie hatte gehofft, dass er mit dem Fall betraut werden würde, obwohl sie sich gleichzeitig davor gefürchtet hatte. Über seinem spätsommerlichen Leinenanzug trug er einen Mantel, seinen braunen Hut hielt er in der Hand. Das dunkle Haar war um die Ohren kurz geschnitten und mit Pomade nach hinten frisiert, Koteletten hatte er keine, und an den Schläfen zeigte sich erstes Grau. Sein attraktives Gesicht war glattrasiert.

»Chief Inspector Reed, wie schön, Sie wiederzusehen.«

Basil Reed war mit demselben Schiff wie Ginger und Haley von Boston nach Liverpool gereist. Erst am Vortag hatten sie sich voneinander verabschiedet. An seinen Augen entstanden kleine Fältchen, als er sie anlächelte. »Ebenso, Mrs Gold, und eher als gedacht! Das Verbrechen scheint Sie zu verfolgen.«

»Was ganz und gar ohne meine Absicht geschieht«, entgegnete sie. »Sie erinnern sich noch an Miss Higgins?«

»Natürlich, Ihre amerikanische Freundin.« Reed nickte Haley zu, dann fügte er hinzu: »Wie von Ihrem Butler freundlicherweise bereits angekündigt, ist dies Sergeant Scott.«

Sergeant Scott zog seinen Polizeihut und nickte. Er hatte schütteres Haar und war ein gutes Jahrzehnt älter als der Chief Inspector. Seine geknöpfte Uniformjacke war schwarz und er hielt eine Boxkamera, eine Brownie, in der Hand. Im Gegensatz zur Polizei in Boston führten die Beamten in England keine Waffen mit sich. Ginger erschauderte bei dem Gedanken.

Chief Inspector Reed wandte sich wieder an Ginger. »Wie ich höre, befindet sich eine Leiche im Haus?«

»Ja, das ist leider wahr. Wenn Sie mir bitte folgen möchten?«

Ginger führte den Chief Inspector und den Sergeant durch den Bedienstetenbereich zur hinteren Treppe. Haley und Pippins folgten ihnen, auch der kleine Boss kam mit.

»Ich bin erst heute angekommen«, erklärte Ginger. »Das Haus war zehn Jahre lang verschlossen und wurde vor Kurzem wieder geöffnet.«

»Warum stand es so lange leer?«

»Mein Vater hatte geplant, für einige Zeit weg zu sein, doch dann kam der Krieg und seine Krankheit, und das Haus blieb viel länger unbenutzt, als er zunächst angenommen hatte.«

»Planen Sie immer noch zu verkaufen?« Ginger hatte dem Chief Inspector auf der *SS Rosa* ihre Unentschlossenheit anvertraut. Sie warf einen Blick auf Pippins, dessen Gesichtsausdruck keine Regung zeigte.

»Es ist noch nichts entschieden.« Sie winkte ab. »Hier sind die Schlafräume der Hausangestellten«, erklärte sie, als sie das Dachgeschoss betraten. »In diesem Bereich waren die Männer untergebracht. Das Skelett wurde in der Kammer am Ende des Ganges gefunden.« Ginger zog den Generalschlüssel aus einer Tasche ihres bestickten jadegrünen Kreppkleides. Sie sperrte die Tür auf, dann überließ sie dem Chief Inspector und seinem Kollegen den Vortritt.

»Kein aktuelles Verbrechen«, stellte Sergeant Scott fest, der beim Anblick der menschlichen Überreste das Gesicht verzog.

»Wer hat das Skelett entdeckt?«, wollte Reed wissen.

»Mr Pippins«, antwortete Ginger.

Der Chief Inspector wandte sich an den Butler. »Wann?«

»Gestern, Sir.«

»Und Sie haben nicht daran gedacht, uns sofort zu rufen?«

»Es war kurz bevor Lady Gold eintreffen sollte. Ich hielt es für das Beste, ihre Anweisungen abzuwarten.«

Erstaunt zog Reed die Augenbrauen hoch. »*Lady* Gold?«

»Sie sind nicht der Einzige mit einer solchen Überraschung.« Der Chief Inspector hatte sich auf dem Schiff als

Mr Basil Reed vorgestellt und seinen Berufstitel erst preisgegeben, als eine Leiche an Bord gefunden wurde.

»Und wie, bitte, wird man zur Lady, wenn man in Amerika lebt?«

»Mein Mann war ein Baron. Daniel, Lord Gold. Er war Lieutenant in der britischen Armee.«

»Ich verstehe. Dann werde ich Sie ab sofort auf korrekte Weise ansprechen.«

Ginger legte den Kopf schief. »Ich dachte, wir hätten uns darauf geeinigt, uns beim Vornamen zu nennen, Basil?«

»Ginger?«

Sie freute sich, dass er sich noch daran erinnerte. Ginger war eigentlich ihr Spitzname, den ihr ihre Mutter wegen der roten Haare gegeben hatte.

Haley räusperte sich. »*Lady* Gold und Chief Inspector Reed, was ist nun mit der Leiche, die vor uns liegt?«

Ginger wurde rot. Wie konnte sie sich angesichts der Umstände nur auf ein kokettes Geplänkel mit dem Chief Inspector einlassen?

Sergeant Scott warf Reed einen Seitenblick zu, bevor er weiter mit der Kamera vor seinem gewölbten Bauch hantierte und Fotos schoss.

Reed räusperte sich und inspizierte die Leiche. »Haben Sie irgendeine Ahnung, wer das sein könnte?«

»Nein«, antwortete Ginger. »Wir glauben, dass sie schon hier liegt, seit das Haus geschlossen wurde, also seit einem Jahrzehnt.«

»Wie kommen Sie darauf?«, fragte Reed. »Wenn das Haus leer stand, könnte jemand eingebrochen sein und das Verbrechen hier begangen haben. Der Täter hätte guten

Grund zur Annahme gehabt, dass man die Leiche nicht so bald finden würde.«

»Pippins«, wandte sich Ginger an den Butler, »gab es bei Ihrer Ankunft irgendwelche Anzeichen für einen Einbruch?«

»Nein, Madam. Alle Türen und Fenster waren verschlossen und unversehrt.«

»Was ist mit diesem Fenster?«, fragte der Chief Inspector.

»Das habe ich selbst geöffnet, Sir. Es war ... etwas stickig.«

»Die Verwesung der Leiche ist fast abgeschlossen«, erklärte Haley und brachte das Gespräch wieder auf die Spekulationen um den Todeszeitpunkt zurück. »Von den Organen ist abgesehen von den Flecken auf dem Boden nichts mehr übrig. Sie haben sich aufgelöst oder sind vielleicht von Nagetieren gefressen worden.«

»Und das Kleid ist ein Lucile, von 1913 in etwa«, sagte Ginger.

Reed wirkte beeindruckt. »Ich nehme an, ›Lucile‹ ist ein Modebegriff?«

»Lady Lucy Duff-Gordon entwarf Mode unter ihrem offiziellen Namen, Lucile.«

Jetzt, da Ginger zum zweiten Mal den Tatort sah, konnte sie die Situation ohne den ersten Schock auf sich wirken lassen und ihren Verstand einschalten. Der Qualität des Kleides nach zu urteilen, hatte die Frau der Upper Class angehört. Wahrscheinlich war sie ein Gast ihres Vaters gewesen.

»Haben Sie eine Ahnung, wie die Frau in Ihr Haus gekommen ist?«, fragte der Chief Inspector, »nachdem wir die Theorie mit dem Einbruch ausgeschlossen haben?«

»Pippins hat über alle Veranstaltungen, die im Hause stattfanden, Buch geführt«, antwortete Ginger. »Mein Vater hat Ende Dezember des Jahres 1913 eine Soiree veranstaltet. Es gibt eine Gästeliste.«

»Die würde ich gerne sehen.«

»Natürlich.«

Reed schrieb etwas in sein kleines Notizbuch, das er aus seiner Anzugtasche gezogen hatte. »Ist in diesem Raum noch alles genau so, wie Sie es vorgefunden haben?«

»Ja, bis auf das hier.« Ginger zeigte auf den kleinen Knochen, den sie neben das Skelett auf den Boden gelegt hatte. »Boss hat den Fingerknöchel unter dem Bett entdeckt.«

»Ehrlich gesagt erstaunt es mich, dass nicht noch mehr Knochen im Zimmer verstreut sind«, meinte Reed.

»Das Haus ist sehr solide, Sir«, erklärte Pippins. »Wir hatten noch nie ein Rattenproblem auf Hartigan House.«

»Wissen Sie, ich habe die Schubladen noch gar nicht überprüft«, fiel Ginger ein, und sie trat zur Kommode, bevor Reed oder der Sergeant sie aufhalten konnten.

»Überlassen Sie das bitte Sergeant Scott«, forderte Reed sie auf.

Doch Ginger hatte bereits die oberste Schublade geöffnet. »Ich bin ja schon da. In dieser ist nichts.« Sie ging zu den nächsten beiden über. »Alles leer.«

Sie zog ihr Kleid zurecht, um in die Hocke zu gehen und die letzte Schublade zu öffnen. Fast hätte sie wieder »Leer« gerufen, doch dann stießen ihre Finger auf etwas im hinteren Teil des Faches. Sie versperrte dem Chief Inspector die Sicht und steckte schnell den Gegenstand ein.

»Und?«, fragte Reed.

»Nein, nichts.« Ginger strich beim Aufstehen ihr Kleid zurecht, dann deutete sie auf die Leiche. »Wir müssen herausfinden, um wen es sich handelt. Ich nehme an, es gibt Akten über die vermissten Personen aus jenem Jahr?«

»Ja.« Er wandte sich an den Sergeant. »Scott, Sie kümmern sich darum, ja? Ich möchte über jeden ungelösten Vermisstenfall von 1913 bis heute Bescheid wissen.«

»Soll ich gleich gehen, Sir, oder auf Sie warten?«

»Sie können gleich gehen.«

»Wie kommen Sie zur Wache zurück?«

»Entweder zu Fuß oder ich nehme ein Taxi.«

»Ich kann Sie fahren«, schaltete sich Ginger ein. »Pippins, Vaters Automobil steht doch noch in der Garage, nicht wahr?«

»Jawohl, Madam.«

»Ist es noch fahrtüchtig?«

»Ja, Madam. Es wurde in Erwartung Ihrer Ankunft instandgesetzt und betankt.«

Ginger klatschte in die Hände. »Damit wäre das geklärt.«

Als der Sergeant gegangen war, setzte Reed seine Untersuchung der Kammer fort, wobei er es sich nicht nehmen ließ, die Schubladen noch einmal höchstpersönlich zu überprüfen. »Wer auch immer unser Mörder war, wusste von diesem Zimmer und auch, dass das Haus nicht bewohnt war.«

Das gefiel Ginger nicht. Es deutete darauf hin, dass der Mörder dem Haus nahegestanden hatte.

Wer war diese arme Frau? Hatte man ihr Verschwinden gemeldet?

»Miss Higgins«, sagte Chief Inspector Reed. »Gibt es aus

medizinischer Sicht noch etwas, das Sie hinzufügen möchten?«

»Solange der Leichnam nicht in einem pathologischen Labor untersucht worden ist, kann man nichts mit Gewissheit sagen.«

»Wenn ich Ihr Telefon benutzen dürfte«, sagte Reed, »würde ich veranlassen, dass die Überreste in die Pathologie gebracht werden.«

»Natürlich«, sagte Ginger. »Pippins, zeigen Sie Chief Inspector Reed bitte den Telefonapparat.«

Der Chief Inspector folgte dem Butler die Treppe hinunter. Als Ginger und Haley allein waren, zog Ginger ein Notizbuch aus ihrer Tasche.

Haley runzelte die Stirn. »Was ist das?«

»Es lag in der unteren Schublade.«

»Die Polizei würde so etwas als Beweismittel bezeichnen.«

»Ich weiß. Und ich werde es ja auch übergeben. Aber erst wollte ich es selbst ansehen.«

Haley fand sich mit dieser Erklärung ab. Hätte Ginger das kleine Buch gleich nach ihrer Entdeckung ausgehändigt, hätte es der Chief Inspector sofort beschlagnahmt. »Also, schlag es auf!«

»Es ist mit dem Jahr 1913 datiert. Andrew Bailey. Ich erinnere mich an ihn. Er war der Kammerdiener meines Vaters. Mitte fünfzig, angehende Glatze, ein recht nervöser Mensch.« Ginger blätterte durch die Seiten, Haley sah ihr dabei über die Schulter.

»Sieht aus, als hätte Bailey sich Notizen für die Arbeit gemacht«, stellte Ginger fest. »*Mr H. mag steife Kragen. Mr H. wünscht, dass seine Anzüge in bestimmter Reihenfolge aufgehängt werden, von dunkel nach hell. Mr. H mag die graue Fliege nicht. Der Schrank mit den Manschettenknöpfen und Krawattenklammern von Mr H. muss stets abgeschlossen werden.«*

Ginger brummte nachdenklich. »Vielleicht waren zuvor irgendwelche Dinge abhandengekommen?«

»Und vielleicht sollte deshalb der Schrank zugesperrt sein. Oder vielleicht wurde es immer so gehandhabt, und Bailey hatte nur einmal vergessen, ihn abzuschließen.«

Ginger blätterte weiter und fand noch mehr Notizen über Mr Baileys Aufgaben.

»Man muss ihm lassen, dass er sehr bemüht war, alles richtig zu machen«, meinte Haley.

»Aber warte mal, was ist das denn?« Auf der nächsten Seite zeigte Ginger auf eine Zeile, die sich von den anderen unterschied und nichts mit den Aufgaben zu tun hatte.

»Eunice kam wieder mit Lord T. Ich traue ihr nicht.«

Ginger und Haley tauschten einen Blick, dann schauten sie zum Skelett hinüber.

»Ob das diese Eunice ist?«, fragte Ginger.

»Möglich.«

Sie steckte das Buch in ihre Tasche und trat in den Gang hinaus, Haley schloss die Tür hinter sich. Auf dem Treppenabsatz begegneten sie Pippins.

»Chief Inspector Reed hat sein Telefonat beendet, Madam.«

»Richten Sie ihm aus, dass ich gleich wieder bei ihm bin. Ich gehe mich kurz frisch machen.«

Haley folgte Pippins nach unten, während Ginger für einen Moment in ihr Zimmer zurückkehrte. Dort fuhr sie rasch mit dem Kamm durch ihren roten Bob, richtete die zum Kinn zeigenden Locken und puderte sich die Nase.

Anschließend zog sie die Lippen nach, setzte einen schwarzen Hut mit grünem Spitzenbesatz auf und nahm die dazu passende Handtasche.

Vor dem Foto von Lieutenant Gold hielt sie inne.

»Ich weiß, ich darf das eigentlich nicht tun, mein Liebster. Aber ich gelobe, es dem Chief Inspector bald auszuhändigen.« Damit öffnete Ginger die kleine Schublade in ihrem Nachttisch und legte Andrew Baileys Tagebuch hinein.

6

*D*er Chief Inspector wartete im Wohnzimmer auf Ginger und verrenkte sich gerade den Hals, um das Gemälde an der Wand zu betrachten.

»Irgendwer scheint ein großer Anhänger von Waterhouse zu sein.«

»Mein Vater. Er liebte die Meerjungfrau, weshalb *The Mermaid* auch den prominenten Platz über dem Kamin bekommen hat.«

Reeds Mundwinkel zuckten, während er das Bild der langhaarigen Schönheit studierte, die zwar bis zur Taille nackt war, doch durch die Position des Arms ihre Sittsamkeit bewahrte. »Es ist sehr sinnlich.«

»Er sagte mir einmal, dass sie ihn an meine Mutter erinnere, besonders das lange rote Haar.« Ginger lachte. »Ich glaube, das ist auch der Grund, warum meine Stiefmutter ihm nicht erlaubt hat, das Gemälde mit nach Boston zu nehmen.«

Reed blickte Ginger an, als würde er sie zum ersten Mal

sehen, was sie dazu veranlasste, den Kopf schnell in die andere Richtung zu drehen und mit der Hand die bloße Haut ihres Halses zu bedecken.

»Ich finde, sie sieht Ihnen auch ziemlich ähnlich«, sagte er.

Mit einem nervösen Lachen wechselte Ginger das Thema. »Vater schätzte alle klassischen Maler. Ab und zu malte er sogar selbst. Er fand es entspannend und behauptete, ihm würden dabei die besten Geschäftsideen einfallen.«

»War er gut?«

Sie hob den Kopf, verdrängte die aufgekommene Scheu und blickte ihn an. »Als Maler? Nein. Dafür war er ein begnadeter Geschäftsmann, der ein Vermögen mit amerikanischem Stahl gemacht hat.«

Reed räusperte sich, rückte seine Krawatte zurecht, und seine Stimme nahm wieder einen offiziellen Ton an. »Wann hat Mr Hartigan zuletzt in diesem Haus gewohnt?«

»Das war 1901, aber er ist oft geschäftlich zurückgekehrt.«

Pippins kam und meldete: »Die Polizei ist an der Hintertür, Madam.«

»An der Hintertür?« Ginger schenkte Reed ein Lächeln. »Das ist sehr vorausschauend von Ihnen, Chief Inspector. Ich kenne zwar meine Nachbarn nicht, aber ein Polizeibesuch würde mit Sicherheit die Gerüchteküche brodeln lassen.«

»Führen Sie die Beamten bitte zum Dachboden, Mr Pippins«, sagte der Chief Inspector.

»Sollten wir nicht mitgehen?«, fragte Ginger. »Um sicherzugehen, dass sie die Knochen nicht beschädigen?«

»Es sind Männer vom Fach«, gab Reed zurück. »Aber vielleicht haben Sie trotzdem recht.«

Sie folgten Pippins und den Polizisten zum Tatort. Mit Handschuhen verpackten die Beamten vorsichtig die Überreste zusammen mit dem roten Kleid, der Unterwäsche und einer guten Menge Staub in einen großen Behälter aus Metall. Als sie fertig waren, gab Ginger zu, dass die Arbeit professionell erledigt worden war.

»Steht denn noch Ihr Angebot, mich zurück zum Yard zu fahren, Mrs ...« Schnell korrigierte er sich. »Ich meine natürlich Lady Gold. Es macht mir auch nichts aus, ein Taxi zu rufen.«

»In Gottes Namen, nun nennen Sie mich doch bitte Ginger. An den Titel bin ich nicht gewöhnt. Und ja, natürlich fahre ich Sie. Am schnellsten gelangen wir zur Garage, wenn wir durch die Küche gehen.«

Ginger führte Reed den Flur entlang zur grün bespannten Tür des Dienstbotengangs. »Diesen Trakt habe ich als Kind geliebt. Unsere damalige Köchin Mrs Smith hat mit eiserner Faust die Küche geleitet. Aber sie hat nur gebellt, nie gebissen. Ich habe mich oft hineingeschlichen, um frisch gebackene Kekse und Kuchen zu stibitzen.«

»Ich denke mir, dass Sie ein ziemlich vorwitziges Kind waren.«

»Also, Chief Inspector«, sagte Ginger mit neckendem Unterton in der Stimme, »wie kommen Sie denn darauf?«

Mrs Thornton rührte gerade mit einem Holzlöffel in einer großen Schüssel. Erschrocken über den unerwarteten Besuch blickte sie auf.

»Entschuldigen Sie bitte die Störung, Mrs Thornton«,

sagte Ginger. »Wir nehmen nur eine Abkürzung zur Garage.«

Die Köchin senkte den Kopf und murmelte etwas, das Ginger nicht verstand.

Plötzlich tapste der Hund durch die Küche, gefolgt von Lizzie, die ihn rief. »Boss, Boss!«

Da vergaß Mrs Thornton alle Etikette. »Ich habe dir doch gesagt, du sollst das Tier von der Küche fernhalten!« Dann erinnerte sie sich an Gingers Anwesenheit. »Entschuldigen Sie, Madam. Aber ich halte das nicht gerade für hygienisch.«

»Natürlich, Mrs Thornton, Sie haben recht. Wir nehmen den Hund mit.«

»Ach ja, tun wir das?«, fragte Reed, der einen Schritt zurückwich und Boss argwöhnisch beäugte.

»Stimmt, jetzt erinnere ich mich wieder an unsere Schiffsreise. Sie haben Angst vor Hunden.«

»Ich habe keine Angst. Ich komme lediglich nicht gut mit ihnen zurecht.«

Ginger lachte auf. »Also gut. Lizzie, macht es Ihnen etwas aus, Boss noch eine Weile zu beaufsichtigen?«

Sie hob den Saum ihres Kleides an und ging in die Hocke, um den kleinen Hund zu streicheln. Dann hob sie ihn hoch und gab ihm einen Kuss auf den Kopf. »Sei schön artig.« An Lizzie gewandt sagte sie: »Nehmen Sie ihn lieber an die Leine.«

»Jawohl, Madam.«

Reed zeigte zur Außentür. »Hier entlang?«

Ginger nickte, und er hielt ihr die Tür auf, damit sie als Erste hinausgehen konnte.

Durch den Garten führte ein kurzer Weg zur Doppelgarage, die zur Gasse an der hinteren Grundstücksgrenze ausgerichtet war. Sie war aus demselben Stein gebaut wie das Haus und das Tor ähnelte dem einer Scheune. Etwas weiter entfernt befand sich der Stall, der seit Langem leer stand und dessen Steinmauern bis zum Dach mit grünen Ranken überwuchert waren. Ginger vermisste es, Pferde zu haben. Vielleicht, wenn sie hierblieb ...

»Pippins erwähnte, dass er schon aufgesperrt hat«, sagte Ginger.

Als Reed die Garagentore öffnete und das Tageslicht auf das polierte Fahrzeug fiel, stieß er einen Pfiff aus. »Ein Daimler TE 30 Cranmore Landaulet von 1913.«

»Sie kennen sich mit Automobilen aus.«

»Es ist ein Hobby von mir.«

»Er ist zehn Jahre alt, wurde aber selten gefahren. Vater hat ihn damals gekauft, damit Daniel und ich damit in die Flitterwochen fahren konnten.«

»Ein wahres Prachtstück.«

Fast wäre Ginger wie gewohnt zur linken Seite des Wagens gelaufen, bevor ihr einfiel, dass sie in England war. Schnell änderte sie die Richtung, um zur rechten Seite zu gelangen, auf der sich das Lenkrad befand.

»Soll nicht lieber ich mich ans Steuer setzen?«, fragte Reed.

»Ich kann durchaus Auto fahren!«, gab Ginger zurück.

»Daran habe ich keinen Zweifel. Aber wie lange ist es her, dass Sie auf der linken Straßenseite gefahren sind?«

»Das war, als ich letztes Mal hier war, mit genau diesem Automobil.«

»Was mehr als zehn Jahre zurückliegt!«

Ginger schnitt eine Grimasse. Sie war eine gute Autofahrerin. In Boston war sie fast täglich mit ihrem kirschroten

22er Sainte Claire Roadster gefahren. Auch während des Krieges hatte sie in Frankreich oft hinter dem Steuer gesessen. Allerdings hatte dabei immer Rechtsverkehr gegolten. Die letzte Fahrt auf der linken Straßenseite lag mehr als zehn Jahre zurück, und damals hatte es deutlich weniger Verkehr gegeben. Einerseits wollte sie Reed zeigen, dass sie eine fähige und kompetente Frau war, doch wenn ihr falscher Stolz zu einem Autounfall führte, würde sie ihn damit nicht gerade beeindrucken.

»Also gut, Chief Inspector«, lenkte sie schließlich ein. »Sie dürfen fahren.«

Reed zögerte. »Aber wie kommen Sie dann zurück? Ich glaube, ich rufe besser ein Taxi.«

Ginger ließ die Schultern hängen. Zu gerne wäre sie zu Scotland Yard gefahren, aber der Chief Inspector hatte recht. Sie trat vom Wagen zurück.

»Nun, es war schön, Sie wiederzusehen, Chief Inspector, auch wenn die Umstände unappetitlich waren.«

»In der Tat.« Reed lüpfte den Hut. »Guten Abend, Lady Gold.«

Damit ging er raschen Schrittes den gepflasterten Weg entlang, der zum Eingangstor führte.

Ginger rief ihm nach: »Sie geben mir Bescheid, wenn Sie etwas herausfinden, nicht wahr?«

Der Chief Inspector blieb noch einmal stehen und rief über die Schulter zurück: »Überlassen Sie den Fall der Polizei, Madam.«

Ginger schnitt eine Grimasse und schlenderte zum Haus zurück. Es war ihr nicht entgangen, dass sie zur förmlichen Anrede zurückgekehrt waren.

7

*A*m nächsten Morgen stand Ginger früh auf, weil sie üben wollte, mit dem Daimler zu fahren. Pippins warf ihr einen Blick voller väterlicher Sorge zu.

»Seien Sie vorsichtig, Madam. Heutzutage gibt es viel Verkehr auf den Straßen. Sind Sie sicher, dass ich Sie nicht lieber fahren soll?«

»Ich möchte selbst am Steuer sitzen, Pips, aber danke für das Angebot.«

Mrs Thornton sah regelrecht erschrocken aus und murmelte: »Ich bin heilfroh, dass ich in der Küche in Sicherheit bin.«

»Ich stelle es mir furchtbar aufregend vor, als Frau selbst Auto zu fahren, ganz wie ein Mann«, sagte Lizzie.

»Es *ist* auch aufregend, Lizzie«, bestätigte Ginger. »Und wenn ich mich erst einmal wieder mit dem Wagen vertraut gemacht habe, nehme ich Sie auf eine Spritztour mit.«

»Das wäre einfach großartig, Madam.« Lizzies Augen leuchteten vor Begeisterung auf. »Vielen Dank, Madam.«

Ginger zupfte ihre Fahrerjacke zurecht und zog ihre Lederhandschuhe an. »Komm, Boss. Lass uns ein bisschen Spaß haben!«

Mit dem Stummelschwanz wedelnd folgte der Boston Terrier seinem Frauchen nach draußen. Ginger öffnete die Flügel des Garagentors und betrachtete den schicken Wagen einen Moment lang, bevor sie ihn umrundete. Das zweitürige Automobil war tiefblau lackiert, hatte ein edles Lederinterieur und ein schwarzes, flaches Dach. Die gelben Radfelgen bildeten einen schönen Kontrast zur Wagenfarbe.

»Ich lasse mich von dir nicht einschüchtern«, flüsterte Ginger, die beinahe wieder zur falschen Seite gelaufen wäre. Sie öffnete die Hintertür für Boss. »Hinein mit dir.«

Der Hund japste fröhlich. In Boston war er oft im Wagen mitgefahren. Jetzt saß er am Fenster, das Ginger für ihn herabließ, und streckte den kleinen schwarz-weißen Kopf hinaus.

Das Armaturenbrett war ganz anders als das des Sainte Claire. Ginger versuchte sich an das letzte Mal zu erinnern, als sie mit dem Daimler gefahren war. Es war ein sonniger Sommertag im August 1913 gewesen. Damals hatte sie Daniel mit einem Picknick überrascht. In den Kensington Gardens hatten sie vor dem runden Teich auf einer Bank gesessen, und Sandwiches gegessen, die Mrs Thornton für sie eingepackt hatte, und sich gegenseitig mit roten Trauben gefüttert. Als zwei elegante Höckerschwäne herangeschwommen kamen und ihre orangefarbenen Schnäbel wie Liebende aneinanderlegten, hatte Daniel sie geküsst.

»Erst die Zündung«, sagte Ginger jetzt laut, »dann der Choke und Gas geben.« Sie suchte den Boden ab. »Den Anlasserknopf drücken.« Mit dem linken Fuß, der in einem

Oxford-Schuh steckte, drückte sie den Knopf und schon sprang stotternd der Motor an.

Ginger drückte die Kupplung durch und legte den Rückwärtsgang ein, was sich mit der linken Hand etwas ungewohnt anfühlte. Langsam ließ sie die Kupplung los, während sie etwas mehr Gas gab. Ohne jedes Missgeschick fuhr sie aus der Garage.

Die Straße hinter dem Haus war so schmal, dass dort nur Platz für ein Fahrzeug war, doch zum Glück kam ihr niemand entgegen. Als sie den zweiten Gang einlegte, knirschte es und eine Abgaswolke entwich dem Auspuffrohr.

»Komm schon, altes Mädchen«, sagte Ginger, das Lenkrad fest umklammert. Obwohl es geradeaus ging, lenkte Ginger, die es nicht gewohnt war, den Graben rechts von sich zu sehen, so weit zur anderen Seite, dass sie fast einen wilden Schlehdornstrauch gestreift hätte. Auf ihrer Oberlippe hatten sich kleine Schweißperlen gebildet, als sie die zweispurige Hauptstraße erreichte.

»Links! Immer schön links bleiben.« Sie fuhr durch ein Wohngebiet und nur zweimal wäre es beinahe zu einem Zusammenstoß gekommen. Einmal mit einem Jungen auf einem Fahrrad und anschließend mit einem Müllwagen, der vor ihr rechts abbog.

Zumindest schien Boss sich gut zu amüsieren. Den Kopf in den Wind gestreckt bellte er die anderen Hunde an, die gerade von ihren Besitzern ausgeführt wurden.

Als Ginger wieder in die Garage bog, war sie zwar erschöpft, aber doch zufrieden, dass sie durch London fahren konnte, ohne jemanden umzubringen. Sie stellte den

Motor ab und drehte sich zu Boss um. »Das war ein Spaß, nicht wahr?«

Zur Antwort bellte Boss. Als Ginger sich vorbeugte, um seinen Kopf zu streicheln, fiel ihr Blick auf einen roten Stoffstreifen, der sich hinter dem Beifahrersitz verfangen hatte. Sie löste ihn vorsichtig und hielt ihn gegen das Licht. Es war hochwertiger Satin.

Beim nächsten Gedanken zog sich ihr Magen zusammen: Das Skelett auf dem Dachboden hatte auch ein rotes Satinkleid getragen. War es möglich, dass die Frau damals im Daimler gefahren war? Und wenn ja, hatte ihr Vater am Steuer gesessen? Sie ließ die Schultern hängen und kniff die Augen zusammen. Die Indizien wiesen darauf hin, dass ihr Vater auf irgendeine Weise mit dem Vorfall zu tun hatte. Es war wohl besser, wenn sie sich nicht weiter in die Ermittlungen einmischte, sondern sich stattdessen lieber darum kümmerte, Hartigan House für den Verkauf vorzubereiten. Ein großes Renovierungsprojekt war genau das, was sie brauchte, um sich von diesem Fall abzulenken.

Durch die offenen Flügeltüren des Frühstückszimmers, in dem Haley am Tisch saß und aß, konnte man in den Garten sehen.

»Wo warst du?«, fragte sie und biss von ihrem Croissant ab.

Ginger streifte die Handschuhe ab. »Ich musste meine Fahrfähigkeiten auffrischen.«

»Du bist mutiger als ich«, sagte Haley. »Ich könnte mich

niemals daran gewöhnen, auf der falschen Straßenseite zu fahren.«

»Es ist nicht die *falsche* Straßenseite«, entgegnete Ginger und nahm gegenüber von ihrer Freundin Platz. »Es ist nur die *andere* Straßenseite.«

Haley schnaubte. »Was für mich dasselbe ist. Übrigens, wo ist eigentlich die Bushaltestelle? Ich muss mich heute an der London School of Medicine for Women melden.«

»Moment mal.« Ginger hatte gerade ihre Kaffeetasse zum Mund führen wollen, hielt aber nun mitten in der Bewegung inne. »Du ziehst heute aus?«

»Ja. Das hatte ich dir doch gesagt, oder?«

Ohne zu trinken, stellte Ginger die Tasse wieder auf dem Tisch ab. »Nun, ja, das hast du wohl, aber mir war nicht klar, dass es jetzt schon so weit ist.«

»Es ist ja nicht so, als ob wir uns dann nicht mehr sehen würden. Wir können uns an den Wochenenden besuchen.«

Ginger lächelte, trotz der Traurigkeit, die sie überkam. Musste sie jeden verlieren, der ihr lieb und teuer war? Wenn Haley sich erst einmal an der Universität eingewöhnt hatte, würde sie zu sehr mit ihrem Studium und ihren neuen akademischen Freunden beschäftigt sein, um Zeit mit einer langweiligen *Lady* zu verbringen, die nichts Besseres zu tun hatte, als einzukaufen und zu tratschen.

Sie ließ den Autoschlüssel in der Luft baumeln. »Du musst dich von mir fahren lassen.«

»Ich würde aber gerne in einem Stück ankommen, wenn es dir nichts ausmacht.«

»Na hör mal, ich bin eine gute Fahrerin. Weißt du, früher bin ich auch in England Auto gefahren, auf der *anderen* Straßenseite. Man erinnert sich sofort wieder daran. Es ist wie Fahrradfahren.«

»Zugegeben, es wäre durchaus bequemer, wenn ich die Koffer nicht in den Bus hieven müsste.«

»Genau!«

Ginger versuchte, die Umstände im positiven Licht zu sehen. Sie hatte einen Wagen und konnte sich jederzeit mit Haley treffen. Abgesehen davon hatte sie ja eigentlich auch nicht vor, in London zu bleiben. Irgendwann würde sie die Freundschaft also ohnehin loslassen müssen. »Ich muss nachher sowieso zu Scotland Yard, dann fahre ich dorthin, nachdem ich dich abgesetzt habe.«

Haley zog die dunklen Augenbrauen hoch. »So, so, Scotland Yard.«

»Nicht, um Chief Inspector Reed zu sehen«, antwortete Ginger schnell, die genau wusste, womit Haley sie aufziehen wollte. »Hauptsächlich möchte ich in Erfahrung bringen, ob die Gästeliste, die ich ihm gegeben habe, geholfen hat, die Identität der Frau festzustellen. Das ist alles. Außerdem muss ich noch ein Beweisstück aushändigen.«

»Du meinst Andrew Baileys Notizbuch? Hast du darin noch irgendetwas gefunden?«

»Leider nicht. Das Einzige war der kryptische Hinweis auf diese Eunice.« Ginger zog ein zusammengefaltetes Taschentuch hervor. »Aber ich habe noch das hier im Daimler gefunden.« Sie zog das Tuch auseinander, sodass der rote Stofffetzen sichtbar wurde.

»Was ist das?«

»Ein Streifen aus Satin.«

Haleys dunkle Augen blitzten auf. »Doch nicht etwa von …«

»Ach, Haley, ich hoffe nicht. Aber wie soll man das wissen?«

»Ein forensisches Labor könnte die Stoffe vergleichen.« Sie sah Ginger mitfühlend an. »Wie auch immer, ich bin sicher, dass es sich um einen Zufall handelt. Dein Vater könnte seinen Wagen irgendwem geborgt haben.«

»Ja, so muss es gewesen sein«, sagte Ginger, froh über die Möglichkeit, ihren Vater aus der Gleichung auszuschließen. »Willst du zum Yard mitkommen? Ich könnte dich danach an der Universität absetzen.«

Haley schaute auf ihre Armbanduhr, dann verzog sich ihr breiter Mund zu einem Grinsen. »Ich habe Zeit.«

8

Ginger zog sich um, während Haley zusammenpackte. Mittlerweile war es kühler geworden, weshalb sie sich für ein blaues Wollkostüm entschied, dessen schmaler Rock auf mittlerer Höhe der Waden endete. Mit einem weißen Strohhut, der an einer Seite einen niedrigen Rand hatte und mit einem breiten violetten Band verziert war, verlieh sie ihrem Aussehen einen besonderen Schliff. Den Hut befestigte sie mit einer perlenbesetzten Nadel an der linken Seite ihres Bobs.

Kurze Zeit später fuhren sie und Haley durch den Green Park, anschließend kamen sie am St. James' Park vorbei.

»Du brauchst doch deinen Hut nicht festzuhalten«, empörte sich Ginger. »Ich fahre schon niemanden an.«

Haley klammerte sich mit einer behandschuhten Hand an der Tür fest, mit der anderen drückte sie ihre glockenförmige Cloche auf den Kopf. »Ich bin mir da nicht so sicher.«

Ginger lachte laut auf, während sie den Trafalgar Square

umrundeten und anschließend die Whitehall entlangfuhren. Sie blickte zu Haley. »Das macht solchen Spaß!«

»Richte deine Augen lieber auf die Straße!«

Endlich bog Ginger auf den Parkplatz des Scotland Yard, stotternd kam der Wagen zum Stehen.

»Ist das normal?«, wollte Haley wissen, die sich nun endlich traute, ihren Hut wieder loszulassen.

»Das arme Ding ist seit Jahren nicht mehr bewegt worden. Es prustet nur aus, was sich angesammelt hat.«

Haley öffnete ihre Tür. »Auf der linken Seite zu fahren, bringt meinen Magen ganz durcheinander. Da könnte ich glatt selbst alles ausprusten, was sich angesammelt hat.«

»Haley!«

»Keine Sorge, vor deinem Chief Inspector würde ich das natürlich nicht tun.«

»Er ist nicht *mein* Chief Inspector. Also, kommst du jetzt oder nicht?«

Haley trat neben Ginger, die bemerkte, dass ihre Freundin tatsächlich ein wenig blass um die Nase war. Vielleicht sollte sie auf dem Weg zur Universität etwas weniger Gas geben.

New Scotland Yard lag am Victoria Embankment an der Themse. Es bestand aus zwei vierstöckigen Gebäuden im viktorianischen Stil, die aus rotem Ziegel gebaut waren, verziert mit Streifen aus weißem Kalkstein.

Ginger ging zur Empfangsdame. »Wir möchten gern zu Chief Inspector Reed.«

Die Frau schob ihre Brille auf der schmalen Nase nach oben und schielte zu ihnen hinauf. »Werden Sie erwartet?«

»Ja«, antwortete Ginger ohne Zögern.

Haley warf Ginger einen schiefen Blick zu, da sie genau wusste, dass Ginger nicht vorher angerufen hatte.

»Sagen Sie ihm, dass Miss Higgins und Lady Gold hier sind.«

Bei der Erwähnung von Gingers Titel richtete sich die Empfangsdame auf. »Jawohl, Madam.« Sofort sprang sie auf und strich sich den Rock glatt. »Einen kleinen Moment, Madam.«

»Was für eine Geheimwaffe, *Lady* Gold«, raunte Haley ihr zu.

Ginger schürzte die Lippen. »Ich dachte, ich kann den Titel zum Einsatz bringen, solange ich hier bin, denn in Boston nützt er mir nichts.«

Schon kam die Frau zurückgeeilt. »Wenn Sie mir bitte folgen möchten, Lady Gold, Miss Higgins.«

Sie wurden durch einen schmalen Korridor in ein großes Eckzimmer geführt, dessen Fenster nach Süden zur Themse zeigten. Die Einrichtung war schnörkellos, aber elegant, mit einem großen hölzernen Schreibtisch, Regalen und Aktenschränken. An einem Kleiderständer in der Ecke hingen ein Hut und ein Mantel.

»Es scheint kein Tag zu vergehen, an dem ich nicht mit Ihnen beiden zusammentreffe«, sagte der Chief Inspector, als sie eintraten.

Ginger schmunzelte. »Welch Glück für Sie.«

»Das stimmt wohl.« Reed setzte sich wieder hinter den Schreibtisch und lehnte sich zurück. »Nun, was kann ich für Sie tun?«

»Haben Sie die Tote schon identifiziert?« Ginger kam gleich zur Sache und ließ sich auf dem freien Stuhl vor dem Schreibtisch nieder, während Haley neben ihr stehen blieb.

Reed faltete die Hände und beugte sich vor. »Leider stimmt kein Name von der Gästeliste mit denen in unserer Vermisstenkartei überein. Die Tote ist noch nicht identifiziert.«

»Wie furchtbar«, sagte Ginger. »Man muss doch irgendwie herausfinden können, um wen es sich handelt.«

»Keine Sorge, Lady Gold. Wir arbeiten daran.«

Ginger schnaubte.

»Sie hat weitere Beweismittel vorzulegen«, meldete sich nun Haley zu Wort.

Ginger schaute mit zusammengepressten Lippen zu ihrer Freundin auf. Sie war noch nicht bereit, das Notizbuch aus der Hand zu geben. Lieber begann sie mit dem Stück Satin. »Das hier habe ich im Daimler gefunden.« Sie faltete das Taschentuch auseinander. »Auf der Beifahrerseite.«

»Sagen Sie bloß, Sie sind selbst gefahren?«

»Jawohl, und zwar ziemlich gekonnt. Stimmt's, Haley?«

»So gekonnt wie ein Chauffeur.«

Reed richtete seine Aufmerksamkeit wieder auf das Stoffstück. »Meinen Sie, es könnte vom Kleid des Opfers stammen?«

»Eine Laboranalyse könnte diese Theorie bestätigen«, meinte Haley.

»Richtig«, sagte Reed, dann schaute er Ginger ernst an. »Sie sind sich bewusst, dass dies Ihren Vater belasten würde?«

»Ich bin sicher, dass er das Auto einem Freund geliehen hat.«

»Verstehe. Haben Sie sonst noch etwas?«

Als Ginger den Kopf schüttelte, stieß Haley sie mit dem Fuß an.

»Autsch.«

»Entschuldige«, sagte Haley. »Das war ein Versehen. Es gibt außerdem noch ein Notizbuch.«

Ginger schnaubte Haley an, dann schenkte sie dem Chief Inspector ein Lächeln. »Es lag ein Notizbuch *hinter* der Kommode.« Mit ernster Miene fügte sie hinzu: »Ich habe ein zweites Mal nachgesehen, nachdem Sie gegangen waren.« Sie nahm es aus der Handtasche und reichte es dem Chief Inspector. »Es gehörte Andrew Bailey, dem ehemaligen Kammerdiener meines Vaters.«

Reed starrte sie misstrauisch an. »Sergeant Scott hatte in der Kammer alles gründlich abgesucht, auch hinter der Kommode.«

»Das Notizbuch ist schwarz und war kaum zu sehen. Fast hätte ich es selbst übersehen.«

Reed atmete tief ein, dann begann er, in dem kleinen Buch zu blättern. Als er am Ende angelangt war, blickte er zu Ginger auf. »Wer ist Eunice?«

»Das weiß ich leider nicht.«

Der Chief Inspector öffnete eine Schreibtischschublade und nahm ein Blatt Papier heraus. »Das ist unsere Vermisstenliste. Aha, habe ich es mir doch gedacht, dass ich den Namen hier gesehen habe.« Er drehte das Blatt um und zeigte darauf. »Eunice Hathaway.«

»Eunice ist zwar kein gewöhnlicher Name«, sagte Ginger, »aber auch nicht einzigartig. Vielleicht ist es nicht dieselbe Person?«

»Wir werden Nachforschungen anstellen, bis wir es sicher wissen.«

»Geben Sie mir Bescheid?«

Reed zögerte, gab aber schließlich nach. »Gut, Lady Gold, ich rufe Sie an.«

»Vielen Dank, Chief Inspector Reed.«

Kein Zweifel, sie waren vollständig zur englischen Förmlichkeit zurückgekehrt.

UNTERWEGS SCHAUTE GINGER zu ihrer besorgt dreinblickenden Freundin hinüber. »Ich glaube, so langsam habe ich den Dreh mit dem Linksverkehr wieder raus.«

»Schau besser auf die Straße!«

»Liebes, du unterschätzt meine Fähigkeiten.«

Haley presste die Lippen aufeinander und hielt den Blick nach vorn gerichtet, als könnte sie den Daimler mit ihrer bloßen Willenskraft in der Spur halten.

»Ach, sieh mal«, rief Ginger, indem sie auf ein großes Gebäude im romanischen Stil deutete, dessen Balkon von sechs weißen Säulen geziert war. »Das ist das Royal Opera House! Wir sollten unbedingt mal hingehen.«

»Gern, falls wir überleben.«

Ihr Weg war weiter, als Haley angenommen hatte, und der dichte Verkehr tat ein Übriges, um die Fahrt zu verlängern. Neben anderen Automobilen fuhren Pferdekutschen, Straßenbahnen und Doppeldeckerbusse. Fußgänger eilten mittendrin über die belebten Straßen, während pfeifende Verkehrspolizisten an den Kreuzungen für Ordnung sorgten.

»Pippins hat recht, es herrscht deutlich mehr Verkehr in der Stadt«, meinte Ginger. »Aber bald sind wir da.«

An den Brunswick Square Gardens vorbei fuhren sie schließlich zur Ecke Hunter Street und Handel Street.

»Frau Doktor Higgins in spe«, sagte Ginger mit breitem Lächeln, »nun bist du hier.«

Haley zog ihre beiden Koffer vom Rücksitz, dann gingen sie und Ginger zur Eingangstür. Das vierstöckige Backsteingebäude versprühte akademischen Flair. Über dem gewölbten Eingang war in jadegrünen Stein LONDON ROYAL FREE HOSPITAL – SCHOOL OF MEDICINE FOR WOMEN gemeißelt.

»Dies wird für die nächsten zwei Jahre mein Zuhause sein«, sagte Haley. »Es gefällt mir.«

Ginger ignorierte das flaue Gefühl, das sie bei dem Gedanken an die bevorstehende Trennung verspürte, und hielt ihrer Freundin die schwere Holztür auf.

Die Menschen im Gebäude wirkten zielstrebig und wichtig. Studentinnen und Professoren eilten durch die Gänge, nirgendwo standen plaudernde Grüppchen herum, niemand blieb länger stehen als nötig. Hier studierten Frauen, die ihre Sache ernst nahmen.

»Hier passt du gut her«, verkündete Ginger.

Haley grinste. »Das hoffe ich. Aber sie sind alle so jung.«

»Du bist doch auch noch jung.«

»Ich glaube nicht, dass diese Mädchen mich mit zweiunddreißig als jung ansehen«, gab Haley zurück. »In ihren Augen bin ich eine alte Jungfer.«

»Unsinn. Sie werden deine Reife und deinen Intellekt bewundern.«

»Du solltest wirklich in die Politik gehen.«

»In diesem Land dürfte ich gerade mal wählen gehen«, entgegnete Ginger, die an die Altersgrenze von dreißig Jahren dachte, ab der britische Frauen das Wahlrecht erhielten. In Amerika gab es diese Einschränkung nicht.

Haley nannte am Empfang, wo eine schlanke Frau mittleren Alters in einem taillierten Kostüm saß, ihren Namen.

»Miss Higgins, wir freuen uns, dass Sie hier sind. Ich bin Miss Knight. Stellen Sie Ihr Gepäck einfach hinter dem Tresen ab, dann führe ich Sie herum.«

Haley setzte ihre Koffer ab, bevor sie Ginger vorstellte.

»Das ist meine Freundin, Lady Gold.«

Als Ginger ihr wegen des Titels einen entnervten Blick zuwarf, murmelte Haley nur: »Wenn du in Rom bist, tu es den Römern gleich.«

Miss Knight streckte ihr die Hand entgegen. »Lady Gold, schön, Sie kennenzulernen!«

Die Frau schien ihre Aufgabe sehr zu lieben, denn sie führte Ginger und Haley mit solcher Begeisterung herum, als würde sie es zum ersten Mal tun. »Die Labore wurden erst vor Kurzem mit den neuesten Geräten ausgestattet. Vor allem die Kurse der Gerichtsmedizin sollen sehr aufregend sein.« Sie zeigte ihnen die Bibliothek, die Hörsäle und die Cafeteria. »Unser Koch kommt aus Frankreich, das Essen ist *très délicieux*.«

Ginger musste bei Miss Knights Versuch, französisch zu sprechen, schmunzeln.

»Wo sind eigentlich die Schlafsäle?«, erkundigte sich Haley. »Ich würde gern mein Zimmer beziehen.«

Zum ersten Mal verschwand das Lächeln aus Miss Knights Gesicht, und sie begann, nervös die Hände zu ringen.

»Nun, die Sache ist die, Miss Higgins, unsere Fakultät erfreut sich mittlerweile großer Beliebtheit, und was die Unterbringung betrifft, geben wir unseren Studentinnen im ersten Semester den Vorrang. Sie sind nun ja schon im dritten Jahr, und die älteren Studentinnen nehmen sich meist ein Zimmer in der Stadt ...«

Haley zog die Stirn in Falten. »Soll das heißen, dass ich kein Zimmer habe?«

»Wir hatten gehofft, dass wir Ihnen einen Platz anbieten könnten, aber wie sich herausstellt ... nun, wir könnten vielleicht ein Feldbett irgendwo ... aber das müssten wir erst mit den anderen Studentinnen besprechen. Es tut mir sehr leid. Ich wollte Ihnen die Nachricht heute noch zukommen lassen.«

»Es ist schon in Ordnung, Miss Knight«, mischte sich Ginger ins Gespräch. »Miss Higgins kann auch bei mir wohnen. Ich fahre sie gern.«

Haley stöhnte auf. »Oder ich nehme einen von diesen roten Bussen ...«

Ginger, die den subtilen Protest ihrer Freundin geflissentlich überging, fuhr fort: »Vielleicht könnte ich mir sogar ein, zwei Vorlesungen anhören?«

Miss Knights Lächeln war zurückgekehrt. »Das lässt sich sicher arrangieren, Lady Gold.«

Haley nahm ihre Koffer. »Bist du dir sicher, dass ich dir nicht zur Last fallen würde? Es war ja eigentlich nicht Teil der Abmachung.«

»Es ist mehr als in Ordnung«, entgegnete Ginger. »Was sollen Boss und ich allein in dem großen Haus sonst machen? Außerdem hast du sowieso schon ein Zimmer.«

Miss Knight gab Haley ihren Stundenplan und ein Fahrplanheft der öffentlichen Busse. »Es gibt auch die Untergrundbahn«, erklärte sie. »Die Piccadilly-Linie fährt von South Kensington zum Russell Square.«

Als sie hinausgingen, murmelte Haley:»In diese Untergrundbahn bringen mich keine zehn Pferde.«

»Ach du Dummerchen, die ist absolut sicher.«

»Ich bin lieber auf der Erdoberfläche als darunter.«

»Sag bloß, du leidest unter Klaustrophobie?«

»Wofür man sich nicht schämen muss.«

Auf dem Heimweg durch Paddington kam ihnen ein Pferdegespann in die Quere, woraufhin Ginger die Hupe betätigte. Haley neben ihr war vom ständigen Luftanhalten schon fast blau im Gesicht.

Als Ginger den Daimler schließlich in die Garage lenkte, sagte sie triumphierend:»Du musst zugeben, dass meine Fahrkünste auf dem Rückweg nahezu perfekt waren.«

Haley zwang sich zu einer Antwort.»Besonders die Fahrt durch den Hyde Park war ein Vergnügen.«

»Nicht wahr?«

Pippins hatte anscheinend auf ihre Ankunft gewartet, denn er war bereits draußen, als sie durch den Garten Richtung Frühstückszimmer gingen.

»Was gibt es?«, fragte Ginger.»Ist etwas nicht in Ordnung?«

»Doch, doch, Madam. Die Sache ist nur, dass Sie unerwartet Besuch bekommen haben.«

»Tatsächlich? Wer ist denn da?«

»Lady Ambrosia Gold und Miss Felicia Gold, Madam.«

Ginger griff nach Haleys Arm.»Ach, du meine Güte. Jetzt wirst du gleich meine Schwiegerfamilie kennenlernen.«

9

»Da bist du ja!«, rief die Baroninwitwe Ambrosia, die Dowager Lady Gold, als Ginger und Haley den Salon betraten. Die ältere Lady Gold und ihre Enkelin Felicia hatten in den Ohrensesseln vor dem Kaminfeuer Platz genommen. Die alte Dame saß aufrecht, die Füße überkreuzt, ein silberner Spazierstock lehnte neben ihr. Die junge Felicia, die graue Augen hatte und ihr dunkelbraunes Haar als gewellten Bob trug, hatte bequem die Beine angezogen. Ihre modischen Riemchenpumps lagen achtlos abgestreift auf dem türkischen Teppich. Lizzie schenkte gerade Tee nach.

»Hallo, Großmutter Gold, hallo Felicia! Was für eine Überraschung!«

Ginger beugte sich vor, um der älteren Frau einen Kuss auf die Wange zu geben.

»Da wir zur Familie gehören, Georgia ... Verzeihung, ich meine *Ginger,* dachte ich mir, dass wir auch unangemeldet vorbeikommen könnten.«

Nach langem Zureden von Daniel hatte sich die Dowager Lady Gold überzeugen lassen, Ginger endlich nicht mehr bei ihrem offiziellen Vornamen Georgia, der auf der Geburtsurkunde stand, zu nennen. Ginger war nach ihrem Vater, George Hartigan, getauft, aber ihre Mutter hatte sie wegen der roten Haare Ginger genannt.

»Man weiß ja schließlich nicht, wie lange es gedauert hätte, bis du dich an uns erinnerst, um eine Einladung auszusprechen«, fuhr Ambrosia fort.

»Oh, ich würde dich nie vergessen, Großmutter«, entgegnete Ginger.

Felicia, die mit ihrem herzförmigen Gesicht, den leuchtenden Augen und den rosigen Lippen sehr hübsch war, stand auf, um ihre Schwägerin zu begrüßen. Die perfekte Wasserwelle ihrer Haare glänzte im elektrischen Licht. Sie trug ein orangefarbenes Tageskleid aus Chiffon, das locker an ihrem schlanken Körper hing, und dazu einen breiten Satingürtel tief auf den Hüften. Die Ärmel waren von den Schultern bis zum Handgelenk geschlitzt, der Rocksaum endete knapp unterhalb der Knie. Das Kleid war recht gewagt und entlockte Ginger ein Lächeln. »Meine liebe Felicia«, sagte sie herzlich, während sie sich umarmten. »Was für eine ansehnliche junge Dame du geworden bist!«

»Danke, Ginger. Es ist so schön, dich wiederzusehen. Ich dachte schon, wir würden uns nie mehr ...«

»Aber natürlich«, unterbrach Ginger sie schnell. »Und ich bleibe einen ganzen Monat lang.«

Felicias Lächeln verschwand. »Aber ich dachte, du ziehst für immer hierher.«

»Ich weiß noch nicht genau, was ich vorhabe, Liebes, aber darüber müssen wir uns heute keine Gedanken

machen. Nun feiern wir erst einmal unser Wiedersehen.«
Sie zog Haley heran. »Großmutter, Felicia, das ist meine
liebe Freundin Miss Higgins. Sie wohnt bei mir, während sie
an der London School of Medicine for Women studiert.
Haley, das ist die Dowager Lady Gold, und das ist Miss
Felicia Gold.«

Haley reichte ihnen nacheinander die Hand. »Guten
Tag.«

»Sie sind Amerikanerin?«, fragte Ambrosia mit einem
Hauch von Misstrauen in der Stimme.

»Jawohl, Ma'am. Aus Boston.«

»›Madam‹ heißt es bei uns. Ma'am ist für Queen Mary
reserviert.«

»Natürlich, Madam«, sagte Haley. »Wir benutzen den
Begriff in Amerika etwas weitläufiger. Es ist mir herausgerutscht.«

Ambrosia nippte an ihrem Tee. »Nun, was führt Sie nach
London, Miss Higgins?«

»Ich habe während des Krieges als Krankenschwester in
London gedient. Dabei habe ich mich in die Stadt verliebt.«

»Oh, ich würde so gerne einmal nach Amerika reisen«,
schwärmte Felicia. »Was für ein Abenteuer!« Dann schmollte
sie. »Ich war bisher nirgendwo.«

Ambrosia rutschte auf ihrem Sessel herum. »Wo bleibt
denn dein Diener? Unser Gepäck wartet im Foyer.«

Ginger blinzelte. »Euer Gepäck?«

»Ja, Ginger. Wir sind den ganzen Weg von Hertfordshire
gekommen. Sicherlich erinnerst du dich noch, wie lange
die Zugfahrt dauert. Wir bleiben mindestens übers
Wochenende. Und ich habe mein Dienstmädchen nicht
mitgebracht, weil ich dachte, dass es dir sicher nichts

ausmacht, wenn ich mir für den kurzen Besuch deines leihe.«

Obwohl Ginger eine neutrale Miene beibehielt, fühlte sie sich plötzlich recht erschöpft. »Ich fürchte, unser Dienstbotentrakt ist gerade wie ausgestorben.« Sogleich biss sie sich auf die Lippe wegen ihrer schlechten Wortwahl. Immerhin war ihr nicht herausgerutscht, dass im Dienstbotentrakt jemand *gestorben* war.

»Wie du weißt, war Hartigan House in den letzten zehn Jahren unbewohnt«, fuhr sie schnell fort. »Ich hatte noch keine Gelegenheit, jemanden einzustellen, da ich erst gestern angekommen bin. Unser Hausmädchen Lizzie kann sich gerne um dich kümmern. Und Mr Pippins kann sicherlich auch euer Gepäck hinaufbringen.«

Pippins, der an der Seite gestanden hatte, nickte Ginger zu und verließ den Raum.

»Ich helfe«, rief Haley und folgte ihm. »Ich muss auch noch meine eigenen Koffer hochbringen.«

Die beiden verschwanden und ließen Ginger mit ihren Gästen allein.

»Wie ausgestorben«, murmelte die Dowager Lady Gold, während sie an ihrem Tee nippte.

GINGER FÜHRTE ihre Gäste zu den Zimmern. Ambrosia hielt aufgrund ihres hohen Alters regelmäßig ein Nachmittagsschläfchen, und da Ginger und Haley noch unter der Zeitverschiebung litten, ließen auch sie sich auf ein kurzes Päuschen ein. Nur Felicia hatte so viel Energie, dass sie den

Nachmittag ausnutzen wollte. Sie lieh sich den Daimler, um in die Stadt zu fahren und dort einzukaufen.

Nach dem Nickerchen kamen die drei Frauen zum Abendessen hinunter. Mrs Thornton stellte unter Beweis, dass sie in kürzester Zeit ein hervorragendes Drei-Gänge-Menü zaubern konnte, und hatte Lauchsuppe und Steak- und Nierenpastete zubereitet. Zum Nachtisch würde es Apfelkuchen mit Streuseln und Vanillesauce geben.

Ginger und Haley saßen gegenüber von Ambrosia, die sich über Felicias Abwesenheit echauffierte. »Sie ist ein bisschen wild«, klagte sie. »Ich habe mein Bestes gegeben, aber ich war zu alt, die Mutterrolle noch richtig auszufüllen. Als mein Sohn und seine Frau bei dem Unfall ums Leben kamen, brach mein Herz, doch die Aufgabe, mich um die kleine Felicia zu kümmern und auf den jungen Daniel aufzupassen, hat mir keine Gelegenheit gegeben, lange in Trauer zu verweilen. Es war mein Silberstreif am Horizont. Daniel war auch damals für sein Alter sehr reif – du weißt, er war eine alte Seele, Ginger – und hat sofort die Rolle des Mannes im Haus übernommen. Gott hab ihn selig. Aber Felicia ... Ich habe sogar ein Kindermädchen und eine Gouvernante eingestellt, aber man konnte sie schon immer kaum im Zaum halten.«

»Wahrscheinlich hat sie nur die Zeit vergessen«, sagte Ginger. »Das passiert leicht, wenn man in London unterwegs ist. Lasst uns ohne sie beginnen.« Sie reichte die Platten mit den Gerichten herum, damit sich jeder etwas nehmen konnte.

»Wie stehen die Dinge auf Bray Manor?«, erkundigte sie sich dann.

Ambrosia legte ihre Gabel ab und seufzte. »Es ist ein großes, einsames Haus.«

»Ach, Großmutter. Miss Higgins und ich kommen euch so bald wie möglich besuchen, nicht wahr, Haley?«

Haley warf Ginger einen bedeutungsvollen Seitenblick zu, bevor sie antwortete: »Ich begleite Lady Gold sehr gern, falls es mein Studium zulässt.«

»Die Außenanlagen verkommen auch langsam«, fuhr Ambrosia fort. »Wir können es uns nicht leisten, genug Personal einzustellen.«

Ginger blinzelte. Sie wusste genau, wie viel Geld aus dem Hartigan-Vermögen in den Unterhalt von Bray Manor floss. Dies war Teil der ehelichen Vereinbarung gewesen. Früher hatte sich Gingers Vater darum gekümmert, aber jetzt lag es in ihrer Verantwortung. Ihr Beitrag sollte eigentlich mehr als genug sein, und Ginger war nicht bereit, noch mehr Geld zu investieren. »Vielleicht kann ich mal einen Blick in die Bücher werfen, wenn ich komme. Dann sehen wir, was wir tun können.«

»Danke, meine Liebe«, sagte Ambrosia. »Ich belästige dich nur ungern mit den Problemen unserer Familie. Wie du weißt, war mein Mann, Sir Artemis – Gott sei seiner Seele gnädig –, spielsüchtig. Seine Sünden sind an seinen Kindern und Kindeskindern hängengeblieben. Seitdem leiden wir unter seinen Verlusten.«

Die Hintertür des Hauses war zu hören. Kurz darauf wehte Felicia herein, die Arme voller Pakete, das Gesicht vor Aufregung gerötet. »Ich war bei Harrods, denn ich brauche natürlich dringend eine neue Herbstgarderobe.« Dabei zog sie einen Fuchspelz hervor und schlang ihn sich um die Schultern, sodass der Kopf des Tieres über ihrer Brust und der Schwanz über ihren Rücken hing. Anschließend drehte sie sich auf den Fersen, um ihn zu präsentieren. »Ist der nicht fabelhaft?«

Ambrosia starrte sie mit offenem Mund an. »Du hast doch nicht etwa vor, ein *totes Tier* an deinem Leib zu tragen?«

»Doch, das habe ich, Großmama. Es ist gerade furchtbar angesagt! Wie findest du ihn, Ginger?«

»Ziemlich glamourös, Liebes.«

»Auf makabre Art und Weise«, ergänzte Haley trocken.

Felicia ließ sich ihre gute Laune nicht verderben. »Nach Harrods bin ich ins Theaterviertel gefahren. Es ist ja so aufregend dort! Ich würde jeden Abend eine andere Vorstellung besuchen, wenn ich nicht auf dem Lande gefangen gehalten würde. Ach so ja, liebe Ginger, ich fürchte, der Daimler braucht Benzin. Was für ein altes Ding! Du solltest dir wirklich etwas Neues zulegen.«

»Gütiger Himmel, Kind, jetzt atme erst einmal durch!«, sagte Ambrosia.

Felicia ließ sich auf den Stuhl neben ihrer Großmutter plumpsen. »Großmama, wir *müssen* in die Stadt ziehen. Sonst werde ich als alte Jungfer auf Bray Manor verkommen, nicht wahr, Ginger? Der Krieg hat Hertfordshire aller jungen Männer beraubt. Ginger, du hast doch so viel Platz hier – könnte ich nicht bei dir einziehen?«

Ambrosia ließ ihre Gabel auf den Teller fallen. Als das Klirren von Silber auf Porzellan an den hohen Decken widerhallte, vergaßen alle einen Moment lang zu atmen.

»Sei keine Närrin«, schalt Ambrosia. »Man kann sich nicht einfach irgendwo einladen, so wie es einem gefällt.«

»Ach, Großmama. Ginger ist doch keine Fremde, sie ist fast meine Schwester!«

»Felicia«, sagte Ginger ruhig. »Du bist auf Hartigan House immer willkommen, aber du wirst nicht ernsthaft auf die Idee kommen, deine Großmutter auf dem Land alleinzulassen?«

»Ich bin einundzwanzig Jahre alt! Soll ich etwa auf Bray Manor bleiben, bis sie stirbt?«

»Felicia!«, entfuhr es Ginger, erschrocken über den mangelnden Anstand ihrer jungen Schwägerin.

Immerhin hatte Felicia die Güte, einen verlegenen Blick auf Ambrosia zu werfen, die dasaß und in sich hineinmurmelte.

»Aber wenn es doch wahr ist! Ich habe kein eigenes Geld und keine Möglichkeit, welches zu verdienen. In Hertfordshire gibt es keine anständigen Junggesellen, die für mich infrage kämen. Ich werde dort versauern und allein sterben!«

»Nun reg dich nicht so auf«, beschwichtigte Ginger sie, »sicherlich ...«

Plötzlich strahlte Felicia wieder. »Großmama könnte auch hierherziehen!«

»Jetzt reicht es aber, junge Dame!«, rief Ambrosia. »Ich verbiete dir, noch einmal allein in die Stadt zu fahren. Sieh nur, was für einen Unsinn du dort aufgeschnappt hast!«

»Großmama!«, flehte Felicia. »Das kann nicht dein Ernst sein.«

»Ich habe in meinem ganzen Leben noch nie etwas so ernst gemeint«, gab Ambrosia entschieden zurück. An Ginger gewandt fügte sie hinzu: »Ich bitte um Verzeihung. Felicia war schon immer sehr eigensinnig.«

Felicia schnaubte.

»Es wäre sowieso fraglich«, sagte Ginger, »da ich Hartigan House vielleicht verkaufe, bevor ich nach Boston zurückkehre.«

Sowohl Ambrosia als auch Felicia starrten sie nun mit offenem Mund an.

»Du verlässt uns also wirklich wieder?«, fragte Felicia schließlich.

Gingers Herz zog sich zusammen, als sie die Enttäuschung in der Stimme ihrer jungen Schwägerin hörte.

»Na ja, irgendwann wohl schon. Meine Stiefmutter und meine Halbschwester ...«

»Natürlich«, sagte Felicia. Sie richtete sich auf und reckte das Kinn, während in ihren Augen etwas erlosch. War es der letzte Funke Hoffnung?

Ginger fühlte sich schrecklich. Felicia hatte in ihrem kurzen Leben so viel Verlust erlitten. Jetzt erst verstand Ginger, dass Felicias Wunsch hierherzuziehen weniger mit den Vorteilen der Stadt zu tun hatte als mit dem Bedürfnis, ihr näher zu sein.

»Felicia, Liebes«, sagte sie sanft. »Noch ist nichts entschieden. In Wahrheit weiß ich noch nicht, was ich tun werde. Das Einzige, was ich sicher weiß, ist, dass ich renovieren muss, egal ob ich verkaufe oder bleibe. Willst du mir dabei helfen?«

Diese Einladung schien Felicia zu beschwichtigen. »Wenn ich schon mal hier bin, kann ich mich auch nützlich machen.«

»Ich störe das Gespräch nur ungern«, sagte Haley, »aber könntest du mir bitte die Butter reichen?«

10

Ginger begegnete Haley am nächsten Morgen auf der Treppe. »Wohin des Weges in solcher Eile?«

Haley strich sich eine Locke aus dem Gesicht und rief, ohne stehen zu bleiben, über die Schulter zurück: »Ich muss zum Bus.«

Gefolgt von Boss lief Ginger ihr hinterher, bis sie sie an der Tür eingeholt hatte. »Fährst du zur Universität? Ich kann dich bringen.«

Haley schlüpfte in ihre Tweedjacke und setzte sich ihre Cloche auf den Kopf. »Nicht nötig, Ginger«, sagte sie lächelnd. »Ich freue mich auf die Aussicht vom Busfenster aus.« Dann zog sie sich die Handschuhe über und ergänzte grinsend: »Ohne Angst haben zu müssen, die nächste Kreuzung nicht zu überleben.«

»Pff, du warst in meinem Wagen vollkommen in Sicherheit.«

»Mag ja sein. Aber gehst du heute nicht mit deiner Schwägerin einkaufen?«

»Das stimmt wohl. Also beeil dich. Und schön bei der Vorlesung aufpassen, ich möchte heute Abend einen ausführlichen Bericht hören.«

Haley grüßte militärisch. »Jawohl, Madam.«

Ginger schloss hinter ihrer Freundin die Tür, dann rief sie nach Boss, damit er ihr in die Küche folgte.

»Lizzie, haben Sie Miss Felicia gesehen?«

Das Hausmädchen machte einen Knicks. »Sie ist noch nicht zum Frühstück erschienen, Madam.«

»Ach du liebes bisschen. Ich erinnere mich noch an die Zeit, als ich auch so lange schlafen konnte. Ich gehe und wecke sie. Würden Sie Mrs Thornton bitten, das Frühstück für sie vorzubereiten? Komm, Boss.«

Als Ginger an die Tür klopfte, kam von drinnen nur ein leises Stöhnen. Sie trat ein.

»Felicia, Liebes, wenn du mit mir zum Einkaufen fahren willst, musst du jetzt aufstehen.«

Ginger zog die schweren Vorhänge auf, woraufhin Felicia abermals ein Stöhnen verlauten ließ. »Schalt es wieder aus.«

»Ich kann die Sonne nicht ausschalten, Liebes. Freu dich lieber, dass es nicht regnet. Lass uns diesen herrlichen Tag ausnutzen.« Ginger bedeutete Boss, aufs Bett zu springen.

»Braver Junge, Boss«, sagte sie, als der Hund an Felicia herumschnüffelte und sie dabei mit seiner feuchten Nase an der Wange anstupste.

»Igitt, geh weg von mir, du elendiger Köter!«

»Boss ist kein elendiger Köter, wenn ich bitten darf. Er gehorcht nur meinem Kommando. Und er wird nicht aufhören, dich zu belästigen, bis du aufgestanden bist.«

»Also gut.« Felicia setzte sich auf. Ihr kurzes Haar stand auf der einen Seite vom Kopf ab, die Augen waren verquol-

len, und sie schirmte sie mit der Hand vor der Sonne ab.
»Ich komme ja schon.«

»Gut. Mrs Thornton macht Frühstück für dich. Wir haben wirklich viel zu tun, also beeil dich.«

In der Zwischenzeit würde sie ihren Hund ausführen, entschied Ginger. Es war schon Jahre her, dass sie das letzte Mal hier in der Gegend einen Spaziergang unternommen hatte. Boss freute sich über den Ausflug und blieb alle paar Minuten stehen, um sein neues Revier zu markieren. Die Gegend um den Mallowan Court war nobel, und Hartigan House war umsäumt von anderen herrschaftlichen Häusern. Allerdings hatte keines davon mehr die Eleganz und Ausstrahlung von früher. Der Krieg hatte seine Spuren hinterlassen. Außerdem entstand durch die neue Industrie viel Ruß, der sich auf den Gebäuden absetzte. Hier und dort hätte ein Fenster geputzt, eine Mauer erneuert oder eine Hecke getrimmt werden müssen. Die meisten Häuser wirkten müde, aber es gab auch welche, die bereits renoviert worden waren. Ginger winkte den Nachbarn zu, an denen sie vorbeikam, und man winkte ihr auch zurück, wobei sie niemanden kannte und natürlich kannte umgekehrt auch niemand sie.

Bei ihrer Rückkehr sah sie, wie eine ältere, gut gekleidete Frau gerade von einem jüngeren Mann aus dem Nachbarhaus geführt wurde.

Als die Frau sie entdeckte, rief sie: »Sind Sie nicht Lady Gold?«

Ginger ging hinüber und ließ Boss vor ihren Füßen Sitz machen.

»Die bin ich.« Bei näherem Hinsehen erkannte Ginger die Dame von ihrem letzten Besuch. Ein Jahrzehnt hatte das

Haar der Nachbarin ganz weiß werden lassen. »Mrs Schofield?«

Mrs Schofield ergriff Gingers behandschuhte Hand. »Sie erinnern sich an mich! Meine Liebe, mein Beileid wegen Ihres Vaters – und Ihres Mannes. Ich habe gehört, dass er die schrecklichen Kämpfe nicht überlebt hat. Was für ein großer Verlust für einen so jungen Menschen.«

»Vielen Dank, Mrs Schofield.«

»Beide waren wunderbare Männer, und ich hatte Glück, sie kennenlernen zu dürfen.«

»Es ist sehr liebenswürdig von Ihnen, das zu sagen.«

Mrs Schofield winkte den jungen Mann zu sich. »Das hier ist mein Enkel, Lieutenant Alfred Schofield.« Stolz fügte sie hinzu: »Er war im Krieg im Royal Flying Corps im Einsatz.«

Lieutenant Schofield war gut gekleidet. Er trug einen zweireihigen Anzug mit Nadelstreifen. Seine Gesichtszüge waren knabenhaft, doch seine Statur und sein Gang ließen erkennen, dass er einen Krieg durchgemacht hatte. Er lüpfte seinen Strohhut. »Sehr erfreut, Sie kennenzulernen, Lady Gold.« Er zeigte zu Hartigan House. »Sind Sie dort eingezogen?«

»Ja. Beziehungsweise, nein.« Ginger lachte. »Ich bin mir nicht ganz sicher. Ich bin erst kürzlich aus Amerika gekommen, um Vaters Nachlass zu regeln. Ich weiß noch nicht, ob ich bleibe oder es verkaufen soll.«

Lieutenant Schofield sah sie interessiert an. »Ich hoffe, Sie bleiben. Sie würden die Londoner Gesellschaft bereichern.«

Die Londoner Gesellschaft interessierte Ginger nicht besonders, aber sie lächelte und nickte höflich.

»Vielleicht kann ich Sie einmal herumführen«, sagte Lieutenant Schofield nun.

»Vielleicht«, erwiderte Ginger, »sobald ich mich etwas eingelebt habe. Ich habe wirklich sehr viel zu tun.«

»Natürlich.« Lieutenant Schofield grinste. »Ich weiß nun ja, wo Sie wohnen.«

Ginger war sich nicht recht sicher, wie sie diese Bemerkung auffassen sollte. Mit Humor, beschloss sie und hoffte, dass er es auch so gemeint hatte. Sie lächelte.

Nun meldete sich wieder Mrs Schofield zu Wort. »Wird die Dowager Lady Gold Ihnen einen Besuch abstatten?«

»Ja, tatsächlich ist sie bereits hier.«

»Wie wundervoll. Bitte sagen Sie ihr, dass ich sie besuche, wenn ich von meinem Termin zurück bin.«

»Ich richte es ihr aus. Sie wird sich freuen.«

Ginger entschuldigte sich und ging. Als sie einen Blick zurückwarf, sah sie, dass Lieutenant Schofield immer noch dastand und ihr, ganz so wie sie es geahnt hatte, hinterherblickte.

Zurück in der Küche übergab Ginger den Hund an Lizzie. »Haben Sie die Liste mit den Modesalons, die Ihre frühere Arbeitgeberin gerne besucht hat?«, fragte sie.

»Jawohl, Madam. Die hätte ich jetzt fast vergessen.« Lizzie kramte in ihren Rocktaschen und zog ein gefaltetes Blatt Papier hervor. »Mrs Thornton hat mir geholfen, mich an die Namen einiger Läden zu erinnern.«

Ginger warf einen Blick auf die Liste. »Vielen Dank. Das ist ein guter Anfang.«

Lizzie knickste, dann ging sie mit Boss davon. Wie froh Ginger war, dass das Mädchen Tiere mochte.

Felicia war nirgends zu sehen, dafür saß Ambrosia mit

einer Kanne Tee im Wohnzimmer. Ginger berichtete ihr von den Schofields.

»Meine Güte!« Ambrosia griff sich ans Herz. »Sie will vorbeikommen?«

»Großmutter, ist das ein Problem?«

»Sie ist so ... affektiert. Von allem hat sie immer nur das Beste, weißt du. Die schönsten Kleider, die feinsten Möbel, die besten Ratschläge. Und das, obwohl ich einen Titel habe! Es ist nervtötend.«

»Das wusste ich nicht.«

»Außerdem ist sie furchtbar neugierig. Eigentlich überrascht es mich, dass sie sich jetzt erst meldet.«

»Es tut mir leid, Großmutter. Sie hat sich selbst eingeladen. Ich dachte, du hättest gegen ein wenig Gesellschaft nichts einzuwenden. Mrs Schofield schien sich jedenfalls auf ein Wiedersehen zu freuen.«

Ambrosia rutschte nervös hin und her und stellte ihre Teetasse auf dem Beistelltisch ab. »Natürlich freut sie sich, mich zu sehen. Sie kann es kaum erwarten, mir irgendetwas aufs Brot zu schmieren. Ach, ach.« Sie strich ihren plissierten Rock zurecht. »Mrs Schofield wird die Nase rümpfen, wenn sie mein Kleid sieht.«

»Es ist ein reizendes Kleid«, sagte Ginger tröstend. »Vergiss nicht, du bist Lady Gold. Wenn, dann bist *du* diejenige, die die Nase rümpft.«

Ginger hätte nie gedacht, dass sie sich einmal auf einen Titel berufen würde, aber sie hatte Mitleid mit ihrer plötzlich so angegriffen wirkenden Schwiegergroßmutter.

»Ganz recht, ganz recht. Ich danke dir, Ginger.« Ambrosia stand auf und stützte sich dabei auf ihren

Gehstock. »Ich muss mich umziehen. Wie kann man diese Lizzie heraufbeschwören?«

»Ich hole sie für dich, Großmutter.«

Ginger suchte Lizzie und bat sie, Ambrosia zu helfen und Felicia zu ihr zu schicken, falls sie ihr begegnete. Dieses Mädchen! Wenn sie nicht bald auftauchte, würde Ginger ohne sie fahren. Als hätte Felicia geahnt, dass Ginger sie zurücklassen würde, tauchte sie nun in einem dunklen Faltenrock auf. Dazu trug sie eine weiße Bluse und einen bunten Schal um den Hals.

»Ich bin bereit, wann immer du es bist, Ginger«, sagte sie, während sie in eine übergroße Herbstjacke schlüpfte und sich einen mit violetten Federn geschmückten Strohhut auf den Kopf setzte. »Ich habe viele Ideen, wie wir dieses alte Ding auf Vordermann bringen könnten. Lass uns Hartigan House ins zwanzigste Jahrhundert versetzen!«

»Ich bin schon gespannt auf deine Ideen«, sagte Ginger. »Lass uns fahren.«

Im Daimler erklärte sie: »Bevor wir die Läden für Raumausstattung besuchen, möchte ich noch zu ein paar Modesalons fahren.«

»Modesalons? Das klingt etepetete.«

»Ist es auch, aber ich möchte mich gerne den Couturiers und Beraterinnen vorstellen. Für den Fall, dass ich eines Tages ein Etepetete-Kleid brauche.«

Felicia lachte. »Deine Herangehensweise gefällt mir, Schwägerin!«

Gingers Fahrweise schien Felicia in keinster Weise zu beunruhigen. Ein Beweis dafür, dass es sich bei Haley um ein persönliches Problem handelte, welches nichts mit

Gingers Fahrkünsten zu tun hatte. Aus dem Augenwinkel heraus beobachtete Ginger ihre Schwägerin.

»Wie geht es dir, Felicia? Also, in Wirklichkeit.«

»Was meinst du?«

»Bist du glücklich?«

»Natürlich!« Felicia ließ ihre kirschroten Lippen in einem breiten Lächeln erstrahlen. »Ich gehöre doch zu diesen *Bright Young Things!*«

Ginger lächelte. »Das stimmt wohl.«

»Wenn deine Frage allerdings darauf abzielt, ob ich glücklich darüber bin, im alten Bray Manor eingesperrt zu sein, dann lautet die Antwort unweigerlich Nein.«

»Ganz so schlimm wird es schon nicht sein, oder?«

»Es ist einfach nicht genug Geld da, Ginger. Und das meine ich mit allem nötigen Respekt. Das Anwesen ist wie eine gigantische Gruft. Wir haben kaum mehr Personal als du. Und es ist mein voller Ernst, dass es keine Männer gibt.«

»Ja, das Herrenhaus könnte einen Mann gebrauchen, der sich um alles kümmert.«

»Na ja, *solche* Männer meine ich nicht«, erwiderte Felicia augenzwinkernd, »aber stimmt, auch Handwerker könnten wir gebrauchen.«

»Ich würde gerne bald einmal zu Besuch kommen, um Daniels Grab zu besuchen.«

Felicia wurde still. Plötzlich schienen ihr die Worte zu fehlen.

Ginger nahm die Hand ihrer Schwägerin und drückte sie. »Wir haben beide sehr viel verloren, als er starb. Aber wir stehen es gemeinsam durch.«

»Er ist schon seit fünf Jahren tot. Bisher bin ich ganz gut ohne dich zurechtgekommen.«

Die Wut, die hinter diesen Worten steckte, traf Ginger unvorbereitet.

»Es tut mir leid, dass ich nicht früher gekommen bin.« Doch schon hatte Felicia ihre fröhliche Maske wieder aufgesetzt. »Lass uns nicht über die Vergangenheit reden, ja?« Sie zeigte nach vorn. »Das Ritz! Wie fabelhaft es wäre, dort zu nächtigen. Ginger, du hast solch ein Glück, so nah an allem dran zu sein. Ich liebe London!«

Sie fuhren durch Mayfair, und wie es der Zufall wollte, fanden sie einen Parkplatz direkt vor einem der Geschäfte in der Nähe der Regent Street.

»Das Schicksal meint es gut mit uns!«, sagte Ginger fröhlich. Es war besser, zur fröhlichen Stimmung zurückzukehren.

Die Angestellte im Geschäft war groß und schlank und hatte ein schlichtes schwarzes Kostüm an. Obwohl sie eine Brille trug, war nicht zu übersehen, dass sie Gingers und Felicias Kleidung musterte und anhand derer ein Urteil fällte. Bis zu diesem Augenblick hatte sich Ginger in ihrem Vionnet-Kleid recht sicher gefühlt. Wieder einmal nahm sie ihren Titel zu Hilfe.

»Guten Tag, ich bin Lady Gold, und dies ist meine Schwägerin Miss Gold. Ich bin gerade erst in London angekommen und möchte nun die feinsten Modesalons der Stadt kennenlernen. Ich muss noch meine Herbstgarderobe zusammenstellen, wissen Sie.«

Das rief ein anmutiges und leicht entschuldigendes Lächeln hervor. Mit französischem Akzent sagte die Frau: »Das erklärt, warum ich Sie noch nicht gesehen habe, Madame. Ich bin Madame Jardin. Bitte, kommen Sie mit.«

Ginger musste nichts vorspielen, um sich von den

neuesten Entwürfen der größten Pariser Modeschöpfer wie Madeleine Vionnet, Edward Molyneux und Jeanne Paquin begeistert zu zeigen. Und Felicia war so aufgeregt, dass Ginger befürchtete, sie würde gleich zu hyperventilieren beginnen.

»Wie Sie wahrscheinlich merken, bringen meine Schwägerin und ich eine große Liebe für Mode mit. Eigentlich bin ich auf der Suche nach einem ganz bestimmten Kleid. Ich erinnere mich noch von meinem letzten Besuch im Jahr 1913. Es war umwerfend. Vielleicht wurde es in diesem Salon gekauft. Waren Sie damals schon hier?«

»So lange ist das her? Ja, da war ich schon hier. Erzählen Sie mir von diesem Kleid.«

Ginger beschrieb das Kleidungsstück, das sie an dem Skelett gefunden hatten. »Ich bin mir ziemlich sicher, dass es von Lucile ist.«

Madame Jardin schnalzte mit der Zunge und schüttelte den Kopf. »Ich fürchte, ich kenne das Kleid nicht. Daran hätte ich mich erinnert.«

Als Ginger und Felicia gingen, versprach Ginger, bald wiederzukommen.

»Was hat es mit deiner Fragerei auf sich?«, wollte Felicia wissen.

»Ich bin nur neugierig, was ein bestimmtes Kleid betrifft. Mehr nicht.«

Sie besuchten zwei weitere Salons mit demselben Ergebnis.

»Du musst mir erzählen, warum dieses Kleid so wichtig ist«, drängte Felicia, als sie sich dem vierten Laden näherten. »Entweder das oder du musst was kaufen!«

Ginger blieb auf dem Bürgersteig vor dem Eingang

stehen und dachte über Felicias Bitte nach. Sie hielt es nicht für weise, Felicia mit Gruselgeschichten über ein Skelett auf dem Dachboden zu belasten. Bevor ihr eine vernünftige Ausrede einfiel, wurden sie von einer Männerstimme unterbrochen.

»Lady Gold!«

»Chief Inspector Reed? Was machen Sie denn hier?« Ob Reed wohl auf dieselbe Idee gekommen war und Nachforschungen in den Modesalons anstellen wollte? Sie hoffte nicht. Man würde ihm den Zutritt verweigern.

»Ich bin gekommen, um Sie zu suchen. Ihr Dienstmädchen Lizzie sagte mir, Sie würden zu den Geschäften fahren. Sie hat mir eine Liste gegeben.«

Ginger zog die Stirn in Falten. Warum in aller Welt wollte er sie so dringend ausfindig machen?

»Was ist los, Chief Inspector?«

Reed zog die unter seinem Arm eingeklemmte Zeitung heraus und zeigte ihr die Titelseite. »Ich fürchte, das Verbrechen ist der Presse zugespielt worden.«

Die Schlagzeile der *Daily Mail* lautete:

STERBLICHE ÜBERRESTE EINER UNBEKANNTEN FRAU AUF EINEM DACHBODEN IN KENSINGTON GEFUNDEN

Das Haus, das sich seit drei Jahrzehnten im Besitz der Familie Hartigan befindet, stand die letzten Jahre leer. Der verwitwete Mr Hartigan siedelte 1901 mit seiner Tochter nach Amerika über und heiratete dort die Amerikanerin Sally Withers. Vor Kurzem verstarb Mr Hartigan, und als seine Tochter Georgia Hartigan, nun Lady Gold, nach London zurückkehrte, um ihr Erbe anzutreten, machte sie eine grauenvolle Entdeckung.

Ginger schnappte nach Luft. »Ach, du meine Güte. Das kann nicht gut für Ihre Ermittlungen sein.«

»Ginger, was soll das alles bedeuten? Das ist nur eine erfundene Zeitungsgeschichte, nicht wahr?«, fragte Felicia eindringlich.

Ginger legte ihrer Schwägerin die Hand auf den Arm. »Ich fürchte, es ist die Wahrheit.«

»Deshalb hast du dich nach dem Kleid erkundigt! Es wurde auf dem Dachboden gefunden!«

Ginger bewunderte Felicias schnelle Schlussfolgerung, fürchtete aber, dass Reed weniger beeindruckt sein würde.

Der Chief Inspector warf ihr einen missbilligenden Blick zu. »Haben Sie etwa wieder Ihre eigenen Ermittlungen angestellt, Lady Gold?«

Sie klimperte mit den Wimpern. »Ich habe mich nur ein wenig umgehört, Chief Inspector. Das kann doch nicht schaden.«

Reed atmete hörbar aus. »Darüber reden wir später. Jetzt bin ich hier, um Sie beide nach Hause zu begleiten. Ich fürchte, vor Ihrem Tor lauert eine Horde von Reportern.«

11

Ginger folgte Reeds unauffälligem waldgrünen Austin 7, Baujahr 1922.

»O Gott!«, rief Felicia, als sie zum Haus kamen. In der Nähe des Eingangstors stand eine Gruppe von Männern in Anzügen und Hüten, ausgestattet mit Kameras und sonstiger Fotoausrüstung. »Du bist berühmt!«

Ginger schnitt eine Grimasse. »Auf diese Art von Berühmtheit kann ich gut verzichten.«

Der Chief Inspector bog in die Gasse, die zur Hinterseite von Hartigan House führte, doch im Garten sah es nicht viel anders aus, denn dort wartete ebenfalls eine Schar von Journalisten. Reed stieg aus, zeigte den Männern seine Dienstmarke und wies sie an, das Grundstück umgehend zu verlassen.

»Sonst muss ich Sie wegen Hausfriedensbruch verhaften«, fügte er für diejenigen hinzu, die seiner Aufforderung nicht gleich nachkamen.

Dann öffnete er für Ginger und Felicia die Garage,

wartete, bis Ginger geparkt hatte, und begleitete die beiden durch den Garten zur Küche. Die Blitzlichter der Kameras leuchteten so hell und zahlreich auf, dass sie Ginger an das Feuerwerk erinnerten, mit dem in Amerika am vierten Juli der Unabhängigkeitstag gefeiert wurde.

»Ich fühle mich wie ein Filmstar!«, sagte Felicia.

Die Reporter riefen ihnen vom Tor aus Fragen zu.

»Wissen Sie, wer das Opfer ist?«

»Wie sind Sie auf die Leiche gestoßen?«

»Lady Gold, bleiben Sie in London?«

Das Trio schaffte es durch die Küchentür, und als Reed sie gerade schloss, hörte man noch einen Teil der letzten Frage: »Lady Gold, wussten Sie von Mr Hartigans …«

Ginger wurde bleich. *Mr Hartigans was?* Die Polizei war über die Anweisungen ihres Vaters, die Tür verschlossen zu halten, nicht im Bilde, also war diese Information nicht durchgesickert. Wenn sie nur die Frage zu Ende gehört hätte.

»Wer war dieser Reporter?«

»Welcher?«, fragte Reed. »Draußen stehen Dutzende davon.«

»Derjenige, der die letzte Frage gestellt hat.«

Reed schüttelte den Kopf. »Tut mir leid, den habe ich nicht gesehen.«

Ambrosia hatte sie kommen hören und lief ihnen aufgeregt entgegen, als sie das Speisezimmer betraten. »Oh, Gott sei Dank seid ihr wieder da! Dass unsere Privatsphäre derart gestört wird, ist eine Zumutung! Schrecklich! Sag mir bitte, Ginger, was in aller Welt geht hier vor? Und wer ist dieser Gentleman?«

»Großmutter, bitte beruhige dich. Das ist Chief Inspector

Reed. Chief Inspector Reed, dies ist die Dowager Lady Gold.«

Reed nahm seinen Hut ab.»Es ist mir eine Ehre, Sie kennenzulernen.«

Ambrosia war zu aufgeregt, um sich mit höflichen Floskeln aufzuhalten.»Chief Inspector? Ist denn ein Verbrechen begangen worden?«

Ginger führte die verstörte Frau ins Wohnzimmer.»Lass uns einen Tee trinken, und ich werde dir alles erklären. Es wird alles gut.« Ihre Stimme klang zwar beruhigend, doch in Wahrheit war sich Ginger nicht sicher, ob tatsächlich alles wieder gut werden würde. Die Angst, dass der Ruf ihres Vaters irreparablen Schaden nehmen könnte, umklammerte ihr Herz wie eine schwarze Faust.

Unter den gegebenen Umständen würde sich der Sachverhalt nicht länger verheimlichen lassen, und Ginger hatte vor, die Mitglieder des Haushalts im Wohnzimmer zusammenzurufen, um alles zu erklären.

Allerdings hatte sie nicht mit Gesellschaft gerechnet. Sie blinzelte überrascht, als sie die Anwesenheit von Mrs Schofield und deren Enkel Alfred bemerkte.

»Herrje. Ich hatte ganz vergessen, dass Sie vorbeikommen wollten.« Dann begrüßte sie Mrs Schofield.»Wie schön, Sie wiederzusehen. Bitte entschuldigen Sie den Zirkus draußen.«

»Wir sind gerade angekommen, als die Meute auftauchte. Zum Glück hat Alfred mich begleitet.«

»Erneut guten Tag, Lieutenant Schofield.«

»Bitte nennen Sie mich Alfred.«

»Gut, Alfred.« Die Einladung, ihren Vornamen zu verwenden, erwiderte sie nicht.»Welch Glück, dass Sie Ihrer

Großmutter zur Seite stehen.« Sie deutete zu Reed. »Das ist Chief Inspector Reed vom Scotland Yard.«

Zu ihm sagte sie: »Es gibt doch sicherlich eine Möglichkeit, Mrs und Mr Schofield nach Hause zu begleiten. Sie wohnen gleich nebenan.«

»Wenn es möglich ist, dafür nur auf dem Privatgrundstück zu bleiben, dann ja. Gibt es einen Zugang durch die Gärten?«

»Ich glaube schon, obwohl der Weg zugewachsen sein könnte. Pippins?«

Der Butler, der ruhig an der Tür gewartet hatte, trat vor. »Madam?«

»Bitte sehen Sie nach und räumen Sie, wenn möglich, den Weg frei.«

»Jawohl, Madam«, sagte er und ging hinaus.

Ginger wies Lizzie an, Tee nachzuschenken, setzte sich aufs Sofa und bedeutete Reed, ebenfalls Platz zu nehmen.

Felicia ließ sich auf den leeren Sessel fallen. »Dieser Tag wird einfach immer besser. In Bray Manor passiert nie etwas Aufregendes. Dort ist es einfach furchtbar langweilig.«

»Langweilig ist mir allemal lieber!«, entgegnete Ambrosia. Sie saß aufrecht auf der Kante ihres Sessels und nippte am Tee. Die Porzellantasse klapperte auf dem Unterteller, ein deutliches Zeichen dafür, dass ihre Nerven in Mitleidenschaft gezogen waren.

»Ich für meinen Teil bin mehr als neugierig«, mischte sich Alfred ins Gespräch. Er stocherte im Feuer herum, dann lehnte er sich lässig gegen den Kaminsims, in einer Pose, die Ginger etwas gekünstelt vorkam. Er reckte sein Kinn, um einen Blick aus dem Fenster zu erhaschen. »Spannen Sie uns nicht länger auf die Folter und erzählen Sie uns, was diesen Auflauf von kamerabewaffneten Kerlen verursacht hat.«

Ginger tauschte einen Blick mit Chief Inspector Reed, der sich räusperte, bevor er sprach.

»Ich kann Ihnen nur sagen, was die Presse bereits weiß. Bedauerlicherweise hat Lady Gold unlängst bei ihrer Ankunft eine grauenvolle Entdeckung gemacht. Auf dem Dachboden wurden die sterblichen Überreste einer Frau gefunden.«

Die Nachricht war so schockierend, dass alle im Raum sofort verstummten. Ambrosia ließ beinahe ihre Tasse fallen, die zum Glück leer war, bevor sie sie klirrend abstellte.

»Das kann doch nicht Ihr Ernst sein«, brachte sie schließlich hervor.

»Wie aufregend skandalös!«, quietschte Felicia.

»Schweig, Kind!«, schnappte Ambrosia.

Mrs Schofields knöchrige Finger spielten mit dem hohen Kragen ihrer Bluse. »Du meine Güte. Ist es jemand, den wir kennen?«

»Wir sind noch dabei, die Identität festzustellen, Madam«, sagte Reed.

Alfred stieß einen Pfiff aus. »Oha! Wie ist sie um die Ecke gebracht worden?«

Ginger und der Chief Inspector wechselten erneut einen Blick. Ginger ließ ihn gerne so viel preisgeben, wie er es in diesem Stadium der Ermittlungen für angebracht hielt.

Statt zu antworten, stellte er eine Gegenfrage. »War einer von Ihnen bei der Soiree, die am einunddreißigsten Dezember 1913 in diesem Hause stattfand, anwesend?«

»1913?«, fragte Mrs Schofield. »Wie in aller Welt hängt das

mit der Leiche auf dem Dachboden zusammen?« Dann schnappte sie nach Luft. »Sagen Sie bloß nicht, dass sie schon so lange dort liegt!«

»Bitte beantworten Sie die Frage«, forderte Reed sie auf.

Mrs Schofield zupfte an ihren Perlen herum. »Nun, ich war damals tatsächlich anwesend. Da lebte Mr Schofield noch. Es war die letzte gesellschaftliche Veranstaltung, an der wir teilnahmen, bevor er verstarb.«

Alfred schüttelte den Kopf. »Ich war noch zu jung für so etwas.«

»Sagt Ihnen der Name Eunice Hathaway etwas?«

Alfred schüttelte wieder den Kopf, aber Mrs Schofield starrte ins Leere, als würde sie in alten Akten kramen.

»Ja«, sagte sie schließlich. »Sie war die junge Dame am Arm von Lord Turnbull. Es war ein ziemlicher Skandal, denn Lord Turnbull war erst kurz zuvor Witwer geworden, und es war noch keine angemessene Trauerzeit verstrichen. Außerdem war sie eine Bürgerliche und er ein Lord. Der gesamte Adel war in Aufruhr. Es stand in allen Zeitungen.«

Bei dieser Beleidigung ihres Standes gab Ambrosia ein leises Schnauben von sich.

Mrs Schofield warf ihr einen trotzigen Blick zu, bevor sie fortfuhr: »Es dauerte nicht lange, da war Miss Hathaway beschwipst, wie man so schön sagt, und hielt ihr Champagnerglas auf eine Weise, dass jeder ihren Ring sehen konnte.«

»Ihren Ring?«, wiederholte Ginger und musste an das gebrochene Fingerglied denken.

»Ja. Ein enormer Rubin, umsäumt von vier kleinen Diamanten. Im elektrischen Licht hat er herrlich gefunkelt, aber wie sie ihn so offen zur Schau gestellt hat, war einfach abstoßend. Alle Anwesenden kannten Lady Turnbull. Das Verhalten der jungen Frau war abscheulich.«

Lizzie brachte eine frische Kanne Tee. Alfred nutzte den Moment, um mit den Händen in den Hosentaschen zu Reed hinüberzuschlendern.

»Na, Kamerad, ist schon eine Weile her, was?«

Reed stand auf. »In der Tat.«

Erstaunt sah Ginger die beiden Männer an. »Sie kennen einander?«

»Ja, allerdings«, erwiderte Alfred. »Lieutenant Reed war im selben Regiment wie mein Bruder – Gott hab ihn selig. Der gute Basil hier wurde schon in der ersten Halbzeit als Invalider ausgemustert.« Er klopfte dem Chief Inspector auf den Rücken, was ihn zusammenzucken ließ. »Sie haben den besten Teil verpasst«, fuhr Alfred fort. »Sie Glückspilz.«

»Sie haben selbst Glück gehabt, würde ich meinen«, entgegnete Reed. »Sie stehen gesund vor mir.«

Alfred gluckste. »Stimmt. Übrigens, wie geht es Ihrer Frau? Emelia hieß sie, richtig?«

Reed versteifte sich. »Es geht ihr gut. Was ist mit Ihrer Liebsten? Tut mir leid, ich habe ihren Namen vergessen.«

Darauf erwiderte Alfred lachend: »Den habe ich auch längst vergessen, alter Knabe!« Er wollte Reed erneut einen kumpelhaften Schlag versetzen, dem der gerade noch rechtzeitig ausweichen konnte.

Felicia war verschwunden und erschien jetzt mit frisch aufgetragenem Make-up. Roter Lippenstift prangte auf ihren Lippen und ihr Lidschatten war viel zu dunkel für diese Tageszeit. Sie ging zu Alfred und sprach ihn kokett an. »Habe ich es richtig gehört, dass Sie nebenan wohnen?«

Er erwiderte das Lächeln und ließ seinen Blick über

Felicias feminine Gestalt schweifen, von ihrem jugendlichen Gesicht bis hin zu ihren entblößten Knöcheln und den Riemchenschuhen. »Früher ja«, antwortete er. »Großmutter hat mich nach dem Krieg wieder gesund gepflegt, und jetzt halte ich es für meine Pflicht, mich um sie zu kümmern, weshalb ich so oft hierherkomme, wie es geht.«

»Ach, wie süß!« Sie klimperte mit den Wimpern. »Ein wahrer Gentleman.«

»Großmutter ist eine Seele von Mensch.«

Felicia berührte Alfreds Arm. »Das heißt, Sie kennen London? Dann müssen Sie mich unbedingt herumführen und mir die Sehenswürdigkeiten zeigen.«

Ginger beobachtete diese Interaktion mit Sorge. Sie traute Alfred Schofield nicht über den Weg. Nicht im Geringsten. »Felicia«, rief sie deshalb. »Tu mir bitte den Gefallen, Liebes, und ruf in der medizinischen Fakultät an. Frag nach Miss Higgins und warne sie vor dem Tumult, der draußen herrscht.«

»Muss das sein?«, maulte Felicia wie ein Kleinkind, statt, wie es ihrem Alter von einundzwanzig Jahren angemessen wäre, mehr Anstand zu zeigen. »Kannst du das nicht selbst machen?«

Ginger bewahrte ihre Fassung. »Ich würde ja, aber ich muss mich um die Dowager Lady Gold und unsere Gäste kümmern. Pippins hat die Nummer.«

»Warum kann er es nicht gleich selbst übernehmen?«

»Felicia, Kind!«, stöhnte Ambrosia auf. »Hat Ginger nicht schon genug für dich getan, dass du dich nicht einmal mit einer Kleinigkeit revanchieren kannst!«

Daraufhin schnaubte Felicia laut auf und verließ den

Raum, womit sie zumindest für den Moment vor Alfred Schofields Klauen in Sicherheit war.

Gleich darauf kam Pippins mit Neuigkeiten zurück. »Es lungern immer noch Männer in der Gasse herum, aber zumindest sind sie außerhalb des Grundstücks. Ich habe den Weg nach nebenan mit der Gartenschere freigelegt. Sie können jetzt ganz einfach durch die Gärten gehen.«

»Danke, Pippins«, erwiderte Ginger erleichtert. Die Gäste konnten also bald wieder gehen.

»Alfred, Liebling«, sagte Mrs Schofield laut. »Hilf mir aus dem Stuhl. Chief Inspector, würden Sie uns begleiten?«

12

*A*m nächsten Tag trank Ginger ihren Morgentee auf der Veranda mit Gartenblick. Schließlich musste man das Wetter ausnutzen, solange es schön war. Boss schien denselben Gedanken zu haben, so wie er genießerisch auf den warmen Steinfliesen lag und sich die Sonne aufs schwarz-weiße Fell scheinen ließ.

Ambrosia und Mrs Thornton arbeiteten gemeinsam im Garten. Wobei das Wort »gemeinsam« sehr weitläufig zu interpretieren war. Ginger beobachtete die beiden unter dem Rand ihres Hutes hinweg.

»Mrs Thornton, Sie sollten sich dringend um die Brombeeren kümmern.« Ambrosia stand auf ihren Spazierstock gestützt neben der Köchin. »Wenn man nicht aufpasst, überwuchern sie bald den ganzen Garten. Wie schade, dass sie diesen Sommer nicht geerntet wurden. Denken Sie nur an die schönen Kuchen, die man mit all den Beeren hätte backen können, die auf dem Boden herumliegen. Und die reifen Tollkirschen hier machen eine ganz schöne Kleckerei, wenn man auf sie tritt. Sie sollten aufgesammelt und vernichtet werden. Überhaupt muss die ganze Pflanze entfernt werden. So etwas ist für einen Stadtgarten nicht geeignet. Wie hat sie sich denn hier überhaupt angesiedelt? Und auch der Efeu ist völlig außer Kontrolle geraten. Bald wird man den Zaun nicht mehr sehen können.«

»Wollen Sie sich nicht lieber um die Rosen kümmern, die Sie so mögen, Lady Gold?« Mrs Thornton war die Verärgerung anzuhören. »Ich kümmere mich um den Rest.«

»Auf Bray Manor haben wir einen Gärtner, der die Außenanlagen pflegt.«

»Wie schön für Sie, Madam.«

»So etwas würde ihm nicht entgehen.«

»Hartigan House war längere Zeit unbewohnt, Madam. Vielleicht will er uns mal hier besuchen und uns helfen?«

»O nein, nein. Bray Manor hält ihn schon genug auf Trab.«

Das Läuten des Telefons schallte durchs offene Fenster. Ginger hörte, wie Pippins sich meldete. Kurz darauf betrat er den Garten und verkündete: »Miss Higgins ist für Sie am Apparat, Madam.«

Ginger überließ die beiden Gärtnerinnen ihrem Wortgefecht und eilte ins Haus. Mit einer Hand nahm sie den Apparat mit der Sprechmuschel, der einem hohen Kerzenständer ähnelte, mit der anderen hielt sie sich den trichterförmigen Empfänger ans Ohr. »Haley. Ist alles in Ordnung?«

»Alles in Butter, Ginger. Aber jetzt halt dich fest: *Die Leiche* ist hier im medizinischen Labor.«

»*Unsere* Leiche? Die Knochen?«

»Ja. Wie sich herausgestellt hat, arbeitet mein Dozent

Professor Dr. Watts eng mit dem Chief Inspector zusammen. Er ist der Pathologe seines Vertrauens.«

»Na, wenn das nicht höchst interessante Neuigkeiten sind. Darf ich vorbeikommen?«

»Deshalb rufe ich an, Spätzchen.«

Ginger hatte Boss bereits spazieren geführt und war ausgehfertig gekleidet. Also informierte sie Lizzie darüber, dass der Hund zu Hause blieb, und sagte Pippins Bescheid. Nach einer Dreiviertelstunde Fahrt durch den dichten Morgenverkehr kam sie an der Fakultät an.

Sie begrüßte Miss Knight, fragte nach dem Weg zum Labor und war erleichtert, als sie Haley im Flur antraf, die bereits auf sie wartete und dabei ein Sandwich aß.

»Na endlich«, sagte sie, während sie den letzten Bissen verschlang.

»Der Verkehr war grauenhaft.«

Haley wischte sich die Krümel vom Schoß und führte Ginger zur Pathologie.

Der Raum war fensterlos und ein wenig düster, da er nur von ein paar nackten Glühbirnen beleuchtet wurde. Auf dem abgenutzten Linoleumboden sah man Spuren von den Rädern der fahrbaren Liegen und den Gummisohlen vieler Schuhe. Alle Oberflächen und Geräte waren aus schnörkelloser weißer Keramik. Auf dem Seziertisch lagen die Überreste der Toten, von allen Stoffen und getrockneten Geweberesten befreit.

»Sonst haben die Leichen hier auch noch Fleisch und Blut auf den Knochen«, erklärte Haley, indem sie auf etwas zeigte, das wie ein großer, eingebauter Aktenschrank aussah. »Dort drin werden sie gelagert. Zum Glück gibt es Strom für die Kühlung.«

Ginger richtete ihre Aufmerksamkeit auf das Skelett, dessen Knochen wie ein Puzzle dalagen. »Was habt ihr herausgefunden?«

Haley deutete auf den Kiefer. »Das Zungenbein ist gebrochen. Laut Dr. Watts deutet das auf Strangulation als Todesursache hin.«

»Verstehe.« Ginger hielt inne, dann fragte sie: »Wie ist er denn so, dieser Dr. Watts?«

»Sehr fordernd. Und sehr begabt.«

»Hast du auch weibliche Dozentinnen?«

»Ein paar wenige. Aber ich habe gehört, dass der Anteil der Professorinnen immer mehr zunimmt.« Haley wandte sich wieder dem Skelett auf dem Tisch zu. »Die Knochen sind kräftig, die Spalten an Schädel und Gaumen sind nur teilweise geschlossen, was auf ein jugendliches Alter schließen lässt. In der linken Elle gibt es Spuren von einem Bruch.« Haley zeigte auf den Unterarmknochen. »Schau dir diese Bruchlinie an. Dr. Watts vermutet, dass sie von einem Sturz in der Kindheit stammt. Die Rippen sind frei von Einkerbungen oder Brüchen, was darauf hindeutet, dass kein Bauchraumtrauma vorliegt, weder durch Fausthiebe noch durch einen spitzen Gegenstand. Allerdings sind die Fingerknochen des rechten Ringfingers am Interphalangealgelenk beschädigt. Die Verletzung muss entstanden sein, bevor die Frau auf dem Dachboden zurückgelassen wurde. Ich vermute, dass jemand Schwierigkeiten hatte, einen Ring von unserem Opfer zu entfernen.«

»Ich bin beeindruckt, Haley«, sagte Ginger. »Ich hatte keine Ahnung, dass man aus bloßen Knochen so viel ableiten kann.«

»Ich lerne eine Menge von Dr. Watts.«

Ginger brummte. »Scheint mir auch so. Wo ist denn der gute Doktor?«

»Er ist ins Krankenhaus gerufen worden. Tut mir leid, dass du ihn verpasst hast.«

»Ein andermal werde ich ihm schon begegnen« Ginger umrundete den Tisch und sah sich den Schädel und das gebrochene Zungenbein genauer an. »Schöne Zähne. Wahrscheinlich hatte sie ein zauberhaftes Lächeln.«

Haley stimmte ihr zu.

»Und einen schön geformten Kopf. Zweifellos war sie attraktiv.«

»Bestimmt.«

»Steht denn fest, dass es sich um Eunice Hathaway handelt?«

»Soweit das möglich ist, ja. Dr. Watts hat mir berichtet, dass deine Nachbarin Mrs Schofield zu Scotland Yard gebracht wurde. Sie hat offenbar bestätigt, dass es sich bei dem Kleid um dasselbe handelt, das sie damals an Miss Hathaway gesehen hat.«

Ginger beugte sich über das Skelett. »Was ist mit dir passiert, Eunice? Wer hat dir das angetan?«

13

*A*m Nachmittag saß Ginger in der Anwaltskanzlei von William Hayes. Das Gebäude befand sich im East End, in Whitechapel an einer Straße, die ein wohlhabendes Viertel von einem wesentlich ärmeren trennte. Es erstaunte Ginger, wie so unterschiedliche Gegenden so direkt beieinander liegen konnten. Auf der einen Seite gab es gepflegte Straßenzüge, wo Männer in feinen Anzügen und Zylinderhüten spazierten, auf der anderen Seite lagen die Straßengräben voller Müll, und zwielichtig aussehende und schmutzige Gestalten waren unterwegs.

Mr Hayes war ein auffällig kleiner Mann mit wenig Haar und einem wieselähnlichen Gesicht. Ein goldumrandeter Zwicker saß auf seiner Stupsnase. Der robuste Schreibtisch war aus edlem Mahagoni gefertigt und würde Jahrhunderte überdauern, falls er nicht dem Holzwurm oder einem Feuer zum Opfer fiel. Das große Möbelstück schien den Anwalt schier zu verschlucken und ließ ihn wie ein Kind aussehen, das die Sachen seines Vaters ausprobierte.

Das war also der Mann, dem Gingers Vater seinen Nachlass anvertraut hatte?

Ginger setzte sich auf den Stuhl, der vor dem Schreibtisch stand. Für den Termin hatte sie ein klassisches cremefarbenes Kostüm aus Wollstoff gewählt, um kultiviert und geschäftsmäßig zu wirken, dazu trug sie eine weiße Cloche. Sie faltete die Hände, die in langen weißen Handschuhen steckten, im Schoß. »Danke, dass Sie mich so kurzfristig empfangen, Mr Hayes.«

»Überhaupt kein Problem, Lady Gold. Ich habe Sie schon erwartet.«

»Aber natürlich. Darf ich fragen, wie lange Sie schon für meinen Vater arbeiten?«

Der Anwalt führte die Fingerspitzen aneinander, sodass sie ein Zelt bildeten, und schien etwas an der Zimmerdecke zu suchen. Ginger misstraute ihm auf Anhieb.

»Ich glaube, er kam 1913 zu mir. Ja, im Herbst des Jahres 1913.«

Schon wieder das Jahr 1913? »Wenn ich fragen darf, warum hat mein Vater in diesem Jahr den Anwalt gewechselt?«

»Mr Jenkins ging damals in den Ruhestand.«

Eine einfache Antwort. Zu einfach, um wahr zu sein? Ginger nickte und lächelte. »1913 war das Jahr, in dem ich Lord Gold heiratete. Die Trauung fand in Amerika statt, im Sommer kamen wir dann während unserer Hochzeitsreise hierher. Leider konnten wir nicht bis zu der von meinem Vater veranstalteten Silvester-Soiree bleiben. Es war ein herrliches Fest, wie ich höre. Waren Sie auch dabei?«

Mr Hayes' Fingerzelt öffnete sich, brach zusammen, dann bildete es sich erneut. »Das weiß ich nicht mehr. Es ist zehn Jahre her, mein Gedächtnis ist etwas verschwommen.«

»Erinnern Sie sich an eine Begegnung mit einer Frau namens Miss Eunice Hathaway?«

Er hielt einen Moment zu lange inne, bevor er antwortete. »Nein, ich fürchte, ich kenne keine Frau mit diesem Namen.«

Der Anwalt log.

»Nehmen Sie oft an Abendgesellschaften teil, Mr Hayes?«

Verärgerung zeichnete sich auf seinem Gesicht ab. »So gut wie nie.«

»Dann wundert es mich, dass Sie sich nicht an diese erinnern. Es war Silvester.«

»Ach richtig, Lady Gold. Jetzt erinnere ich mich wieder. Eine schöne Veranstaltung war das. Aber ich gestehe, dass ich nicht viel für gesellschaftliche Anlässe übrighabe.«

Das glaubte Ginger ihm gern.

»Hatte mein Vater irgendwelche Schwierigkeiten?«

Mr Hayes unterbrach seine Fingerübungen und richtete sich in seinem teuren Ledersessel auf, was ihn allerdings auch nicht viel größer wirken ließ. »Warum fragen Sie das, Lady Gold?«

Ginger hob eine Augenbraue. »Warum wollen Sie die Frage nicht beantworten?«

»Ich bin an die Schweigepflicht gebunden, selbst gegenüber den Verstorbenen.«

Die Weigerung des Anwalts, ihr eine Antwort zu geben, vergrößerte Gingers Sorgen. Soweit sie wusste, war ihr Vater der Inbegriff von harter Arbeit und Integrität gewesen, wenn es um seine Geschäfte ging. Man hatte ihm vertraut und er hatte sich großer Beliebtheit erfreut. War es möglich, dass ein Mann, der solch einen guten Ruf hatte, schreckliche Geheimnisse mit ins Grab genommen hatte?

Ginger hatte das schwindelerregende Gefühl, auf einem Hochseil ohne Netz zu laufen. Doch schob sie ihre Ängste beiseite und fasste sich wieder. »Was muss ich tun, um mich um die Angelegenheiten meines Vaters zu kümmern?«

Mr Hayes schob ihr einen Stapel Papiere und einen Füllfederhalter zu. »Unterschreiben Sie einfach dort, wo Sie ein Kreuz sehen. Sobald ich die Dokumente eingereicht habe, gehört Hartigan House rechtmäßig Ihnen.«

»Perfekt. Dürfte ich die Papiere mit nach Hause nehmen? Ich unterschreibe grundsätzlich nichts, was ich nicht gründlich gelesen habe.«

»Natürlich. Bringen Sie sie wieder, wann immer Sie möchten.« Mr Hayes erhob sich, und als Ginger ebenfalls aufstand, um ihm die Hand zu schütteln, blickte sie auf den Mann hinab.

»Guten Tag, Mr Hayes.«

Schnellen Schrittes lief sie die Straße entlang, wurde aber langsamer, bevor sie den Daimler erreichte. Ein paar Jungen mit geflickten Hosen und löchrigen Schuhen standen um das Auto herum. Mit ihren schmutzigen Händen drückten sie gegen die Scheiben und blickten ins Wageninnere.

»Hey!«, rief Ginger, ohne nachzudenken.

Statt wegzulaufen, blieben die Burschen stehen und musterten sie von oben bis unten. Der Größte von ihnen kam mit den Händen in den Hosentaschen auf sie zu und sprach in breitem Cockney-Dialekt. »Schaut mal, Jungs. Geld auf zwei Beinen.«

»Nicht so respektlos, junger Mann«, wies Ginger ihn zurecht. »Sonst sage ich das deiner Mutter.«

Der große Junge lachte, die kleinen schlossen sich seinem Beispiel an. »Meiner Mutter? Ich hab gar keine Mutter.«

Als sie umringt war, wurde es Ginger etwas bang zumute. »Lasst mich durch zu meinem Auto.«

»Wenn Sie uns 'n paar Schillinge geben, Missus, lassen wir Sie in Ruhe.«

Ginger schnaubte. »Das ist räuberische Erpressung.«

Der Junge kam so dicht an sie heran, dass Ginger einen Schritt zurücktreten musste. »Na und?«

Sie schaute sich hilfesuchend um, aber plötzlich schien die Straße wie leergefegt, geradezu so, als hätte man den Burschen die Bühne überlassen. »Lasst mich zu meinem Wagen, und ich gebe euch, was ihr wollt.«

Da öffnete sich der Kreis, und Ginger ging an ihnen vorbei. Zum Glück hatte sie daran gedacht, die Autotür abzusperren. In ihrer Handtasche fand sie Kleingeld, aber bevor sie es herausgab, fragte sie: »Was wollt ihr mit dem Geld machen?«

Das Grinsen verschwand aus dem Gesicht des großen Jungen. »Der Krämer hat ein ganzes Fass voll glänzender Äpfel bekommen. Meine kleine Schwester hat den ganzen Tag noch nichts zu futtern gehabt.«

Sofort war Gingers Wut verraucht. Sie verteilte ein paar Münzen und wünschte sich, dass sie mehr für die Kinder tun könnte. Als die Jungen verschwunden waren, saß sie einen Moment lang in Gedanken versunken im Wagen, bevor ein Klopfen an der Fensterscheibe sie aufschrecken ließ.

Das vertraute Gesicht eines Jungen mit schmutzigem Gesicht und einer fleckigen Mütze spähte durch die Scheibe.

»Scout?«

»Mrs Gold, sind Sie das?«

Ginger sprang aus dem Auto und drückte dem Kleinen fest die Hand. »Ich weiß, es sind erst ein paar Tage vergangen, aber es kommt mir viel länger vor«, sagte sie. Scout hatte auf der Überfahrt von Boston zusammen mit seinem älteren Cousin auf dem Zwischendeck der *SS Rosa* gearbeitet, wo der Hundezwinger untergebracht gewesen war.

»Find' ich auch, Missus.« Scout stopfte die kleinen Fäuste in die Taschen seiner Knickerbocker aus Tweed. »Wie geht's dem alten Boss?«

»Gut, danke. Ich habe ein Hausmä... ein Mädchen, das mir hilft, sich um ihn zu kümmern.«

»Die Glückliche.«

»Wie geht es Marvin und deinem Onkel?«

»Denen geht's gut. Hey, Missus, ich hab' gesehen, was die Jungs getan haben. Tut mir mächtig leid.«

»Es ist ja nicht deine Schuld, dass du sie kennst, Scout.« Wie schon auf dem Schiff hatte Ginger das überwältigende Bedürfnis, den Jungen in die Arme zu schließen und mit nach Hause zu nehmen. In ihrer Obhut hätte er die Chance auf ein gutes Leben. Sie hatte es ihm sogar angeboten, doch er hatte abgelehnt. Blut war eben dicker als Wasser, wie man so sagte.

»Wirst du wieder auf der *SS Rosa* arbeiten?«, erkundigte sie sich.

»Nein. Dem Captain is' was Schreckliches passiert, und die Polizei und so hohe Beamte sind da jetzt überall. Marvin sagt, ich soll besser erst mal hierbleiben.«

»Ich verstehe.« Ginger zog einen Fünf-Pfund-Schein hervor. »Nimm das und kauf für dich, deinen Cousin und deinen Onkel etwas zu essen.«

»Oh, das kann ich nich' annehmen, Missus. Das wären ja Almosen.«

»Sieh es als Bonuszahlung für die Extraportion Liebe, die du Boss geschenkt hast.«

Scout kaute nachdenklich auf seiner Lippe.

Bevor er ablehnen konnte, fügte sie schnell hinzu: »Es ist auch gleichzeitig die Bezahlung für einen kleinen Auftrag.«

Nun blickte der Junge sie strahlend an. »Ach so?«

»Es gibt da einen Mann, einen Rechtsanwalt namens William Hayes. Sein Büro ist gleich da drüben.«

»So'n kleiner Mann mit Brille auf der Nase?«

»Ja, ganz richtig. Behalte ihn für mich im Auge. Aber lass dich dabei nicht erwischen. Und wenn du ...«

Scout grinste. »Wenn ich was Verdächtiges sehe ...«

»Ganz genau.«

»Wie find' ich Sie?«

»Ich komme heute in einer Woche zurück, ungefähr um diese Zeit. Dann treffe ich dich wieder hier.«

Nun nahm Scout das Geld an. »Schön, dass ich Sie wiedergesehen hab, Missus!«

14

»*D*er Schlüssel zu dem Geheimnis ist diese Liste, da bin ich sicher«, sagte Ginger zu Haley, als sie gemeinsam beim Frühstück saßen. Mit ihrem lackierten Fingernagel tippte sie auf das Papier, das Pippins ihr gegeben hatte, auf dem die Namen aller Anwesenden der Soiree von 1913 standen. »Irgendwer auf dieser Liste weiß, was Eunice zugestoßen ist.«

Haley wischte sich die Krümel vom Mund und nippte an einem starken, gesüßten Milchkaffee, den Mrs Thornton nach ihrer Anweisung gebrüht hatte. »Stark nach französischer Art«, hatte die Köchin mit einem Anflug von Abscheu gesagt.

»Sticht irgendwer hervor?«, wollte Haley wissen.

»Na ja, Eunice war als Gast von Lord Turnbull dabei«, sagte Ginger. »Das macht ihn auf jeden Fall verdächtig. Laut dem, was in den Zeitungen stand, die ich in der Bibliothek meines Vaters gefunden habe, ist Eunice nicht nur mit ihm zur Soiree gekommen, sondern man hat auch gesehen, wie sie mit ihm wieder gegangen ist. Turnbull hat wohl damals gesagt, dass er sie vor ihrem Wohnhaus abgesetzt hat, in dem es leider keinen Portier gab. Das war kurz nach ein Uhr morgens. Danach fuhr er sofort nach Hause, sein Butler hat seine Ankunftszeit bestätigt.«

»Wie ist Eunice dann in der Dachkammer von Hartigan House gelandet?«

Ginger legte den Kopf schief. »Das ist die große Frage.«

Nun kam Lizzie herein, gefolgt von Boss. »Darf ich abräumen?«

»Ja, danke, Lizzie«, sagte Ginger, dann klopfte sie sich auf den Schoß. »Komm, mein Junge.« Boss kam ihrer Aufforderung nach und stupste Ginger am Kinn an, bevor er sich auf ihrem Schoß niederließ.

Als Lizzie den Raum verlassen hatte, nahm Ginger das Gespräch wieder auf. »Mrs Schofield hatte nichts Nettes über Eunice zu sagen. Man könnte annehmen, dass es auch andere gab, die nicht viel für sie übrighatten.«

»Hast du schon die Gelegenheit gehabt, weitere Nachforschungen anzustellen?«, fragte Haley.

»Lustig, dass du fragst. Zufälligerweise ja. Für eine Umdekorierung muss man viel herumfahren, und dabei habe ich die Gelegenheit genutzt und Erkundigungen über die meisten Leute auf der Liste angestellt.«

»Erzähl!«

»Lord und Lady Brackenbury leben immer noch in demselben eleganten Stadthaus in Westminster, in dem sie vor einem Jahrzehnt gewohnt haben. Die beiden Söhne sind mittlerweile ausgezogen. Lord Brackenbury ist seit Langem Mitglied des Oberhauses. Diese Information habe ich vom Küchenmädchen erhalten – es ist erstaunlich, wie die

Behauptung, eine alte Freundin der Familie zu sein, manche Zungen lockert.«

»Lord Brackenbury ist also ein einflussreicher Mann«, fasste Haley zusammen.

Ginger nickte. »Das ist er.« Sie nippte an ihrem Tee und fuhr fort: »Monsieur Gaston Moreau war 1913 noch ein junger Mann, kaum zwanzig Jahre alt, obwohl er in seiner Anstellung bei der Barclays Bank bereits befördert worden war. Daher kannte er meinen Vater, und laut der Aussage von Pippins war Vater anscheinend beeindruckt von Monsieur Moreaus kluger Anlageberatung. Wie ich gehört habe, hat er inzwischen geheiratet. Ebenfalls auf der Liste stehen Dr. Warren Longden, der nach wie vor in Mayfair praktiziert, der inzwischen verstorbene Mr Schofield Senior, der mit seiner Frau zur Soiree kam, und Lord Turnbull, die einzige Person, über die ich keine neuen Informationen herausfinden konnte. Er scheint regelmäßig in der Penthouse-Suite des Hotel Ritz zu Gast zu sein. Außerdem waren natürlich noch mein Vater und Sally anwesend sowie die Belegschaft, zu der Pippins, Mrs Thornton und Vaters Kammerdiener Andrew Bailey gehörten.«

»Der nun der Kammerdiener von Lord Turnbull ist, wie Pippins erwähnte, richtig?«, fragte Haley.

»Richtig.«

»Was eine interessante Wendung darstellt.«

»Allerdings. Ach ja, und dann war da auch noch der Rechtsanwalt Mr William Hayes.«

»Hast du ihn nicht gerade erst aufgesucht? Wie ist es gelaufen?«

Ginger war sehr froh darüber, dass Haley bei ihr auf Hartigan House wohnte und nicht im Studentenwohnheim.

Sonst hätten sie bestimmt nicht die Gelegenheit gehabt, sich auf diese Art auszutauschen.

»Gestern war ich bei ihm.« Sie rümpfte die Nase. »Ich bin mir nicht sicher, ob ich ihm über den Weg traue. Es ist vielleicht nicht fair, aber bei ihm haben sich mir die Nackenhaare aufgestellt.«

»Meinst du, er weiß, was mit Eunice passiert ist?«

»Gut möglich. Als Anwalt hat er das Privileg der Schweigepflicht und ist nicht verpflichtet, vor der Polizei eine Aussage zu machen.«

Dann erzählte Ginger von ihrer Begegnung mit Scout.

»Wie klein doch die Welt ist«, sagte Haley.

»Ich habe mich wirklich gefreut, ihn zu sehen. Ich mag den kleinen Mann.«

»Er hat in dir eine gute Freundin gefunden, Ginger.«

»Ich habe mit ihm ebenfalls einen guten Freund gefunden.«

»Was hast du denn jetzt vor?«, wollte Haley wissen. »Willst du jeden auf der Liste befragen? Wenn, dann würde ich lieber mitkommen. Vergiss nicht, dass einer von ihnen der Mörder sein könnte, und wenn derjenige schon einmal getötet hat, würde er es womöglich auch ein zweites Mal tun.« Sie gab ein leises Stöhnen von sich. »Ach, in Zeiten wie diesen wünschte ich, ich wäre weniger beschäftigt.«

»Schon gut, Haley. Ich kann auch Felicia mitnehmen, wenn es sein muss. Außerdem habe ich eine bessere Idee.«

»Ach, und die wäre?«

»Ich will eine Soiree veranstalten und alle Leute einladen, die auf der Liste stehen.«

»Interessant. Was wäre der Anlass? Wie willst du alle dazu bringen, die Einladung anzunehmen?«

»Ich nenne es eine Gedenkfeier zu Ehren meines Vaters. Es wäre schon äußerst respektlos, dazu nicht zu erscheinen.«

»Den Chief Inspector wirst du aber auch einladen, oder? Nur für den Fall der Fälle?«

»Natürlich.«

Als Haley sich gerade anschickte zu gehen, betrat Felicia das Frühstückszimmer.

»Wir sind wie Schiffe in der Nacht. Manchmal kreuzen sich unsere Wege, aber wir sehen uns nicht«, sagte Haley.

Felicia gähnte, als sie sich auf einen freien Platz setzte. »Ich bin kein Morgenmensch.«

Haley verabschiedete sich. »Ich darf meinen Bus nicht verpassen. Ginger, rufst du an, wenn du etwas Neues heraus-findest?«

»Mache ich. Hab einen schönen Tag!«

Felicia verschränkte die Arme auf dem Tisch und legte ihre wirre Lockenpracht darauf ab.

Ginger lachte. »Gut, dass deine Großmutter dich nicht sieht. Sie wäre entsetzt über deine Faulheit.«

»Wo steckt sie eigentlich?«, murmelte Felicia.

»Sie ist im Garten und kümmert sich um die Rosen.«

Felicia richtete sich auf. »Im Garten von Bray Manor treibt sie auch immer ihr Unwesen. Wahrscheinlich hält sie das agil. Gibt es Tee?«

Ginger goss den Rest aus der Kanne in eine Tasse. »Ich habe ein Projekt für dich.«

Misstrauisch blickte Felicia auf. »Ach ja?«

»Ich will eine Soiree veranstalten.«

»Wirklich? Wie aufregend! Wann denn?«

»Nächstes Wochenende. Ich brauche deine Hilfe, um davor noch alles neu zu gestalten.«

Felicia richtete sich auf und war plötzlich hellwach.
»Fabelhaft!«

Ginger rief nach Lizzie, damit sie Frühstück für Felicia
brachte, dann holte sie die Musterbücher, die sie mitgenommen hatte, und legte sie auf den Tisch. »Wir brauchen
frische Farbe und neue Tapeten. Du kannst mir bei der
Auswahl helfen.«

Felicia blätterte in den Büchern, während sie aß. In der
Zwischenzeit nutzte Ginger die Gelegenheit, um Boss auszu-
führen, und lief durch das Vordertor hinaus, um eine Runde
durch die Sackgasse zu drehen. Von den Schofields war
heute nichts zu sehen. Als sie zurückkamen, sprang Boss auf
den Sessel neben dem Kamin im Wohnzimmer. Ginger
nahm die Musterbücher und winkte Felicia, ihr zu folgen.

»Wir werden uns auf den Salon konzentrieren, da dort
die Soiree stattfinden wird«, erklärte sie. »Um das Wohnzimmer und den Rest des Hauses kümmern wir uns später.«

Der Salon war dreimal so groß wie das Wohnzimmer, die
Wände waren reich verziert, die Holzdielen sonnenge-
bleicht. Pflaumenfarbene Satinvorhänge hingen in langen,
schweren Bahnen neben den hohen Fenstern. Die Morgen-
sonne drang in dicken, durch den Staub sichtbaren Strahlen
ins Zimmer.

»Es ist furchtbar langweilig hier drin«, lautete Felicias
Urteil.

»Eine neue Tapete wird Wunder bewirken«, meinte
Ginger. »Ich stelle mir Elfenbeinweiß an den Wänden und
Grau für den Boden vor. Sag Lizzie, dass sie hier gründlich
abstauben soll, bevor wir mit der Planung beginnen. Danach
können wir gemeinsam alles einpacken.«

An den Wänden hingen große Gemälde, darunter ein Porträt ihrer Eltern aus der Zeit, bevor Ginger auf die Welt gekommen war. Sie betrachtete es voller Wehmut. Ihre Mutter war so schön gewesen, das schmale Gesicht umrahmt von feuerroten Locken. Ginger erkannte die Ähnlichkeit zu sich, die wuchs, je älter sie wurde. Die Leere in ihrem Herzen versetzte ihr einen Stich. Was für ein Verlust! Wie ihr Leben wohl verlaufen wäre, wenn ihre Mutter nicht so früh gestorben wäre?

Der Künstler hatte gekonnt die jugendliche Lebensfreude in den Augen ihres Vaters eingefangen. Ginger hatte ihn nur mit grauem Haar in Erinnerung. Der plötzliche Tod seiner Frau hatte ihn schnell altern lassen.

In der Ecke stand ein Flügel. Ginger hob vorsichtig den Deckel an, spielte eine Tonleiter in C-Dur und zuckte bei dem schiefen Klang zusammen. »Wir müssen dieses exquisite Instrument bis zum Wochenende stimmen lassen. Felicia, kannst du Pippins bitten, einen Klavierstimmer zu rufen?«

»Ja, das mache ich.« Felicia hielt das Tapetenbuch an die Wand und ließ jede Seite auf sich wirken, bevor sie zur nächsten blätterte. »Wie findest du diese hier?«

Ginger betrachtete das geometrische Muster in cremefarbenem Design, gemischt mit Grautönen. »Ja, zusammen mit einem neuen Anstrich würde es sehr modern und edel wirken.«

»Soll ich die Tapete bestellen?«

»Ja, tu das. Und beauftrage auch gleich jemanden, der sie anbringt. Zuvor aber muss noch das alte Zeug entfernt werden.«

»Wer ist denn eigentlich alles zu dieser Soiree eingeladen?«, fragte Felicia vorsichtig. »Großmama und ich könnten vielleicht noch ein bisschen länger bleiben.«

Ginger lächelte. »Natürlich seid ihr auch herzlich eingeladen, daran teilzunehmen. Aber ehrlich gesagt könnte es gefährlich werden.«

»Gefährlich? Inwiefern?«

»Du erinnerst dich noch an das kleine Problem mit der Leiche auf dem Dachboden?«

Felicia wölbte eine Augenbraue. »Wie könnte ich das vergessen!«

»Nun, der Name der toten Frau war Eunice Hathaway, und der Mord an ihr ist immer noch ungeklärt. Das letzte Mal wurde sie bei einer Abendveranstaltung gesehen, zu der mein Vater in diesem Haus eingeladen hatte.« Ginger hielt inne. »Ich werde dieselben Leute einladen, die bei jener Feier anwesend waren.«

»Ginger! Das ist ja famos! Da muss ich unbedingt dabei sein. Ich werde dir als zusätzliches Paar Augen und Ohren dienen.«

»Das wäre sehr hilfreich.«

»Darf ich fragen, ob die Schofields kommen?«

Ginger hielt Felicias Blick fest. »Wie es der Zufall will, war Mrs Schofield damals auch dabei. Zu jener Zeit kam sie in Begleitung ihres Mannes, aber dieses Mal habe ich vor, Lieutenant Schofield einzuladen.«

Felicia grinste. »Fabelhaft.«

»Felicia, Liebes, du musst aufpassen. Du weißt, was man über Männer sagt.«

»Dass sie nur das Eine wollen?«

»Ganz genau.«

»Versuchst du, mich zu bemuttern, Ginger? Dafür habe ich schon Großmama.«

»Sagen wir, ich meine es schwesterlich«, entgegnete Ginger. »Sei bitte einfach vorsichtig.«

»Das werde ich sein. Ich will nur ein bisschen Spaß haben, bevor ich alt und grau bin. Hertfordshire ist furchtbar eintönig.«

»Dann habe ich jetzt etwas Aufregendes für dich«, sagte Ginger. »Ich habe neue Möbel gekauft. Sie sollen heute oder morgen ankommen.«

»Oh, das ist in der Tat aufregend! Ich kann es kaum erwarten, sie zu sehen.«

»Bitte bleibe heute hier, falls sie geliefert werden. Und dann lass die alten Sachen auf den Dachboden bringen.«

Felicia zwinkerte. »Aber nicht in *die* Dachkammer.«

»Nein, nicht in die, wenn ich bitten darf.«

»Und wo bist du in der Zwischenzeit?«

»Ich habe ein paar Dinge zu erledigen.«

GINGER SAß im Arbeitszimmer ihres Vaters, um die Einladungen zu schreiben. Der Raum mit der dunklen Holzvertäfelung und dem dazu passenden schweren Schreibtisch wirkte sehr maskulin. Viele Stunden hatte ihr Vater hier gesessen und war seinen Geschäften nachgegangen. Am Abend hatte er sich oft in die Bibliothek zurückgezogen und bei einem Glas und einer Zigarre die Nase in ein Buch gesteckt.

Wie erwartet fand Ginger unter den Sachen ihres Vaters einfache weiße Karten und einen intakten Füllfederhalter.

Sorgfältig schrieb sie für jede Person oder jedes Paar auf der Liste eine persönliche Einladung und steckte sie in einen Umschlag. Natürlich hätte sie die Couverts Pippins geben können, damit er sie zur Post brachte, doch Ginger wollte sie lieber selbst ausliefern. So würde sie über alle Verdächtigen mehr herausfinden – denn Verdächtige waren sie alle –, indem sie sah, wo sie wohnten und was für ein Leben sie führten, wenn sie sich nicht gerade auf einer gesellschaftlichen Veranstaltung präsentierten.

Ginger nahm die fertigen Briefe mit in ihr Zimmer und steckte sie dort in ihre Handtasche. Dann schlüpfte sie aus ihrem Tageskleid und zog sich das helle Kostüm an, was ihr mehr Seriosität verlieh, wie sie fand. Nachdem sie sich von Boss verabschiedet hatte, ging sie zur Garage.

»Lord Turnbull«, sagte sie, »ich komme.«

15

*G*inger machte sich auf den Weg zum Hotel Ritz, und als sie merkte, dass sie ganz in der Nähe des Hauses von Dr. Longden vorbeikam, lenkte sie gerade noch rechtzeitig scharf nach links – was zu empörtem Gehupe führte. Die Praxis lag nur einen kurzen Fußweg vom Wohnhaus des Arztes entfernt, und weil gerade ein paar Patienten hineingingen, hielt Ginger davor an.

Das Wartezimmer war voller Menschen, die nur kurz aufblickten, als Ginger eintrat, und sich dann wieder ihren Magazinen und Zeitungen zuwandten. Ginger ging zu der Dame, die hinter dem Empfangstresen vor einem offenen Aktenschrank stand.

»Wäre es möglich, Dr. Longden zu sprechen?«

»Haben Sie einen Termin?«

»Nein, äh ...«, Ginger las das Namenskärtchen auf dem Schreibtisch, »... Miss Bird. Ich bin nicht krank. Er ist ein Freund der Familie und ich muss ihm etwas mitteilen.«

»Sie sollten sich außerhalb der Praxiszeiten mit ihm treffen, Madam«, sagte Miss Bird, während sie sich wieder den Akten zuwandte. »Er hat heute sehr viel zu tun.«

»Ja, das sehe ich. Könnten Sie ihm vielleicht ausrichten, dass Lady Gold hier ist?«

Die Empfangsdame unterbrach ihre Tätigkeit. »Gold? Ich kann mich gar nicht erinnern, den Namen schon einmal gehört zu haben.«

»Gold ist mein Ehename. Mein Mädchenname ist Hartigan. George Hartigan war mein Vater.«

Endlich schenkte Miss Bird Ginger ihre volle Aufmerksamkeit. »Ja, ich erinnere mich, dass Dr. Longden den Verlust eines Patienten erwähnte, der in Amerika gestorben ist. Boston, nicht wahr?«

»Ganz richtig.«

Eine Arzthelferin betrat das Wartezimmer und rief den nächsten Patienten auf, während ein anderer, der gerade beim Arzt gewesen war, die Praxis verließ.

»Es tut mir leid, aber er ist heute wirklich sehr beschäftigt. Möchten Sie, dass ich ihm etwas ausrichte?«

Ginger lenkte ein. »Hier ist eine Einladung.« Sie reichte Miss Bird die Karte. »Ich veranstalte eine Gedenkfeier zu Ehren meines Vaters. Ich bin sicher, dass Dr. Longden dabei sein möchte.«

Miss Bird hielt die Einladung fest in der Hand. »Ich gebe sie ihm.«

Ginger zweifelte nicht daran, dass die Frau, die so gewissenhaft wirkte, das auch tun würde.

Ihr nächstes Ziel war das Hotel Ritz. Wie erwartet konnte sie dem Mann mit dem gewölbten Bauch an der Rezeption kaum eine Auskunft entlocken. Selbst ihr Titel zeigte keine große Wirkung auf ihn. Entnervt wollte Ginger gerade die

Einladung abgeben, als Lord Turnbull höchstpersönlich aus dem Aufzug trat. Eine L-förmige Narbe auf seiner hohen Stirn zeichnete seine sonst attraktiven Gesichtszüge. Sein dunkles Haar war ordentlich zur Seite gekämmt und glänzte vor Pomade. Dass er derjenige war, den sie suchte, wusste Ginger sofort, denn sie erkannte den ehemaligen Kammerdiener ihres Vaters, Andrew Bailey, der einen Schritt hinter ihm folgte.

»Lord Turnbull!«

Der Mann blieb stehen und drehte sich zu Ginger. Erst musterte er sie, dann schenkte er ihr ein Lächeln, denn offenbar fand er Gefallen an dem, was er sah.

»Und wer, wenn ich fragen darf, sind Sie?«

»Ich bin Lady Gold.« Sie streckte eine behandschuhte Hand aus, die Lord Turnbull nahm, woraufhin er mit großem Gehabe einen Kuss darauf andeutete.

»Sehr erfreut, Sie kennenzulernen, Lady Gold. Was kann ich für Sie tun?«

»Ich glaube, Sie kannten meinen Vater, George Hartigan.« Ginger beobachtete aufmerksam die Reaktion der beiden Männer. Andrew Baileys machte bei dem Namen große Augen, während Lord Turnbull erst steif wurde und sich dann zu einem Lächeln zwang.

»Aber natürlich. Unsere Wege kreuzten sich hin und wieder geschäftlich.«

Eine Untertreibung. Ginger wusste, dass Lord Turnbull und ihr Vater sogar Geschäftspartner gewesen waren.

»Sie haben sicher gehört, dass er letztes Jahr gestorben ist?«

»Nein, das ist mir neu. Wie traurig.«

Die Art und Weise, wie sein Mund leicht zuckte,

während er sprach, ließ Ginger den Wahrheitsgehalt seiner Aussage anzweifeln. Lord Turnbull versuchte, sich von George Hartigan zu distanzieren. Aber warum?

»Mein aufrichtiges Beileid, Lady Gold.«

»Vielen Dank, Lord Turnbull. Der Grund, warum ich Sie aufgesucht habe, ist, dass ich Ihnen dies hier überreichen möchte.« Sie streckte ihm die Einladung entgegen. »Ich würde mich über Ihre Anwesenheit bei der Gedenkfeier für meinen Vater freuen.«

»Ich verstehe.« Lord Turnbulls dunkle Augen wanderten von der Karte zu Gingers Gesicht zurück. Er lächelte steif. »Ich fürchte allerdings, dass ich absagen muss.«

Ginger griff nach seinem Arm. »Oh, Sie *müssen* kommen! Es wird keine große Versammlung, nur ein paar Leute, die meinen Vater kannten. Wie auch Mr Bailey. Als der ehemalige Kammerdiener von Mr Hartigan möchte er sicher dabei sein, was aber nicht geht, wenn Sie nicht auch kommen, Lord Turnbull.«

Lord Turnbull wirkte auf Ginger wie ein Mann, dem es schwerfiel, zu Frauen Nein zu sagen – zumindest hoffte sie das. Sie bemühte sich, den Blickkontakt zu halten, und schenkte ihm ein strahlendes Lächeln. »Bitte. Sie dürfen auch gerne eine Begleitung mitbringen, wenn Sie möchten.«

»Vielleicht würde ich *Sie* gerne als Begleitung an meiner Seite wissen?«

Ginger lachte. »Das wäre reizend, aber leider habe ich bereits eine andere Begleitung.«

Lord Turnbulls Mund verzog sich zu einem schiefen Grinsen. Ginger spürte, dass er jemand war, der Herausforderungen liebte. Möglicherweise war für ihn nichts unterhaltsamer, als eine Frau zu umwerben, die bereits vergeben war.

»Dann komme ich doch, Lady Gold.«

»Fabelhaft.« Sie drückte seinen Arm und zwinkerte ihm zu. »Ohne Sie wäre die Feier nicht dieselbe.«

Gingers nächster Halt war bei Monsieur und Madame Moreau. Monsieur Moreau freute sich aufrichtig über die Einladung. Leider war seine Frau gerade beim Einkaufen. »Ich kann es kaum erwarten, sie Ihnen vorstellen zu dürfen«, sagte er.

»Ich freue mich schon darauf«, gab Ginger zurück. Sie hatte ein gutes Gespür und eine ausgeprägte Menschenkenntnis und glaubte, dass Monsieur Moreau ihr nichts vorspielte. Er schien nichts zu verheimlichen, seine Gefühle wirkten echt.

Lord und Lady Brackenbury waren eher das Gegenteil davon. Ginger wurde von der Dienerschaft empfangen und musste warten, bevor ihr endlich eine Audienz gewährt wurde. Das Ehepaar war fast im Alter für den Ruhestand und in seinen Gewohnheiten gefestigt. Offensichtlich brachte Ginger ihre Routine durcheinander.

»Entschuldigen Sie bitte die Störung«, sagte Ginger freundlich. »Ich bin Lady Gold, die Tochter von George Hartigan.«

Lady Brackenbury wandte sich zu ihrem Mann und rief laut: »Wer?«

Er nahm seine Pfeife aus dem Mund und rief zurück: »George Hartigans Tochter.«

»George?«

»Das ist der Mann, der im Ausland gestorben ist.«

»Gestorben?«

Lord Brackenbury nickte seiner Frau zu, dann wandte er sich wieder an Ginger. »Es tut mir leid. Das Gehör meiner Frau lässt nach, ebenso ihr Gedächtnis.« Er steckte sich die Pfeife wieder in den Mund, obwohl Ginger ziemlich sicher war, dass das Ding gar nicht brannte.

»Ich verstehe«, sagte sie. »Vater ist letzten Sommer gestorben, bevor er nach London zurückkehren konnte, um sich von seinen Freunden zu verabschieden. Ihm zu Ehren lade ich zu einer Gedenkfeier ein und würde mich freuen, wenn Sie kommen würden.«

Lord Brackenbury runzelte die Stirn. »Wir haben Ihren Vater nicht besonders gut gekannt …«

»Es werden nicht sehr viele Leute da sein, und ehrlich gesagt kenne ich nicht viele der Londoner Freunde und Bekannten meines Vaters. Ich habe Ihren Namen in seinem Tagebuch gefunden.« Eine Halbwahrheit. »Es würde mir sehr viel bedeuten, wenn Sie kommen könnten. Sie müssen auch nicht lange bleiben.«

Seufzend nahm Lord Brackenbury ein weiteres Mal die Pfeife aus dem Mund. »Lady Brackenbury liebt Einladungen. Es ist schon eine Weile her, dass ich mit ihr irgendwohin ausgegangen bin. Nun gut, wir werden kommen.«

Lady Brackenbury klopfte ihrem Mann auf den Arm. »Was?«, rief sie laut.

»Wir sind eingeladen!«

»Eingeladen?«

»Ja!«

Lady Brackenbury lächelte. »Ich liebe Einladungen.«

Als Ginger die Brackenburys verließ, feierte sie innerlich ihren Erfolg. Abgesehen von Dr. Longden hatte sie alle persönlich kennengelernt. Was sie aber von Lord und Lady

Brackenbury halten sollte, wusste sie nicht so recht. Sie verstand nicht, was ihr Vater und die beiden verbunden hatte. Zehn Jahre waren ein großer Altersunterschied. Wahrscheinlich waren sie vor einem Jahrzehnt einflussreich gewesen und man hatte sich mit ihnen gut stellen müssen.

Einen weiteren Halt gab es noch, bevor sie nach Hause fahren würde, um bei den Renovierungsarbeiten zu helfen. Auf dem Parkplatz hinter Scotland Yard sah sie in den Rückspiegel, zog ihren Lippenstift nach und rückte ihre Cloche zurecht. Zufrieden mit ihrem Aussehen stieg sie aus, um Basil Reed einen Besuch abzustatten.

Sie fand ihn in seinem Büro vor. Offenbar hatte der Constable am Empfang sie wiedererkannt, denn er hatte sie einfach durchgewinkt. Als Reed sie in der Tür stehen sah, erhob er sich. Ginger nahm elegant auf dem leeren Stuhl Platz, wobei sie die Beine schwungvoll übereinanderschlug.

Der Chief Inspector räusperte sich und setzte sich wieder hinter seinen Schreibtisch. »Lady Gold. Wie komme ich zu diesem Vergnügen?«

»Ich veranstalte eine kleine Abendgesellschaft und möchte Sie höchstpersönlich dazu einladen.«

Er konnte sich ein Grinsen nicht verkneifen. »Vielen Dank, aber ich bin wirklich sehr beschäftigt. Ich muss Verbrechen aufklären und so etwas.«

»Ach, Chief Inspector, das ist mir doch bewusst. Gerade deshalb wird es Sie umso mehr freuen, dass es sich um eine Arbeitsangelegenheit handelt.«

Jetzt bildeten sich Falten auf seiner Stirn, was wohl in ihrer Gegenwart zu einer neuen Gewohnheit geworden war. »Was meinen Sie damit?«

»Ich meine damit, dass es für meine Gäste eine normale Abendveranstaltung ist, aber für Sie und mich ist es Arbeit.«

»Ich fürchte, ich verstehe immer noch nicht. Vor allem, weil Arbeit für mich etwas ganz anderes ist als für Sie.«

»In diesem Fall können wir uns wohl darauf einigen, dass wir nicht einer Meinung sind. Aber Sie müssen einfach dabei sein.«

»Warum muss ich, Lady Gold?«

Ginger zog eine Augenbraue hoch, ihre grünen Augen funkelten. »Weil ich *die Liste* eingeladen habe.«

»Die Liste?«

»Richtig, die Liste. Also die Gäste, die vor zehn Jahren zur letzten Soiree meines Vaters gekommen sind.«

»Mrs Gold, ich bin strikt dagegen!«

Ginger bemerkte, dass er den Titel weggelassen hatte und sich auf die Anrede beschränkte, mit der sie sich damals beim ersten Kennenlernen auf der *SS Rosa* vorgestellt hatte.

»Sie können so viel protestieren, wie Sie wollen, Mr Reed«, erwiderte sie freundlich. »Ich habe vor, herauszufinden, was mit Eunice Hathaway geschehen ist.« Und, so dachte sie insgeheim, ob ihr Vater mit dem Fall zu tun hatte.

»Es wäre klug von Ihnen, meine Hilfe anzunehmen. So oder so werde ich die Feier veranstalten.«

»Sie können einen wirklich zur Verzweiflung bringen.«

»Danke für das Kompliment.«

»Dann muss ich Ihre Einladung wohl oder übel annehmen.«

»Fabelhaft.« Ginger erhob sich und wandte sich zum Gehen. An der Tür warf sie noch einmal einen Blick über die Schulter. »Wird Mrs Reed Sie begleiten?« Sie war sehr neugierig, was die mysteriöse Mrs Reed betraf. Wer war diese Frau, die anscheinend einen Mann wie Chief Inspector Basil Reed verlassen hatte?

Seine Augen verdunkelten sich. »Ich fürchte nicht.«

Ginger brummte. »Wahrscheinlich ist es dieses Mal sogar besser so.«

»Warum?«

»Weil Lord Turnbull wollte, dass ich an dem Abend seine Begleitung bin, was ich verhindert habe, indem ich ihm sagte, dass ich schon eine andere Begleitung habe. Ich hätte ja Lieutenant Schofield gefragt, aber das würde Felicia das Herz brechen.« Gingers Augen blitzten. »Und so bleiben nur Sie übrig.«

16

Die Woche war für Ginger wie im Flug vergangen, während sie die Arbeiten im Salon überwachte. Die neue Wandfarbe, die Tapeten und die modernen Möbel rund um den gemauerten Kamin verliehen dem Raum eine angenehme Frische. Noch war nicht alles fertig, und allem voran würde Ginger bald auch die Pläne für die Soiree mit Pippins und Mrs Thornton fertigstellen müssen.

Nach etlichen Touren in die Stadt hatten sich ihre Fähigkeiten, was das Fahren im Linksverkehr betraf, deutlich verbessert. Daran, dass sie immer wieder angehupt wurde, hatte sie sich gewöhnt, allerdings kam es mittlerweile nicht mehr so oft vor wie am Anfang. Selbst hielt sie sich auch nicht zurück, den Gummiball zu drücken, der an der Außenseite des Fensterrahmens befestigt war und die Hupe ertönen ließ. Es war alles ziemlich aufregend.

Nun nahm sie die Papiere, die Mr Hayes ihr mitgegeben und die sie gründlich gelesen hatte. Falls der Anwalt etwas

Krummes mit ihr plante, verwendete er zumindest nicht diesen Vertrag dafür.

Auch heute saß Mr Hayes auf seinem riesigen Stuhl und wirkte noch kleiner, als er war. Doch man durfte ihn aufgrund der geringen Körpergröße nicht unterschätzen.

»Guten Tag«, grüßte sie, als sie eintrat.

Mr Hayes erhob sich und gab ihr die Hand. »Lady Gold. Ich hoffe, Sie haben alles zu Ihrer Zufriedenheit vorgefunden?«

Ginger setzte sich mit geradem Rücken auf den Stuhl gegenüber von William Hayes und kreuzte die Füße. »Es scheint alles korrekt zu sein«, sagte sie und schob die Unterlagen über den Schreibtisch. »Was ich mit meiner Unterschrift auf der letzten Seite bestätige.«

William Hayes blätterte durch das Dokument, bis er am Ende angelangt war und Gingers Unterschrift fand.

Wieder einmal bildeten seine Finger ein Zelt. »Mrs Georgia Hartigan Gold«, las er und grinste.

»Das bin ich.«

»Gut, dann werde ich die Papiere einreichen. Mr Hartigans Bankberater wird Sie anrufen, um Ihnen die Konten Ihres Vaters zu überschreiben.«

»Danke, Mr Hayes, dass Sie sich um die Angelegenheiten meines Vaters kümmern.«

»Gern geschehen, Lady Gold. Ich stehe Ihnen auch weiterhin zu Diensten.«

»Hervorragend. Und als mein Anwalt müssen Sie auch an der Soiree teilnehmen, die ich dieses Wochenende veranstalte, eine Gedenkfeier zu Ehren meines Vaters.«

»Oh, ich weiß nicht …«

»Mr Hayes, Sie *müssen* kommen. Ich weiß, Sie sind kein

Freund von gesellschaftlichen Ereignissen, aber Sie müssen
doch zugeben, dass es gut fürs Geschäft ist, Leute persönlich
zu treffen. Ich bin mir sicher, dass viele meiner Gäste irgendwann einmal einen Rechtsbeistand brauchen.«

Die Finger des Anwalts verkrampften sich. »Wahrscheinlich haben Sie recht.«

»Dann ist es also abgemacht«, sagte Ginger. Sie reichte
ihm die Einladung. »Damit ist es offiziell.«

Ginger verabschiedete sich, dann ging sie ohne Eile zu
ihrem Auto. Auf der Straße sah sie sich nach dem jungen
Scout um.

Kurz bevor sie zu ihrem Daimler kam, tauchte er, wie sie
es von ihm gewohnt war, aus dem Nichts auf.

»Missus!«

Ginger wartete, bis er näherkam. »Hallo, Scout. Wie geht
es dir?«

»Ganz gut, Missus.«

»Freut mich zu hören. Wie war die ›Arbeit‹ diese
Woche?«

»Ich hab was Auffälliges gesehen, Missus.«

»Tatsächlich?«

»Ja. Der Anwalt hat sich mit einem Mann gestritten, der
so 'n Bowler-Hut aufhatte. Der hat ganz wichtig ausgesehn.«

»Wie sehr haben sie gestritten? Sind sie laut geworden?
Hast du gehört, was sie gesagt haben?«

»Nein, Missus. Aber sie haben sich geschubst. Der klei-
nere Mann ist fast auf den Boden gefallen.«

»Oh weh. Ist dir an dem großen Mann etwas Besonderes
aufgefallen?«

»O ja, Missus. Der hatte so 'ne Narbe auf der Stirn. So ...«
Scout legte seine Finger in Form eines L an seinen kleinen

Kopf. »Ich hab das ganz genau gesehen, weil die Laterne hell war.«

Turnbull. Er kannte Hayes also, und obendrein war es zu einer Auseinandersetzung gekommen. Es könnte interessant werden, wenn beide zur Soiree erschienen.

»Danke, Scout. Das ist sehr hilfreich.« Ginger steckte ihm vier Schilling zu. »Betrachte es als Vorschuss, falls ich bald wieder deine Hilfe brauche.«

»Danke, Missus«, sagte er mit breitem Grinsen. »Ich bin Ihr Mann!«

Ginger tätschelte ihm den Kopf. »Das bist du.«

Auf dem Heimweg kreisten viele Gedanken in ihrem Kopf herum: Hartigan House gehörte offiziell ihr. Sie, Ginger Gold, besaß nun ein herrschaftliches Haus in einer vornehmen Gegend von London. »Danke, Vater«, flüsterte sie. Nun war sie keine Besucherin mehr, sondern eine echte Londonerin. Schon nach so kurzer Zeit fern von Boston fühlte sie sich ganz und gar britisch – was sie laut Geburtsurkunde und Pass auch war und was gemischte Gefühle in ihr auslöste.

Mehr als zwanzig Jahre lang hatte sich Ginger als Amerikanerin gefühlt. Wenn sie an Boston dachte, zog sich vor Heimweh ihr Herz zusammen. Zwei Wohnsitze zu haben, verursachte paradoxerweise das Gefühl, nirgends beheimatet zu sein. War sie Britin oder Amerikanerin? Sollte sie in London bleiben oder wie geplant nach Boston zurückkehren?

Ihre Schwester Louisa vermisste sie tatsächlich ein wenig, ihre Stiefmutter dagegen nicht im Geringsten. Sie und Sally hatten in den ersten Jahren in Boston stets um die Aufmerksamkeit ihres Vaters gebuhlt. Das hatte sich geändert, als Louisa zur Welt kam. Gingers Abenteuerlust hatte sie danach aus dem Haus gelockt, sie wollte fern von dem quäkenden Kind zusammen mit ihren Freunden und Kommilitonen aufregende Dinge erleben. Im Laufe der Zeit war eine Trennungslinie entstanden – Sally und Louisa befanden sich auf der einen Seite, Ginger und ihr Vater auf der anderen. Insofern war es gut möglich, dass man Ginger bei ihrer Rückkehr nicht mit offenen Armen empfangen würde.

»Pippins«, rief Ginger, als sie Hartigan House betrat. Ihr war eingefallen, dass sie Pippins und Mrs Thornton, die damals beide am Silvesterabend anwesend waren, noch gar nicht gefragt hatte, ob sie etwas über Miss Eunice Hathaway wussten. Man konnte nie wissen, welches kleine Detail den Fall vorantreiben würde.

Pippins erschien im Wohnzimmer, als Ginger ihren Mantel und die Handschuhe ausgezogen hatte. »Hallo, Pips. Darf ich Ihnen ein paar Fragen zur letzten Soiree stellen, die mein Vater hier veranstaltet hat?«

»Gewiss, Madam.«

»Erinnern Sie sich an eine Miss Eunice Hathaway unter den Gästen? Sie stand nicht auf der Liste.«

»O ja. Die Begleitung von Lord Turnbull. Eine ... *temperamentvolle* junge Frau. Sie war für alle eine Überraschung.«

»Mochten Sie sie nicht?«

»Ich kannte sie nicht gut genug, um mir eine Meinung zu bilden.« Sein Blick ruhte auf Ginger. »Allerdings ...«

»Allerdings?«

»Ich glaube, Mrs Thornton und Miss Hathaway waren miteinander bekannt.«

»Hat Mrs Thornton Ihnen das gesagt?«

»Nein, Madam. Ich schloss es eher aus der Art und Weise, wie sie miteinander umgingen. Das Dienstpersonal ist daran gewöhnt, nicht beachtet zu werden, und in der Tat hat Miss Hathaway uns allen, die wir an diesem Abend arbeiteten, keine Aufmerksamkeit geschenkt …«

»Außer Mrs Thornton?«

»Ja, Madam. Ich habe mitbekommen, wie sich die beiden zulächelten, nur ganz leicht, wohlgemerkt. Nicht so, dass es jemand anderes gesehen hätte.«

»Ich verstehe. Ich danke Ihnen, Pips. Würden Sie bitte Mrs Thornton zu mir schicken?«

»Jawohl, Madam. Sie werden aber doch nicht erwähnen, dass ich …«

»Ich verspreche, Ihren Namen aus allem herauszuhalten. Ich will lediglich alle Hausangestellten befragen, die an jenem Abend anwesend waren.«

Einige Minuten später betrat Mrs Thornton das Wohnzimmer, ihr rundes Gesicht rot vor Aufregung darüber, dass man sie gerufen hatte. Ginger beeilte sich, die Frau zu beruhigen.

»Mrs Thornton, ich habe eine Frage an Sie, nichts Dringendes, nur aus reiner Neugier, die Sie vielleicht stillen können.«

»Ich werde mein Bestes tun, um Ihnen zu helfen, Madam.«

»Sie haben vielleicht von dem tragischen Fund auf dem Dachboden gehört.«

»Ja, Madam. Das hat unten für ziemliches Aufsehen gesorgt.« Ginger wusste, dass Mrs Thornton mit »unten« nicht nur die drei Angestellten von Hartigan House meinte, sondern die gesammelte Dienerschaft von Kensington oder gar von ganz London. Obwohl Ginger dieser Gedanke missfiel, behielt sie ihren freundlichen Gesichtsausdruck bei.

»Sagt Ihnen der Name Miss Eunice Hathaway etwas?«

Schlagartig wurde Mrs Thorntons errötetes Gesicht gefährlich blass. Sie hielt sich an der Rückenlehne eines Stuhls fest. »Entschuldigen Sie, Madam«, sagte sie. »Mir ist etwas schwindelig.«

»Brauchen Sie ein Glas Wasser?«

»Nein, es geht schon wieder.«

»Sind Sie sicher?«

»Ja, Madam.« Die Köchin schluckte. »Ich kannte Miss Hathaway. Bevor ich hierherkam, habe ich viele Jahre lang im Hause der Hathaways gearbeitet. Ich habe die junge Dame aufwachsen sehen. Wir waren alle erschüttert, als sie verschwunden ist.«

Das Telefon läutete, und Ginger horchte auf, ob Pippins abnehmen würde oder ob sie selbst gehen musste. Nachdem das Läuten bald verstummte, hatte Pippins den Anruf wohl entgegengenommen.

Tatsächlich trat der Butler kurz darauf ins Wohnzimmer und verkündete: »Ein Telefonat für Sie, Madam.«

»Brauchen Sie mich noch, Madam?«, fragte Mrs Thornton.

»Im Moment nicht, danke.« Ginger eilte zum Telefon im Frühstückszimmer und griff nach Mundstück und Hörer. »Hallo?«

»Lady Gold? Hier ist Chief Inspector Reed.«

Er meldete sich mit seinem offiziellen Titel. Also war es ein dienstlicher Anruf. Gingers Magen zog sich zusammen. »Guten Tag, Chief Inspector. Ich habe gerade an Sie gedacht.«

»Tatsächlich? Warum, können Sie mir gleich sagen. Doch zunächst hatte ich versprochen, mich zu melden, wenn es Neuigkeiten zu dem Fall gibt.« Er hielt inne, und Ginger spürte sein Zögern.

»Ja, was gibt es?«

»Ich habe den Bericht von Dr. Watts erhalten. Sein Labor hat den Stoffstreifen analysiert, den Sie in Ihrem Wagen gefunden haben. Er sagt, dass der Satin von Eunice Hathaways Kleid stammt.«

ie Vorbereitungen für die Soiree liefen wie geplant. Obwohl Ginger gerne das gesamte Haus renoviert hätte, war sie zufrieden mit der Verwandlung des Salons innerhalb solch kurzer Zeit. Das dunkle Burgunderrot der Polstermöbel und der Pflaumenton der Vorhänge war durch zarte Rosétöne ersetzt worden. Die neue Tapete an den Wänden war in Ecru, Grau und hellem Grün gemustert. Es gab nicht mehr so viele Accessoires und Möbel, aber dennoch genug Sitzgelegenheiten, um eine Gesellschaft der geplanten Größe bequem unterzubringen. Lizzie hatte die Kerzenbeleuchtung perfekt arrangiert, und Mrs Thornton hatte Vasen mit Wildblumen aus ihrem Garten gefüllt, deren frischer Duft für eine entspannte Atmosphäre sorgte.

»Pippins«, sagte Ginger. »Würden Sie bitte eine Platte auflegen?«

»Natürlich, Madam.«

Bald erschallte das Paul Whiteman Orchester aus dem Lautsprecher des Grammofons.

»Marvin«, sagte Ginger zu dem jungen Mann, den sie für diesen Abend als Aushilfskellner engagiert hatte, »die neue Uniform steht Ihnen ausgezeichnet.«

Ginger war auf die Idee gekommen, Scout und seinen älteren Cousin Marvin für den Abend zu beschäftigen. Pippins und Mrs Thornton hatten zwar vorsichtig und durch die Blume ihren Zweifel an Gingers gesundem Menschenverstand geäußert, doch Ginger hatte gesagt, dass sie diesen Jungen vertraute, woraufhin ihre Belegschaft die Entscheidung schweigend akzeptiert hatte.

»Dank'schön, Madam«, sagte der sechzehnjährige Junge, der für sein Alter typisch schlaksig und hochgewachsen war.

Ginger freute sich, dass der Anzug eines früheren Hausangestellten, den Pippins hervorgeholt hatte, Marvin perfekt passte. »Ihre Aufgabe wird es sein, Pippins mit den Getränken zu helfen. Sehen Sie auch zu, dass die Gläser abgewaschen und poliert sind.«

In der Küche herrschte reges Treiben. Mrs Thornton ließ Scout Gemüse schälen. Ginger wurde warm ums Herz, als sie ihm dabei zusah. Als Voraussetzung für die heutige Anstellung hatten beide Jungen ein Bad nehmen müssen. Marvin hatte sich über die Gelegenheit gefreut, Scout eher weniger. Marvin hatte ihn gegen seinen Willen ins Badezimmer gezerrt, und der Unmut des kleinen Jungen war bis in den Flur zu hören gewesen.

»Es riecht köstlich, Mrs Thornton«, lobte Ginger.

»Danke, Madam. Ich hoffe, es wird Ihnen und Ihren Gästen schmecken.«

»Hoffentlich ist es für Sie nicht zu viel Arbeit?«

»Ach was, es ist ja nur eine kleine Gesellschaft.«

In der Küche gab es noch ein neues Gesicht. Es gehörte

einem hochgewachsenen Mädchen, etwa in Lizzies Alter, das dunkle Haare und große Augen hatte. Sie machte vor Ginger einen Knicks.

»Guten Tag«, sagte Ginger. »Und wer sind Sie?«

»Ich bin Grace Duncan, Madam.«

Nun ergriff Mrs Thornton das Wort. »Sie hatten gesagt, dass ich mir eine zusätzliche Hilfe dazuholen darf, Madam.«

»Natürlich. Willkommen auf Hartigan House, Grace.«

Alle hatten die Einladung angenommen: Dr. Longden, Mr Hayes, Monsieur und Madame Moreau, Lord und Lady Brackenbury, Mrs Schofield und ihr Enkel Alfred wie auch Chief Inspector Reed. Lord Turnbull hatte ein Telegramm geschickt, in dem er mitteilte, dass er eine Begleitung mitbringen würde. Mit Ginger, Haley, Felicia und Ambrosia würden sie insgesamt fünfzehn Personen sein.

Ginger warf einen Blick in den mannshohen Spiegel der Eingangshalle. Ihr gold- und smaragdfarbenes Abendkleid von Callot Soeurs funkelte im Licht des Kronleuchters. Dazu hatte sie ein zartes Kopfband mit einem Smaragd auf der Stirn gewählt und mehrere lange Perlenketten umgelegt. Ihr Lieblingsstück war die schwarze Federboa, die sie elegant über die Schultern drapiert hatte.

In dieser Aufmachung hätte sie eigentlich tanzen gehen und sich amüsieren sollen. Wenn es sich doch nur um eine echte Feier handeln würde und nicht um einen Trick, um einen Mörder zu entlarven. Aber sie würde dieses Ziel nicht aus den Augen verlieren, vor allem nicht, weil der Ruf ihres Vaters auf dem Spiel stand.

Die Erklärung von Chief Inspector Reed, dass der in George Hartigans Auto gefundene Stoffstreifen von dem Kleid des Opfers stammen musste, war wie ein Schlag ins

Gesicht gewesen. So war ihr Vater nun wohl persönlich in die Angelegenheit verwickelt, und Ginger konnte nichts dagegen tun. Auf keinen Fall würde sie Reed sagen, dass ihr Vater Pippins angewiesen hatte, die Tür zur Kammer verschlossen zu halten – das würde nur noch mehr Zweifel schüren. Auf Pippins Diskretion konnte sie sich zwar verlassen, aber sie durfte nicht erwarten, dass er unter Eid für sie lügen würde. *Grundgütiger,* so weit durfte es gar nicht erst kommen!

Welche Beziehung hatte zwischen George Hartigan und Eunice Hathaway bestanden? Die junge Frau hatte ein Haute-Couture-Kleid getragen, was durchaus plausibel erschien, da die Familie Hathaway zwar nicht zum Adel gehörte, jedoch hoch angesehen und wohlhabend war.

Mrs Schofield hatte sich daran erinnert, dass Eunice Hathaway einen großen Rubinring an ihrem Finger trug. Was war damit passiert? War er vielleicht das Motiv für das Verbrechen gewesen? Handelte es sich um einen missglückten Raubüberfall?

»Du bist tief in Gedanken versunken.«

Ginger erschrak über Haleys Stimme, dann lächelte sie ihre Freundin an. »Ja. Dieses Rätsel hält meine Gedanken auf Trab.«

»Mir lässt es auch keine Ruhe.«

»Eunice Hathaway wurde beim Verlassen von Hartigan House mit Lord Turnbull gesehen. Wie ist sie auf dem Dachboden gelandet?«

»Am Ende des heutigen Abends wirst du sicher mehr wissen«, ermutigte Haley sie.

»Zumindest ist das der Plan. Übrigens, Liebes, du siehst entzückend aus.«

Haley wurde rot. »Ich dachte, ich gebe mir für diesen Anlass ein bisschen mehr Mühe. Lizzie hat es aus deinem Kleiderschrank gemopst. Ich hoffe, es macht dir nichts aus?«

Das perlenbesetzte elfenbeinfarbene Abendkleid war das femininste Kleidungsstück, das Ginger je an Haley gesehen hatte. »Ganz und gar nicht. Jetzt wünschte ich sogar, ich hätte einen netten Junggesellen für dich eingeladen. Aber wenn ich genauer darüber nachdenke, werden heute Abend drei ungebundene Männer anwesend sein.«

»Darunter der Arzt und der Anwalt?«, fragte Haley. »Sind die nicht steinalt?«

»Nun, ja. Aber es kommt auch Lieutenant Alfred Schofield, um den du dich allerdings mit Felicia streiten musst.«

»Danke, ich warte lieber deine nächste Soiree ab.«

Ginger lachte. »Ja, es wird noch mindestens eine geben, aber ob es sich dabei um eine Einweihungs- oder um eine Abschiedsfeier handelt, ist noch ungewiss.«

»Ginger!« Ambrosias hohe Stimme rief sie zurück ins Wohnzimmer.

»Was ist denn los, Großmutter?«, fragte Ginger. »Stimmt etwas nicht?«

Die matronenhafte Frau deutete nach oben. »Es geht um Felicia. Sie trägt ... nun, praktisch gar nichts! Du musst mit ihr reden, Ginger. Sie will nicht auf mich hören. So wie sie gekleidet ist, könnte man meinen, sie wolle auf eine dieser vergnügungssüchtigen Tanzveranstaltungen gehen. Skandal und Schande bringt sie noch über dein Haus. Hätte ich sie nur wie geplant nach Bray Manor zurückgebracht, bevor du auf diese schreckliche Idee kamst. Wirklich, eine Gedenk-Soiree? Wer hat schon von so etwas gehört?«

»Großmutter«, sagte Ginger sanft und führte die Frau zu einem der Ohrensessel. »Beruhige dich, bevor noch etwas passiert. Ich lasse dir einen Tee bringen.«

»Ich kümmere mich gern darum«, bot Haley an und fügte dann mit einem verschmitzten Grinsen hinzu. »Und du kümmerst dich um Miss Felicia.«

Ginger traf ihre Schwägerin auf halbem Weg im Treppenhaus an. Sie trug ein auffälliges ärmelloses Abendkleid mit schmalen Trägern. Die langen Perlenketten um ihren Hals verdeckten nur wenig von der vielen nackten Haut.

»Vielleicht könntest du die Nerven deiner Großmutter schonen, indem du dir noch ein Tuch umlegst?«

»Muss das sein?«

»Ich habe *das* perfekte Tuch für dich, das ich dir leihen könnte. Es ist von Louise Boulanger.«

Felicia folgte ihr und streichelte Boss, der in Gingers Zimmer gemütlich auf einem der Polstersessel schlummerte. Ginger öffnete den Kleiderschrank und tauchte hinein. Wenige Sekunden später präsentierte sie einen Schal aus Satin mit langen Fransen.

»Oh, der ist aber hübsch«, sagte Felicia bewundernd, und legte ihn sich sogleich über die Schultern.

»Und er steht dir ausgezeichnet.«

Felicia drehte sich vor dem Spiegel und seufzte selig. »Ich glaube, Lieutenant Schofield wird er auch gefallen!«

»Ach, Felicia.«

»Das war doch nur ein Scherz, liebe Schwägerin. Wir sehen uns unten. Sie wackelte kokett lächelnd mit den Fingerspitzen und verschwand zur Tür hinaus.

Für einen kurzen Augenblick genoss Ginger die Stille ihres Zimmers und streichelte Boss. »Du wirst heute Abend

wohl hierbleiben müssen. Gib Laut, wenn jemand herein-
kommt, der es nicht sollte.« Dann fiel ihr Blick auf das Foto
von Lieutenant Gold auf dem Nachttisch. Sie nahm es in die
Hand.

»Mein Liebster, ich weiß nicht, was heute Abend
passieren wird, aber ich hoffe, dass ich den Dingen ein für
alle Mal auf den Grund gehen kann. Ich wünschte nur, du
könntest hier sein.«

Es läutete an der Tür. Der erste Gast traf ein.

Ginger stellte das Bild auf seinen Platz zurück. »Lasst die
Spiele beginnen.«

18

*A*nlässlich seines dreißigsten Geburtstags hatte George Hartigan ein Porträt von sich malen lassen. Es hieß, er habe damit an seinen frühen Erfolg als Geschäftsmann erinnern wollen und geglaubt, es werde künftige Kunden, die in sein Büro kamen, beeindrucken.

Mit vierzig hatte er darüber gelacht, wie wichtig er sich zu jener Zeit genommen hatte, und so hatte er das Gemälde in sein Arbeitszimmer verbannt, wo es fortan unauffällig an der Wand hinter der Tür hing. Für den heutigen Abend hatte Ginger es von dort abnehmen lassen und prominent über dem Kamin aufgehängt.

Lady Brackenbury tat lautstark ihre Meinung kund. »Was für ein gut aussehender Mann er doch war. Der Tod Ihrer Mutter hat ihm das Herz gebrochen. Ach, ach, und jetzt sind sie beide tot, nicht wahr, meine Liebe?«

Ginger fürchtete, Lady Brackenbury werde gleich in Tränen ausbrechen. Schnell schob sie die Frau von dem

Gemälde weg und tätschelte ihre schwache Hand. »Es ist schon in Ordnung, Lady Brackenbury.«

»Was?«

Ginger hob ihre Stimme an. »Es ist schon in Ordnung!«

Ambrosia schnaubte. »Wird sie den ganzen Abend lang herumschreien?«

Ginger sah über Lady Brackenburys Kopf zu ihrer Schwiegergroßmutter und warf ihr einen flehentlichen Blick zu.

Als die Schofields kamen, gab es für Ambrosia erneut einen Grund, sich zu echauffieren. Mrs Schofield hatte neben ihr Platz genommen und sagte nun: »Das ist ein schönes Kleid aus der Jahrhundertwende, Lady Gold.«

Felicia hatte sich an den adrett aussehenden Alfred Schofield geheftet, der wie alle anwesenden Männer einen eleganten Smoking trug. Kichernd wickelte sie sich eine ihrer braunen Locken um den Finger. Ihr Charme schien bei Alfred Wirkung zu zeigen.

Chief Inspector Reed stand an der Salontür. Das schwarze Jackett mit schillerndem Satinaufschlag saß perfekt, wie auch die schwarze Fliege auf dem strahlend weißen Hemd, das er unter einer glänzenden hellen Weste trug. Dazu hatte er schwarze Lackschuhe an und wirkte mit seiner schicken Aufmachung wie ein Adeliger. Er lächelte Ginger auf eine Weise zu, die ihre Knie weich werden ließ. Sie straffte die Schultern und marschierte zu ihm hinüber. »Was denken Sie, Chief Inspector?«

Reed hielt ein Glas mit Rum-Cola in der Hand, wobei das Getränk vorwiegend aus Cola bestand. Ginger wusste das deshalb so genau, weil sie es selbst zubereitet hatte. Er wolle einen klaren Kopf behalten, hatte der Chief Inspector gesagt, was sie für sehr klug hielt. Für sich selbst hatte sie daher einen sehr wässrigen Scotch Soda gemixt.

»Noch kann ich nichts dazu sagen«, antwortete er, »aber ich bin gespannt, wann den Gästen klar wird, dass heute dieselben Leute anwesend sind wie damals vor zehn Jahren.«

»Ich hoffe, es dauert noch ein bisschen.« Sie lachte. »Ich werde Pippins sagen, dass er reichlich Drinks ausschenken soll.«

Ginger ließ den Blick durch den Raum schweifen. Die Brackenburys saßen zusammen auf dem Kanapee. William Hayes und Dr. Longden standen unbeholfen neben dem Getränkewagen, jeder hielt ein Glas in der einen Hand, die andere in die Jacketttasche gesteckt. Obwohl sie sich unterhielten, schauten sie einander nicht in die Augen. Ginger fragte sich, welche Geschichte die beiden miteinander verband.

Erneut läutete es an der Tür. Pippins ging, um die Neuankömmlinge in Empfang zu nehmen.

»Entweder ist das Lord Turnbull oder es sind Monsieur und Madame Moreau«, meinte Ginger. »Falls es Lord Turnbull ist, vergessen Sie nicht, dass Sie meine Begleitung sind.«

Als sie seinen Arm berührte, blinzelte er. »Ich werde mich bemühen, meine Pflicht auf angemessene Weise zu erfüllen.«

Mit großem Schwung trat Lord Turnbull ein, zog seinen Mantel aus, setzte den Zylinder ab und reichte beides seinem Kammerdiener. Ginger war froh, dass Andrew Bailey mitgekommen war. Sie hatte darauf gehofft.

Pippins, der Bailey misstrauisch beäugte, trat zu Ginger

und raunte ihr zu:»Ich hoffe, Sie haben Ihre Wertsachen unter Verschluss, Madam.«

Ein Raunen ging durch den Raum, als Turnbull den Salon betrat. William Hayes, der zuvor schon blass gewesen war, wurde noch bleicher, und Lord Brackenbury flüsterte:»Oje.«

Derweil machte Lord Turnbull Ginger mit seiner Begleiterin bekannt.»Lady Gold, darf ich Ihnen Mrs Harriet Fox vorstellen.«

Gingers Herz setzte einen Schlag aus, als sie die rothaarige Frau sah. Obwohl sie Mitte vierzig sein musste, hatte sich Harriet McCallum Fox ihre jugendliche Schönheit bewahrt. Damit, dass Turnbull eine ehemalige Bekannte ihres Vaters – und Rivalin ihrer Stiefmutter – mitbringen würde, hatte Ginger nicht gerechnet. Gekonnt behielt sie einen neutralen Gesichtsausdruck bei und begrüßte den unerwarteten Gast.

»Schön, Sie wiederzusehen, Mrs Fox«, sagte Ginger.

»Gleichfalls.«

Jetzt war Lord Turnbull an der Reihe, überrascht zu sein.»Sie kennen sich?«

Mit einem Lächeln antwortete Ginger, bevor Harriet McCallum Fox etwas sagen konnte.»Mrs Fox war eine Freundin meines Vaters. Ich glaube, meine Stiefmutter mochte sie besonders gern. Das war, bevor Mr Fox ins Spiel kam.« Gingers Blick verriet die Frage, die ihr auf der Zunge lag. *Wo ist Mr Fox?*

Harriets Gesicht verfinsterte sich.»Sie sind nicht die Einzige, die ihren Gatten im Krieg verloren hat. Haben Sie etwas dagegen, wenn ich mir nun einen Drink hole?«

»Aber bitte«, erwiderte Ginger, bevor sie sich Lord Turnbull zuwandte. »Ich freue mich sehr, dass Sie kommen konnten. Darf ich Ihnen Mr Basil Reed vorstellen?«

Mit einem schiefen Grinsen schüttelte Lord Turnbull ihm die Hand. »Sie sind also derjenige, der den Zuschlag als Mrs Golds Begleitung bekommen hat?«

»Ganz richtig«, entgegnete Reed. »Und woher kennen Sie die Hartigans?«

»Ich bin ein alter Freund von George«, sagte Lord Turnbull. »Wir waren auch Geschäftspartner.«

»Wirklich? Ich dachte, Sie kannten einander kaum. Ich wusste gar nicht, dass Sie und mein Vater geschäftlich miteinander zu tun hatten«, schwindelte Ginger.

»Es ist schon lange her, nur eine kleine Sache. Leider ist das Geschäft nicht so gelaufen, wie wir es geplant hatten, und wurde bald aufgelöst.«

»Das macht mich neugierig«, entgegnete Ginger leichthin. »Darüber würde ich gern mehr erfahren.«

»Vielleicht später«, sagte Turnbull, wobei sein Blick auf ihrem Glas haften blieb.

»Oh, bitte holen Sie sich gern einen Drink«, sagte Ginger.

Lord Turnbull nahm Gingers Angebot an und schlenderte zum Getränkewagen hinüber. Kurz darauf hielt er einen exotisch blauen Cocktail in der Hand und führte Mrs Fox durch den Raum. Ihr rotes Abendkleid schmiegte sich an ihre Kurven, der Rock aus Krepp schmeichelte ihren Hüften. Sie sah glamourös aus wie ein Filmstar.

»Ist das Eunice Hathaway?«, rief Lady Brackenbury laut. Plötzlich wurde es so still im Raum, dass man nur noch das Kratzen der Grammofonnadel auf der Schallplatte hörte, die gerade zu Ende gespielt hatte.

Schließlich nahm Lord Brackenbury seine Pfeife aus

dem Mund und sagte:»Nein, meine Liebe. Das ist Lord Turnbulls neue Begleitung.«

»Was?«

»Es ist Turnbulls neue Begleitung!«

Reed flüsterte in Gingers Ohr:»Man kann offenbar davon ausgehen, dass Mrs Fox und Miss Hathaway einander ähnlich sehen.«

Der gute alte Pippins legte eine neue Platte auf, woraufhin die Stimme von Bessie Smith die Stille füllte und der Raum wieder zum Leben erwachte.

William Hayes kam zu Ginger.»Was macht *er* denn hier?«

»Sie mögen Lord Turnbull wohl nicht besonders, stimmt's?«, fragte Ginger.

»Niemand mag Lord Turnbull. Er ist ein Egoist und ein Tyrann. Wenn er bleibt, gehe ich!«

»Ach, Mr Hayes«, sagte Ginger und legte beschwichtigend eine Hand auf seine Brust.»Sie müssen bleiben. Mrs Thornton hat einen köstlichen Braten zubereitet. Sie werden doch wohl nicht wegen einer unbeliebten Person auf ein Festmahl verzichten wollen?«

Der Anwalt ließ seinen Blick durch den Raum schweifen und sah zu Dr. Longden, der allein dastand und die Stirn in Falten gelegt hatte. Dann wandte er sich wieder zu Ginger und dem Chief Inspector.»Sie haben recht. Von Turnbull lasse ich mich nicht herumschubsen.«

Während Mr Hayes daraufhin zum Getränkewagen ging, näherte sich Dr. Longden, weil er, wie es schien, ebenfalls seinen Unmut kundtun wollte.

»Sie sind wohl auch kein Freund von Lord Turnbull?«, fragte Ginger.

Der Doktor schnalzte mit der Zunge. »Ich kenne Maxwell Turnbull schon sein ganzes Leben lang. Ich bin der Arzt der Familie. Als einziges Kind und Erbe war er für Lord und Lady Turnbull immer der Mittelpunkt. Damals fürchtete ich, dass er zu verwöhnt und anmaßend werden würde, und meine Sorgen haben sich bestätigt. Ich habe seine Wunden versorgt, als er im Krieg verletzt und heimgesandt wurde.«

»Stammt daher auch die Narbe auf seiner Stirn?«, erkundigte sich Reed.

»Ja. Ich habe ihm die Fäden gezogen.«

So wie der Arzt nun nachdenklich zu Boden blickte, wirkte es, als wollte er noch etwas hinzufügen, was er dann aber wegen seiner ärztlichen Schweigepflicht unterließ.

»Stimmt etwas nicht?«, fragte Ginger.

Der Arzt blickte zu Harriet Fox. »Ich habe Sorge, dass die Frau in Gefahr sein könnte.«

Reed sah ihn ernst an. »Wie kommen Sie darauf?«

»Sie sieht ihr sehr ähnlich. Das rotblonde Haar, die schlanke Figur.«

»Und sie trägt ein sehr ähnliches Kleid«, ergänzte Ginger. Ihr war sofort aufgefallen, dass es von Lucile stammte.

»Ja«, erwiderte der Arzt. »Jetzt, da Sie es erwähnen ...«

»Warum glauben Sie, dass die Frau in Gefahr sein könnte?«, hakte Reed nach.

»Seine Frau ist unter zweifelhaften Umständen gestorben.«

»Die Treppe hinabgestürzt, meine ich mich zu erinnern«, sagte Reed.

»Richtig. Und diese Frau sieht so ähnlich aus wie seine Begleitung vor zehn Jahren ... Moment mal, geht es *darum*?

Ich habe letzte Woche in der Zeitung gelesen, dass es ihre Leiche war, die man hier auf dem Dachboden gefunden hat.«

»Dr. Longden«, sagte Ginger leise. »Bitte verraten Sie uns nicht. Wir versuchen, jenen Abend von damals zu rekonstruieren, um hoffentlich Gerechtigkeit für Eunice Hathaway zu finden.«

»Verstehe, natürlich. Ich würde alles tun, um zu verhindern, dass ein weiteres junges Leben auf tragische Weise verkürzt wird.«

Ginger sah auf die Uhr. Die Moreaus schienen sich zu verspäten. Vielleicht kamen sie gar nicht mehr? Sie klatschte in die Hände, um die Aufmerksamkeit ihrer Gäste zu gewinnen. »Das Abendessen steht bereit. Ein Festmahl in Gedenken an meinen Vater, George Hartigan.«

Ihm zu Ehren erhoben alle ihre Gläser.

Anschließend führte Pippins die Gäste ins Speisezimmer. Nur Bailey blieb zurück, falls jemand noch einen Drink wollte. Als Lord Brackenbury, der mit seiner Frau das Schlusslicht bildete, an Ginger vorbeikam, raunte er ihr zu: »Nehmen Sie sich vor diesem Turnbull in Acht.«

Ginger und Reed warteten, bis alle Gäste ihre Plätze eingenommen hatten, und wollten sich gerade setzen, als es an der Tür klingelte.

»Das werden wohl die Moreaus sein«, sagte Ginger und nachdem der Butler gerade in der Küche war, ging sie selbst, um zu öffnen.

»Monsieur Moreau!«, rief Ginger im perfekten französischen Akzent und begrüßte ihn mit zwei Wangenküsschen, wie es in Frankreich üblich war. Doch als Monsieur Gaston Moreau seine Gattin vorstellte, gefror Gingers Lächeln.

Die Frau starrte sie an, der Wildblumenstrauß, den sie mitgebracht hatte, fiel zu Boden. »*Mon Dieu*, bist du das, Mademoiselle LaFleur?«

Bevor Ginger antworten konnte, hatte Madame Moreau ihre Arme um Ginger geworfen und redete in schnellem Französisch. »Antoinette, ich dachte, du bist tot! Keiner wollte mir etwas sagen. Du hast mir damals das Leben gerettet! Ich kann nicht glauben, dass du es bist!«

Ginger schluckte. Sie konnte sich noch sehr gut an Madame Moreau erinnern, die damals während des Krieges noch Mademoiselle Julia Durand hieß. Ginger hatte vom Hotel von Julias Familie aus eine geheime Mission durchgeführt. Um sich das Vertrauen der Familie Durand zu sichern, hatte sich Ginger mit der Tochter angefreundet. Diese Freundschaft hatte anfangs nur einem Zweck gedient, doch dann war Julia ihr sehr ans Herz gewachsen, und Ginger hatte viele Tränen vergossen, als sie wieder aufbrechen musste.

»Es tut mir leid«, sagte Ginger nun auf Englisch. »Aber Sie müssen mich mit jemandem verwechseln.«

Julia Moreau zuckte zurück, als hätte sie gerade eine Ohrfeige bekommen. »Aber du ... Sie sehen so aus wie ... und klingen auch wie ...«

Ginger zwang sich zu einem Lachen. »Du meine Güte, ich muss wohl eine Doppelgängerin haben!«

Julia schien den Tränen nahe zu sein. Sie klammerte sich an ihren Mann. »Nun komme ich mir so albern vor.«

»Bitte nicht«, sagte Ginger.

Pippins kam, um ihnen die Mäntel abzunehmen. War er gerade eben schon hier gewesen und hatte Julias Gefühlsausbruch mitbekommen? Ginger hoffte nicht.

»Pippins, würden Sie bitte die Blumen aufsammeln, die auf den Boden gefallen sind, und sie in eine Vase stellen?«

Dann wandte sie sich mit einem strahlenden Lächeln wieder zu den neuen Gästen. »Das Dinner steht bereit, Monsieur und Madame Moreau. Ein schmackhaftes Mahl wird Ihnen guttun.«

Reed führte Ginger am Ellbogen ins Speisezimmer und raunte ihr zu: »Eines Tages werden Sie mir erklären müssen, was da gerade passiert ist.«

19

*D*er Tisch im Speisezimmer war exquisit gedeckt. Das feine Porzellan, das polierte Tafelsilber, die Kristallvasen mit Gartenlilien funkelten unter den frisch abgestaubten Kronleuchtern mit elektrischem Licht. Ginger nahm sich vor, Mrs Thornton einen kleinen Bonus zukommen zu lassen.

Da bei der ungeraden Anzahl von fünfzehn ein Gast kein Gegenüber gehabt hätte, nahm sie als Gastgeberin am Kopf des Tisches Platz. Zu ihrer Rechten saß Basil Reed, gefolgt von Haley, Felicia, Ambrosia, Julia Moreau, Lady Brackenbury und Dr. Longden. Auf der linken Seite saßen Lord Turnbull mit Harriet Fox, dann folgten Alfred Schofield, Mrs Schofield, Gaston Moreau, Lord Brackenbury und William Hayes.

»Herzlich willkommen«, sagte Ginger. »Und lassen Sie es sich schmecken. *Bon appétit!*«

Lizzie und Grace servierten den ersten Gang – eine köstliche Hummersuppe –, während Pippins Champagner einschenkte.

»Es riecht himmlisch«, lobte Harriet. »Mein Kompliment an die Köchin.«

»Wir können uns glücklich schätzen, dass Mrs Thornton nach all den Jahren wieder zu uns gekommen ist«, entgegnete Ginger.

Als die Vorspeise beendet war und der Hammelbraten in Sahnesoße mit Rosmarinkartoffeln an den Tisch gebracht wurde, entwickelte sich ein lockeres Gespräch.

»Lassen Sie uns anstoßen.« Ginger hob ihr Champagnerglas. »Auf meinen Vater! Mr George Hartigan war ein guter und liebenswürdiger Mann.«

»Das war er!« und »Wohl wahr!«, antworteten alle und erhoben ebenfalls ihre Gläser. Bei Harriet blitzte dabei ein auffälliger Rubinring am Finger auf.

»Mrs Fox, was für einen schönen Ring Sie haben«, sagte Ginger.

»Ja, ist er nicht wunderschön? Ein Geschenk von Maxwell.«

Bevor Ginger etwas erwidern konnte, ließ ein lautes Scheppern an der Anrichte alle zusammenfahren. Mrs Thornton lief rot an und machte einen Knicks in Richtung Tisch. »Verzeihen Sie, Lady Gold. Ich habe heute zwei linke Hände.«

Der silberne Krug war zu Boden gefallen. »Nicht schlimm, Mrs Thornton. Es ist ja nur Wasser.«

Lizzie brachte einen Mopp, und bald war die Angelegenheit wieder bereinigt.

Harriet fing den Blick des Chief Inspectors auf. »Ich glaube, wir sind uns noch nicht offiziell vorgestellt worden.«

Schnell schaltete sich Ginger ein. »Ich bitte um Verzeihung. Mrs Harriet Fox, das ist mein guter Freund, Chief Inspector Basil Reed.«

»Chief Inspector!«, rief Harriet erstaunt, dann wanderte ihr Blick zu Lord Turnbull, der still geworden war.

»Jeder Mann braucht einen Beruf«, erklärte Reed nüchtern. »Aber heute Abend bin ich als Freund von Lady Gold hier. Nennen Sie mich Basil.«

Harriets rot geschminkte Lippen verzogen sich zu einem breiten Lächeln. »Dann müssen Sie mich Harriet nennen.«

Ginger war nicht die Einzige, der dieser schnelle Schritt zur Vertraulichkeit zwischen Reed und einer Verdächtigen, die zufällig wie ein Model aussah, nicht gefiel.

Lord Turnbull ergriff mit großer Geste Harriets Hand, an der der Ring saß, und drückte sie fest. So wie die Frau die Augen zusammenkniff und ihn anstarrte, vermutete Ginger, dass er ein bisschen zu fest zupackte.

»Es ist so ein großes Glück, Sie wiederzusehen, Harriet«, sagte Ginger. Obwohl das Angebot der Frau, ihren Vornamen zu verwenden, nur an Reed gerichtet gewesen war, nahm sich Ginger die Freiheit heraus, davon Gebrauch zu machen.

»Ja, *Ginger,* ich erinnere mich an Boston. Sie waren noch grün hinter den Ohren.«

»Und Sie waren auch noch sehr viel jünger.«

Harriet Fox verzog das Gesicht, sagte aber nichts weiter. Keine Frau mochte darauf aufmerksam gemacht werden, dass sie älter geworden war.

»Sagen Sie«, fuhr Ginger fort. »Haben Sie noch Kontakt zu meiner Stiefmutter Sally?«

Harriet schmunzelte.»Ich war mit Ihrem Vater befreundet, nicht mit seiner Frau.«

Egal welche Art von Beziehung Harriet zu Gingers Vater gehabt haben mochte, Lord Turnbull war jedenfalls wenig begeistert. Nun drückte er Harriets Hand noch fester. Diesmal konnte sie sich nicht zurückhalten und rief:»Maxwell!«

»Es tut mir leid, Darling«, sagte Lord Turnbull, bevor er den Griff um ihre Hand wieder löste. Allerdings reichte das wohl nicht aus, um Harriet zu beschwichtigen. Sie stieß sich vom Tisch ab und fragte:»Wo finde ich das Badezimmer?«

Ginger zeigte zum Flur.»Dort ist eines, die erste Tür links.«

Reeds Blick verriet Ginger, was er dachte. *Dicke Luft. Das ging schnell.*

»Was machen Sie eigentlich beruflich, Lord Turnbull?«, fragte Reed.

»Ach, ein bisschen dies und ein bisschen das. Eigentlich alles nur zum Spaß. Schließlich muss man ja irgendetwas mit seiner Zeit anfangen.« Seine dunklen Augen funkelten arrogant auf.»Finanziell gesehen brauche ich nicht wirklich zu arbeiten.«

»Wie schön für Sie«, lautete Reeds schlichte Antwort.

Zufällig wusste Ginger, dass der Chief Inspector auch nicht aus finanziellen Gründen arbeitete. Schließlich hatte sie ihn auf der *SS Rosa* an Deck der ersten Klasse kennengelernt. Und bei weiteren Nachforschungen hatte sie herausgefunden, dass seine Familie ertragreich in die Eisenbahn investiert hatte. Sicher wäre es Reed alles andere als recht, wenn er wüsste, dass sie in seiner Vergangenheit herumgeschnüffelt hatte. Sie hatte auch bestätigt bekommen, dass seine Ehe in Schwierigkeiten steckte, was Ginger nicht überraschte. Mrs Reed war seit zwei Jahren verreist. Sie hatte wohl die Scheidung eingereicht, doch der Chief Inspector schien sich zu weigern, die Papiere zu unterschreiben.

Reed liebte seine Arbeit bei Scotland Yard, und Ginger hatte Respekt davor, dass er seiner Berufung folgte, auch wenn die Bezahlung und das gesellschaftliche Ansehen seiner Arbeit nicht zum Status seiner Familie passte.

»Wenn Sie mich bitte entschuldigen, meine Herren.« Harriet war schon seit einer Weile verschwunden, und Ginger wollte nach ihr sehen. Sie verließ gerade das Bad, als Ginger kam. Harriets Make-up war aufgefrischt, der Lidschatten dunkler als zuvor, die Wimperntusche dicker, die Lippen leuchtender. Trotz der Schminke war nicht zu übersehen, dass Harriet aufgebracht war.

»Ist alles in Ordnung?«, fragte Ginger.

»Ja, bestens. Maxwell ist ein Schatz, aber manchmal könnte ich ihn einfach umbringen.« Sie zwang sich zu einem Grinsen. »Männer, Sie wissen schon.«

Ginger nickte nur, dann ging sie selbst ins Bad.

Bei ihrer Rückkehr fand sie Haley im Flur vor, die mit verschränkten Armen an der Wand lehnte.

»Wie geht's unserer lieben Miss Harriet?«, wollte sie wissen.

»Sie fühlt sich gequält, glaube ich.«

»Das ist offensichtlich.«

»Ich mache mir Sorgen, Haley. Wir müssen uns darum kümmern, dass sie heute Abend sicher nach Hause kommt. Nicht, dass noch eine Begleitung von Lord Turnbull nach einer Soiree auf Hartigan House verschwindet.«

»Bin ganz deiner Meinung.«

Als sie zum Tisch zurückkehrten, wurde Apple Pie mit Schlagsahne serviert.

»Darling, das *musst* du probieren«, sagte Lord Turnbull, als Harriet ihre Portion zur Seite schob. Er hielt ihr seine Gabel hin und versuchte, Harriet zum Lächeln zu bringen, doch sie ließ sich nicht erheitern. Ihr angespanntes Schweigen erlaubte es Ginger, die Gesprächsfetzen weiter unten am Tisch zu verfolgen.

Alfred Schofield: »Kommen Sie oft nach London?«

Felicia: »Nicht so oft, wie ich es gerne würde. Aber jetzt, wo meine Schwägerin hierher gezogen ist ...«

Alfred Schofield: »Ich könnte Ihnen alles zeigen, wenn Sie möchten.«

Felicia: »Das wäre wunderbar!«

Mrs Schofield: »Das ist aber eine *interessante* Brosche, Lady Gold.«

Ambrosia: »Wenn Sie mit interessant *alt* meinen, haben Sie recht. Sie hat einen sentimentalen Wert für mich.«

Mrs Schofield: »Ich wollte Sie nicht beleidigen.«

Ambrosia: (bringt mit verächtlicher Miene zum Ausdruck, dass sie ihrer Gesprächspartnerin nicht glaubt.)

Gaston Moreau: »Schmeckt dir die Nachspeise, Liebling?«

Julia Moreau: »O ja, sie ist köstlich.«

Gingers Herz zog sich zusammen, als sie ihre alte Freundin beobachtete, die immer noch peinlich berührt zu sein schien und ziemlich still war, vielleicht, weil sich ihre Freude so schnell ins Gegenteil gekehrt hatte. Wie gerne wäre Ginger zu ihr gegangen, hätte ihr alles offenbart und Julia getröstet. Doch leider war sie verpflichtet zu schweigen.

Sie schluckte den Kloß im Hals herunter und zwang sich, den Blick abzuwenden.

Lord Brackenbury: »Du hast da was am Kinn.«

Lady Brackenbury: »Was?«

Lord Brackenbury: »Du hast da was am Kinn!«

Ambrosia: »Ach, um Himmels willen!«

Dr. Longden: »Geht Ihnen etwas durch den Kopf, Mr Hayes?«

William Hayes: »In der Tat. Ich habe ein Déjà-vu.«

Dann wandte der Anwalt sich an Ginger am anderen Ende des Tisches: »Verraten Sie uns doch bitte endlich«, rief er laut. »Was zum Teufel soll das Ganze hier?«

»uter Mann«, sagte Alfred. »Wovon reden Sie?«
»Sie waren vor zehn Jahren nicht dabei, Lieutenant Schofield«, erwiderte William Hayes ernst. »Aber Ihr Großvater.« Energisch stand er auf und hob den Arm. »Ich bitte um Handzeichen – wer war Gast bei Mr Hartigans Wintersoiree im Jahr 1913?«

Langsam gingen die Hände hoch. Es meldeten sich Dr. Longden, Gaston Moreau, Mrs Schofield sowie Lord und Lady Brackenbury.

Lord Turnbull hob nicht die Hand. Stattdessen sprang er auf und warf seine Serviette auf den Stuhl. »Ich verlange eine Erklärung!«

»Gewiss. Es handelt sich um einen Zufall«, sagte Ginger ruhig. »Vaters Freunde von damals sind auch heute noch Vaters Freunde. Die Anzahl derer, die damals nicht dabei waren, ist genauso groß. Mich eingeschlossen.«

»Und nicht zu vergessen«, fügte Mrs Schofield hinzu, »diejenigen, die damals hier waren und heute nicht dabei sind, darunter mein lieber Mann. Und natürlich Mr und Mrs Hartigan und die arme Eunice Hathaway.«

»Da haben Sie es«, sagte Ginger schnell, bevor ein Gespräch über Eunice Hathaway ausbrechen würde. »Bitte, genießen Sie jetzt alle Ihr Dessert.«

Lord Turnbull und Mr Hayes warfen sich stechende Blicke zu, setzten sich aber wieder. Ginger nahm einen kleinen Bissen vom Apple Pie und gab einen Laut von sich, der kulinarischen Hochgenuss signalisierte. »Hervorragend. Ich liebe einfach etwas Süßes als Abschluss eines Festmahls.«

Mittlerweile hatte Haley Harriet in ein Gespräch verwickelt, wodurch Lord Turnbull so weit abgelenkt war, dass Ginger es für unproblematisch hielt, dem Chief Inspector etwas ins Ohr zu flüstern. »Sollen wir die Bombe im Salon platzen lassen?«

Reed nickte. »Ich halte es nicht für ratsam, noch länger zu warten.«

Dann waren alle in sich gekehrt und eine unangenehme Stille entstand, während das Dessert verzehrt wurde.

Bevor jemand eine Ausrede für eine frühe Abreise vorbringen konnte, machte Ginger ihre Ankündigung: »Ich war nicht ganz ehrlich zu Ihnen, meine lieben Freunde. Bitte lassen Sie uns auf einen Drink in den Salon zurückkehren, und ich werde Ihnen alles erklären.«

Blicke wurden gewechselt, aber wie erhofft hatte Ginger nun die Neugier ihrer Gäste auf ihrer Seite.

Als Ginger ihre Gäste in den Salon führte, stieß sie mit Mrs Thornton zusammen, die gerade aus der Tür kam. Die Köchin wirkte erschrocken darüber, bei der Arbeit erwischt worden zu sein, und erklärte schnell: »Verzeihen Sie,

Madam. Ich dachte, Ihre Gäste möchten vielleicht ein paar Kekse.«

»Wie aufmerksam, Mrs Thornton.« Ginger konnte sich bei bestem Willen nicht vorstellen, noch einen weiteren Bissen zu sich zu nehmen, aber es war durchaus möglich, dass andere, wenn die Bombe einmal geplatzt war, den Trost brauchten, den etwas Süßes manchmal spenden konnte.

Pippins und Bailey standen bereit, um Getränke zu servieren.

»Wo ist unser Marvin hin?«, fragte Ginger.

»Ich habe ihn in die Küche geschickt, Madam«, sagte Pippins.

»Gute Idee. Ich bin sicher, Mrs Thornton freut sich über die zusätzliche Hilfe.«

Pippins und Bailey mixten die Getränke und über-reichten auch Ginger ein Glas, in dem wie zuvor sehr wenig Scotch mit reichlich Soda war. Der Chief Inspector bekam seine Cola mit Rum, die abermals hauptsächlich aus Cola bestand. Ginger war beeindruckt davon, dass sich die beiden die Vorlieben aller Gäste gemerkt hatten, einschließ-lich des Blue Marlins – dem Rumcocktail mit blauem Curacao und Limettensaft – für Lord Turnbull, wobei sich dieser Drink wahrscheinlich am leichtesten ins Gedächtnis prägte.

Sie versammelten sich im Halbkreis, die Frauen sitzend, die Männer stehend.

»Bitte klären Sie uns auf«, forderte Lord Turnbull nach einem großen Schluck. »Warum sind wir wirklich hier?«

Nun trat Reed vor. »Wie Sie wissen oder vielleicht auch nicht, bin ich Chief Inspector beim Criminal Investigation Department von Scotland Yard.«

Diese Information entlockte denjenigen, die dies nicht gewusst hatten, ein erstauntes Raunen.

Er fuhr fort. »Obwohl es Lady Gold ernst war mit ihrem Wunsch, die Freunde einzuladen, um dem verstorbenen Mr Hartigan Ehre zu erweisen, gibt es noch einen weiteren Anlass für diesen Abend. Nämlich all diejenigen hier zu versammeln, die in der Nacht anwesend waren, als Miss Eunice Hathaway verschwand. Ihre Vermutung im Speisezimmer, Mr Hayes, war also richtig. Wie Ihnen sicher bekannt ist, handelt es sich um eine Mordermittlung. Miss Hathaways Leiche ist gefunden worden.«

Ringsum ertönte empörtes Gemurmel über die Täuschung ihrer Gastgeberin. Nur Lady Brackenbury hatte nichts verstanden. »Was?«, rief sie laut.

Daraufhin schrie ihr Lord Brackenbury ins Ohr: »Ich erzähle dir alles, wenn wir wieder zu Hause sind.« Er gab ihr einen Teller mit Mrs Thorntons Keksen, den sie beschwichtigt entgegennahm.

»Nun, da offen darüber geredet wird«, sagte Mrs Schofield, »würde ich gern erfahren, wie die Leiche auf dem Dachboden von Hartigan House gelandet ist.«

Ambrosia griff sich erschrocken ans Herz. »Mrs Schofield!«

»Es geht doch nur um die Fakten«, gab Mrs Schofield gelassen zurück.

»Dazu kommen wir noch«, erwiderte Reed.

»Man kann wohl sagen ...«, meldete sich Lord Turnbull zu Wort. Er hatte ein Lispeln entwickelt und schwankte leicht, während er sein fast leeres Glas in die Luft hielt. Ginger runzelte die Stirn. Wie stark hatte Pippins seinen Drink gemacht?

»Man kann wohl sagen«, wiederholte Lord Turnbull, »dass das ganz schön hinterhältig ist.«

Reed warf Ginger einen Blick zu. »Wir möchten uns bei Ihnen entschuldigen. Es hat sich als der einfachste Weg dargestellt, Sie alle zusammenzubringen, um Fragen zu stellen – ganz offiziell, wie ich hinzufügen möchte. Als Dank für Ihre Mühe wurde Ihnen ein gutes Essen serviert.«

»Dann fangen Sie endlich an«, rief Lord Brackenbury verärgert. »Ich werde die halbe Nacht damit verbringen, alles meiner Frau zu erklären.«

»Gut«, sagte Reed. »Lord Brackenbury, lassen Sie uns doch gleich mit Ihnen beginnen. Erinnern Sie sich an ein Gespräch mit Miss Hathaway am Abend des 31. Dezember 1913 oder daran, dass Ihre Frau mit ihr geredet hat?«

»Nein. Sie war viel jünger als wir beide und gehörte zu der Sorte Jugend, für die ältere Menschen wie Möbelstücke sind. Nützlich, aber nicht notwendig.«

»Sie mochten Miss Hathaway nicht, nehme ich an?«

»Das habe ich nicht gesagt. Ich kannte sie nicht gut genug, um mir ein Urteil zu bilden. Lady Brackenbury und ich haben uns die meiste Zeit mit Mr und Mrs Schofield unterhalten.«

»Das ist richtig«, schaltete sich Mrs Schofield ein. »Mein Mann und ich haben uns auf dem Heimweg darüber unterhalten, wie angenehm das Gespräch mit den Brackenburys war und dass wir sie vielleicht einmal wiedersehen könnten. Leider ist mein Albert kurz darauf verstorben, und Lady Brackenbury ... nun, ihr Zustand hat sich verschlechtert.«

Lady Brackenbury hörte offensichtlich gut genug, um ihren Namen auszumachen. Mit einem lauten »Was?« spuckte sie ein paar Krümel aus.

Felicia brach in schallendes Gelächter aus, bevor sie sich sogleich die Hand vor den Mund schlug. »Verzeihung. Aber es ist einfach alles so wunderbar unterhaltsam!«

»Nimm dich zusammen, Kind«, schalt Ambrosia. »Es handelt sich um eine ernste Angelegenheit!« An die anderen Gäste gewandt fügte sie hinzu: »Die Jugend von heute! Nichts wird mehr ernst genommen. Das Leben besteht für sie nur aus Spaß und Unterhaltung.«

Haley, die neben Ginger saß, flüsterte: »Ich glaube, die Frauen der Familie Gold haben genug getrunken. Mit Ausnahme von dir.«

Ginger nickte. »Nicht jeder verträgt Alkohol.«

Reed räusperte sich. »Nun gut. Erinnert sich noch jemand an eine Unterhaltung mit Miss Hathaway an jenem Abend?«

»Ich habe mit ihr gesprochen«, meldete sich Dr. Longden. »Sie klagte über Kopfschmerzen und fragte mich, ob ich ein Aspirin für sie hätte.«

»Haben Sie ihr das Aspirin gegeben, Dr. Longden?«, fragte Reed nach.

»Ja, das habe ich. Aber ... Sie glauben doch nicht, dass ich ...«

»Ich verdächtige niemanden, Doktor«, sagte Reed. »Noch jemand?«

»Ich habe mich nur in Gegenwart von Lord Turnbull mit ihr unterhalten«, warf William Hayes ein. »Ich glaube, wir haben über das schlechte Wetter gesprochen.«

Mrs Schofield zischte verächtlich. »Übers Wetter? Von wegen! Ich habe mitbekommen, wie die drei eng beieinanderstanden und sich heftig über etwas ausgetauscht haben. Fragen Sie Lord Turnbull.«

Lord Turnbull starrte sie mit glasigen Augen an. Mr Hayes durchbrach das Schweigen. »Mir hat es nicht gefallen, wie Turnbull die junge Frau behandelt hat. Ich habe ihr angeboten, sie zu vertreten, falls sie ihn verklagen wollte. Turnbull wollte mir daraufhin an die Gurgel gehen.«

Ginger bemerkte, dass Mr Hayes nicht den korrekten Titel von Maxwell Turnbull verwendete.

»Bill«, nuschelte Lord Turnbull und klang dabei, als wäre seine Zunge angeschwollen. »Ich darf doch Bill sagen, oder?« Er torkelte ein wenig. »Du bis' so'n kleines Wiesel.«

»Und Sie sind ein Säufer, Turnbull!«, zischte William Hayes, indem er die Hand zur Faust ballte. »Das wird Ihnen noch leidtun.«

Ginger sprang auf. »Aber, aber, meine Herren. Wir wollen zivilisiert bleiben, ja?«

Reed nickte Ginger zu, die wieder ihren Platz einnahm. »Noch jemand?«, fragte er.

Mrs Schofield richtete sich in ihrem Sessel auf. »Wir haben länger über ihren auffälligen Ring gesprochen«, sagte sie nun. »Ich habe ihn sehr bewundert. Ein wunderschöner Rubin. Ganz ähnlich wie der, den Mrs Fox trägt, würde ich sagen.«

Sogleich richteten sich alle Augen auf Harriet Fox, die gelassen an ihrem Champagner nippte und unverhohlen ihr Schmuckstück zeigte.

»Eunice!«, rief Lord Turnbull und durchbrach damit die Stille, die den Raum erfüllt hatte. Wie ein Betrunkener stolperte er durch den Salon. »Bis' du das?« Dann stürzte er vor Harriets Füßen zu Boden und zerrte auf höchst unsanfte Weise an ihrem Kleid. »Eunice!«

Harriet starrte den Mann voller Abscheu an. »Maxwell! Lass mich los!«

»Es tut mir leid ... Bailey ...«

Lord Turnbull sackte auf dem Boden zusammen.

Alle Augen wanderten zu Bailey, der ratlos dastand und erst dann seinem Arbeitgeber zu Hilfe eilte, als Ginger, Reed und Dr. Longden längst schon neben ihm knieten.

Der Arzt überprüfte den Puls, dann schüttelte er den Kopf. »Er ist tot.«

21

»*U*m Gottes willen!«

»Er kann doch nicht einfach tot sein!«

Alle riefen durcheinander, nur Mrs Schofield blieb besonnen und erklärte trocken: »Nun, das war unerwartet.«

Ambrosia sackte ohnmächtig auf ihrem Stuhl zusammen, Felicia beugte sich über sie. »Großmama! Wach auf!«

Lady Brackenbury drehte den Kopf hin und her, während sie versuchte, den Aufruhr zu entschlüsseln. Immer wieder rief sie: »Was? Was?«, und Lord Brackenbury rief zurück: »Turnbull ist tot!«

Die Moreaus sprachen in schnellem Französisch miteinander. »*Est-il vraiment mort?*«

Haley ging durch den Raum und versuchte, alle zu beschwichtigen. »Bleiben Sie ruhig, bitte!«

Chief Inspector Reed kniete neben Dr. Longden. Ginger blieb bei ihnen, um zu hören, was sie sagten.

»Es könnte ein Herzinfarkt sein«, meinte Dr. Longden,

»obwohl er noch recht jung war und bei guter Gesundheit zu sein schien.«

»Vielleicht war es Gift?«, schaltete sich Ginger ein. »Ist das nicht ein Ausschlag an seinem Hals?«

»Eine Vergiftung ist nicht auszuschließen«, sagte der Arzt ernst. »Aber wir wissen erst nach einer Autopsie mehr. Ich biete gerne an, sie durchzuführen.«

»Vielen Dank, Doktor«, entgegnete Reed. »Aber das wird jemand übernehmen müssen, der nicht persönlich mit dem Fall zu tun hat.«

»Verstehe«, sagte der Arzt. »Ich bin involviert, weil ich einer der Gäste hier bin.«

»Ganz genau.«

Alfred Schofield trat an Ginger heran. »Ich werde meine Großmutter jetzt nach Hause bringen. Diese ganze Veranstaltung ist zu viel für sie.«

Ginger machte eine kurze Bestandsaufnahme und stellte fest, dass Mrs Schofield von allen Frauen in ihrem Alter am wenigsten mitgenommen zu sein schien. Felicia war immer noch dabei, die nervöse Ambrosia zu beruhigen, und Lord Brackenbury sprach seiner Frau laut ins Ohr.

»Es tut mir leid, aber das kann ich nicht gestatten«, entgegnete der Chief Inspector. An die anderen Gäste gewandt rief er: »Darf ich um Ihre Aufmerksamkeit bitten?«

Daraufhin schwiegen alle und schenkten ihm Gehör.

»Niemand darf Hartigan House verlassen, bevor ich es sage.«

Lautes Stimmengewirr unterbrach die Stille, als alle gleichzeitig zu sprechen begannen.

William Hayes: »Sie können uns nicht als Geiseln hier festhalten.«

Alfred Schofield: »Es ist schon spät. Sie müssen die älteren Damen gehen lassen ...«

Harriet Fox: »Sind wir jetzt Gefangene?«

Andrew Bailey: »Was haben wir mit Lord Turnbulls Schicksal zu tun?«

Lady Brackenbury: »Was?«

Als der Chief Inspector sich zwei Finger in den Mund steckte und laut pfiff, verstummten alle.

»Niemand verlässt das Haus, bis ich es erlaubt habe. Das gilt für alle Gäste, das Dienstpersonal und die Bewohner von Hartigan House. Und bitte, fassen Sie nichts an!«

Ein verärgertes Gemurmel setzte ein.

Zu Ginger sagte er: »Ich glaube, es wäre am besten, wenn wir alle ins Wohnzimmer bringen.«

»Gewiss.«

Reed forderte die Gäste auf, ins andere Zimmer zu gehen, und er und Ginger sahen zu, wie alle dem Butler hinterherliefen, als wäre er der Rattenfänger von Hameln.

Als der Salon leer war – bis auf den toten Lord Turnbull –, zog Ginger die Tür zu und sperrte sie ab.

»Dürfte ich Ihr Telefon benutzen?«, fragte Reed.

»Aber natürlich. Sie wissen ja, wo es ist.«

»Passen Sie bitte auf, dass niemand das Wohnzimmer verlässt.«

Haley gesellte sich zu Ginger, die im gewölbten Eingang des Wohnzimmers stand, und den Zutritt zur Empfangshalle versperrte.

Als die frischere Luft aus der Eingangshalle in Gingers Nase strömte, merkte sie, was für ein unangenehmer Geruch sich an die Gruppe geheftet hatte – eine Mischung aus Zigarren- und Zigarettenrauch, schwerem Parfüm und nervösem Schweiß. Auch Haley stellte es fest und rümpfte die Nase. »Was für ein gut aussehender, aber stinkender Haufen wir doch sind.«

»In der Tat«, gab Ginger leise zurück. »Was glaubst du, woran Lord Turnbull so plötzlich gestorben ist?«

»Ich glaube nicht, dass es ein Herzinfarkt war«, antwortete Haley. »Wenn du dich erinnerst, er hat verwaschen gesprochen, bevor er gestürzt ist, und ich fand auch, dass er einen entrückten Blick hatte.«

»Das heißt, du glaubst nicht, dass er einfach nur betrunken war?«

»Lord Turnbull schien mir kein Mann zu sein, der keinen Alkohol verträgt. Während des Abendessens hat er mehrere Gläser Champagner heruntergekippt, und kein einziges Mal hat er sich beim Reden verhaspelt.«

Ginger sah Haley prüfend an. »Du glaubst, er wurde vergiftet.«

»Ich halte es für mehr als wahrscheinlich, dass er vergiftet wurde, aber ich würde es nicht beschwören, bevor eine Obduktion stattgefunden hat.«

Ginger verschränkte die Arme vor der Brust. »Ich frage mich, was für ein Gift es war – falls er wirklich vergiftet wurde.« Sie ließ den Blick durch den Salon schweifen. Bis auf Pippins und Reed waren alle versammelt: Mrs und Alfred Schofield, Lord und Lady Brackenbury, Ambrosia und Felicia, Harriet Fox, Andrew Bailey, die Moreaus, Dr. Longden und William Hayes.

Leise summte sie vor sich hin: »Wer von ihnen ist der Mörder?«

Menschen gingen auf unterschiedliche Weise mit Stress um. Manche schlossen die Augen und dösten vor sich hin, wie es Lady Brackenbury und Ambrosia taten. Andere starrten mit weitem Blick ins Leere wie Harriet Fox und Felicia. Wiederum andere blickten ständig voller Ungeduld auf die Uhr wie Dr. Longden und Mrs Schofield. Und dann gab es noch diejenigen, die vor Aufregung von einem Fuß auf den anderen traten, die Hände zu Fäusten ballten, an ihren Krawatten herumspielten, oder sich mit der Handfläche das geölte Haar glattstrichen wie Alfred Schofield und William Hayes.

Letzterer legte ein für seinen Berufsstand gar untypisches Verhalten an den Tag, als er zur Tür lief und rief: »Lady Gold, Sie haben kein Recht, uns hier festzuhalten. Offensichtlich hat Lord Turnbull einen Schlaganfall oder einen Herzinfarkt erlitten.«

Haley trat vor. »Mr Hayes, bitte setzen Sie sich wieder und tun Sie, was die Polizei sagt.«

Da stieß William Hayes sie zur Seite und lief zur Eingangshalle hinaus.

»Bleiben Sie sofort stehen!« Ginger hatte sich schon gefragt, ob die kleine Pistole, eine Remington Derringer, die sie in ihr Strumpfband gesteckt hatte, noch vor Ende des Abends zum Einsatz kommen würde. Nun richtete sie sie auf William Hayes und spannte mit einem bedrohlichen Klicken den Hahn. Alle, die es hörten, hielten entsetzt die Luft an. Ginger stand kerzengerade, die Beine so weit auseinander, dass das Kleid eng an den Knien lag, die Ellbogen angelegt und die Waffe im Anschlag.

»Es ist schon eine Weile her, dass ich dieses Ding zuletzt benutzt habe, Mr Hayes«, sagte sie und blickte ihm direkt in die Augen. »Aber ich habe nicht vergessen, wie es geht.«

22

*A*ls der Chief Inspector zurückkehrte und Ginger mit der Waffe sah, machte er große Augen. Erst nachdem William Hayes wieder im Wohnzimmer war, lockerte Ginger ihren Griff.

»Ich erledige nur meine Aufgabe, Chief Inspector.« Sie trat einen Schritt von der offenen Tür weg und wandte sich ab, bevor sie den Saum ihres Kleides anhob und die Waffe ins Strumpfband zurückschob.

Reed erstarrte, als er das sah, und räusperte sich kopfschüttelnd. Er ging um sie herum ins Wohnzimmer, gefolgt von Pippins, Mrs Thornton, Lizzie, Grace, Marvin und Scout.

»Warte mal, junger Mann.« Ginger hielt den Jungen auf, damit Scout von der Tragödie keinen Wind bekam, und zwinkerte ihm zu. »Du wartest lieber hier bei mir.«

»Ach, darf ich die Leiche etwa nich' sehen, Missus?«

»Ganz bestimmt nicht!« Er hatte also schon von dem Vorfall erfahren. Wie schnell sich schlechte Nachrichten verbreiteten. Als Scout ihr sein Zahnlückenlächeln schenkte, zog sich Gingers Herz vor Beschützerinstinkt zusammen. Der Junge hatte in seinem kurzen Leben schon so viel Schlimmes erlebt, dass Ginger ihm nicht auch noch dieses Unglück zumuten wollte. Sie winkte ihre Schwägerin zu sich.

»Felicia, würdest du den jungen Scout bitte in die Küche bringen?«

Felicia warf einen Blick auf Ambrosia, die den Kopf gegen die Ohrenbacken des Sessels lehnte. Der Mund stand offen, die Augen waren geschlossen. Ein leises Schnarchen war zu hören.

»Kein Problem«, sagte Felicia. »Ich glaube, Großmama ist ziemlich erledigt.« Sie ging vor dem Jungen in die Hocke. »Magst du Kekse?«

Scout nickte schüchtern. »Mhm.«

»Prima. Lass uns schauen, ob wir welche finden!« Felicia nahm Scouts Hand und ging mit ihm durch den Flur zur Küche.

Daraufhin wandte Ginger ihre Aufmerksamkeit wieder dem Drama im Wohnzimmer zu.

Der Chief Inspector machte eine Ankündigung: »Die Polizei ist auf dem Weg hierher. Wenn sie hier ist, werde ich Sie nacheinander befragen und Ihre Aussagen zu Protokoll nehmen. Im Anschluss daran dürfen Sie gehen.« An Ginger gewandt fragte er: »Darf ich für die Befragungen Ihr Arbeitszimmer benutzen?«

»Natürlich, Chief Inspector.«

Zehn Minuten später führte Pippins Sergeant Scott und Constable Newman herein.

Reed nickte den beiden Männern zu und kam gleich zur

Sache. »Newman, ich möchte, dass Sie diesen Raum überwachen und dafür sorgen, dass niemand ihn verlässt, bevor ich es sage. Sergeant, gehen Sie bitte in den Salon und bewachen die Leiche. Sorgen Sie dafür, dass niemand außer der Forensikmannschaft und den Personen, die ich dazu ermächtigt habe, den Raum betreten.«

Pippins ging mit Sergeant Scott, um die Tür zum Salon aufzusperren.

Reed konsultierte sein kleines Notizbuch. »Lord Brackenbury, ich möchte Sie als Erstes befragen.«

»Haley?«, raunte Ginger ihrer Freundin zu. »Würde es dir etwas ausmachen, Lady Brackenbury abzulenken, bis seine Lordschaft fertig ist?«

»Das mache ich gern.«

Ginger führte Chief Inspector Reed und Lord Brackenbury durch den schwach beleuchteten Gang ins Arbeitszimmer, das sich auf der hinteren Seite des Hauses befand. Die Flügeltüren öffneten sich zur Gartenterrasse, die man in der Dunkelheit allerdings kaum sah.

»Nehmen Sie ruhig den Stuhl meines Vaters«, wandte sich Ginger an Reed, »der jetzt natürlich meiner ist.«

Vor dem Schreibtisch standen zwei Ledersessel, in denen Lord Brackenbury und Ginger Platz nahmen.

Reed starrte sie an. »Lady Gold, ich bin es gewohnt, die Befragungen allein durchzuführen.«

»Tatsächlich? Soweit ich weiß, sind immer zwei Leute im Raum – für die ordnungsgemäße Dokumentation und so. Da die beiden Beamten im Moment anderweitig gebraucht werden, erlauben Sie mir, Ihnen zu helfen.« Ginger nahm einen Block vom Schreibtisch und hielt den Füllfederhalter gezückt. »Ich bin bereit fürs Protokoll.«

Seufzend gab Reed nach. »Nun gut. Aber ich verlange strengste Geheimhaltung, Lady Gold.«

»Sie können sich auf mich verlassen, so wahr Gott mein Zeuge ist.«

Chief Inspector Reed richtete seine Fliege und begann: »Lord Brackenbury, beeilen wir uns, damit Sie Ihre Frau nach Hause bringen können. Sicherlich sind Sie beide recht erschöpft.«

Der ältere Mann nickte. »Das stimmt.«

»In welcher Beziehung stehen Sie zu dem Verstorbenen?«

»In keiner Beziehung. Ich traf den Mann gelegentlich bei gesellschaftlichen Anlässen, wo wir gemeinsame Bekannte hatten.«

»Hatten Sie beruflich mit Lord Turnbull zu tun?«

»Nein.«

»Können Sie sich an den 31. Dezember 1913 erinnern?«

»Das kann ich. Im Gegensatz zu meiner armen Frau ist mein Verstand heute noch so scharf wie damals.«

»Wunderbar. Dann werden Sie sich auch an Eunice Hathaway erinnern. Was können Sie über die Frau an jenem Abend sagen?«

»Miss Hathaway war ein junges, flatterhaftes Ding. Sie spielte ihre Rolle, war aber überhaupt nicht dafür geeignet.«

»Ihre Rolle?«, fragte Ginger nach, wofür sie sich einen finsteren Blick von Reed einfing, den sie geflissentlich ignorierte.

»Sie tat so, als würde sie die Gepflogenheiten der Upper Class kennen, als gehöre sie dazu. Was aber ganz sicher nicht der Fall war.«

»Soweit man hört, sind die Hathaways recht wohlhabend«, schaltete sich Ginger wieder ein.

»Richtig«, sagte Lord Brackenbury. »Es ist allgemein bekannt, dass sie mit afrikanischem Gold ein Vermögen gemacht haben. Neues Geld, verstehen Sie. Und ...« Er beugte sich vor und senkte die Stimme. »Ich bin ja kein Freund von Klatsch und Tratsch, aber es heißt, dass Miss Eunice adoptiert wurde. Man munkelt, sie sei ein uneheliches Kind von Mr Hathaway gewesen und Mrs Hathaway habe zugestimmt, Eunice aufzunehmen, um einen Skandal zu vermeiden.«

»Wirklich?«, sagte Ginger. »Dann hat sie mit Miss Hathaway bestimmt eine interessante Art Mutter-Tochter-Beziehung gehabt.«

»Die nur aus demselben Namen bestand«, fügte Lord Brackenbury hinzu, »wenn man dem trauen kann, was man hört. Miss Hathaway hat nicht gerade viel dazu beigetragen, dem Familiennamen oder generell der Upper Class Ansehen zu verschaffen.«

»Glauben Sie, dass Miss Hathaway bekommen hat, was sie verdiente?«, fragte der Chief Inspector.

Lord Brackenbury wich mit entsetztem Gesichtsausdruck zurück. »Sicher nicht! Niemand verdient es, ermordet zu werden. Wann das Ende unserer Tage auf Erden kommt, sollte Gott und Gott allein überlassen bleiben.«

»Das wäre dann alles, Lord Brackenbury. Vielen Dank. Sie dürfen nun Lady Brackenbury nach Hause bringen.«

»Ich danke Ihnen, Chief Inspector.«

Ginger wartete, bis der Mann hinausgegangen und außer Hörweite war. »Das war interessant.«

»In der Tat, wenn an den Gerüchten etwas dran ist.

Würden Sie jetzt bitte die beiden jungen Burschen hereinrufen?« Reeds Blick fiel auf seine Notizen. »Marvin und Scout Elliot.«

Ginger legte den Kopf schief. »Bin ich jetzt Ihre Sekretärin?«

»Wenn Sie weiterhin in diesem Raum bleiben wollen, ja.«

Daraufhin sprang Ginger von ihrem Stuhl auf. »Schon verstanden.«

Einige Augenblicke später saßen die beiden Elliots auf den Stühlen vor dem Schreibtisch. Ginger stand gegen das Bücherregal gelehnt, ein Notizbuch in der Hand. Marvin und Scout saßen steif und mit verängstigter Miene vor dem Chief Inspector. Scouts dünne Beine baumelten in der Luft, sie waren zu kurz, um den Boden zu berühren.

»Es ist alles in Ordnung, Jungs«, beruhigte Ginger die beiden. Sie vermutete, dass es sowohl bei Marvin als auch bei Scout Dinge gab, die sie der Polizei lieber verschweigen wollten. »Ihr seid nicht in Schwierigkeiten. Der Chief Inspector hat nur ein paar Fragen zu den Ereignissen des heutigen Abends.«

»In Ordnung, Madam«, sagte Marvin. »Sir.«

»Mr Elliot«, begann Reed.

Marvin und Scout antworteten gleichzeitig: »Ja?«, woraufhin Reed und Ginger einen amüsierten Blick wechselten.

»Wie wäre es, wenn ich Marvin als den Älteren von euch beiden Mr Elliot nenne und den Jüngeren Mr Scout?«

Die Jungen nickten, und Marvin antwortete: »Okay, Sir.«

»Mr Elliot, Sie haben Mr Pippins und Mr Bailey mit den Getränken geholfen, stimmt das?«

»Ja, Sir. Bis zum Dinner. Danach war ich mit Scout in der Küche.«

»Als Sie die Drinks servierten, ist Ihnen da etwas Verdächtiges aufgefallen? Hat sich irgendwer an einer der Flaschen zu schaffen gemacht, oder stand jemand am Getränkewagen, der dort nicht hingehörte?«

Marvin verzog das Gesicht, als würde ihm das helfen, sich besser zu erinnern. »Nein, Sir. So 'was hab ich nich' gesehen.«

»Mr Elliot, hatten Sie außerhalb des heutigen Abends mit jemandem von den anwesenden Gästen Kontakt, sei es privat oder anderweitig?«

Marvin und Scout tauschten einen Blick aus. Marvin kaute auf seinen Lippen. »Nein, Sir.«

»Marvin, Darling«, sagte Ginger. »Du kannst dem Chief Inspector ruhig die Wahrheit sagen. Wir wissen, dass ihr Lord Turnbull nichts angetan habt.«

Reed nickte und lächelte. »Das stimmt. Ich will nur dieses Verbrechen aufklären – wenn es denn ein Verbrechen ist – und man weiß nie, welche Kleinigkeit dabei entscheidend sein kann.«

Marvin kratzte sich am Nacken. »Ich hab' die Frau im roten Kleid mal unten am Hafen gesehen. Da treibt man sich nur für krumme Geschäfte 'rum.«

Ginger konnte sich nicht vorstellen, was Harriet Fox bei den Docks zu suchen hatte, aber es sprach nicht gerade für sie.

»Was is' mit mir?« Scout schwang aufgeregt die Beine. »Verhören Sie mich jetz' auch, Sir?«

Ginger unterdrückte ein Lachen und sah, dass es Reed ähnlich ging.

»Ganz recht, Mr Scout. Nun wollen wir mal sehen ...«

»Ich hab' die Frau im roten Kleid auch gesehen, und zwar vor dem Büro des Anwalts. Ich hab' gesehen, wie sich der Anwalt mit dem, der jetz' tot is', geprügelt hat. Stimmt's, Missus?«

Scout schaute zu Ginger und wartete auf Bestätigung. Wahrscheinlich schenkten ihm sonst die Erwachsenen, besonders auf dieser Seite Londons, keinen Glauben.

»Lady Gold.« Aus Reeds Augen war jegliches Amüsement verschwunden. »Warum schaut der Junge Sie an?«

Scout erschrak. »Tut mir leid, Missus. Ich hätt' wohl die Klappe halten sollen, was?«

»Es ist schon in Ordnung, Scout.« Ginger straffte die Schultern. »Wie Sie sich vielleicht erinnern, Chief Inspector Reed, haben der junge Scout und ich uns auf der *SS Rosa* kennengelernt. Er hat mir ... bei meinen Ermittlungen geholfen.«

»Das waren *meine* Ermittlungen!« Reeds Augen wurden schmal, als ihm ein Licht aufging. »War *er* etwa dieser Zeuge, von dem Sie an Bord gesprochen haben?«

Ginger verschränkte die Arme vor der Brust und reckte das Kinn. »Darauf werde ich keine Antwort geben. Ich gebe die Namen meiner vertrauten Informanten nicht preis.«

Verärgert warf Reed den Stift auf den Schreibtisch. »Unglaublich.«

»Sind Sie mit diesen netten jungen Herren nun fertig?«, fragte Ginger steif. »Die beiden sind sicherlich müde.«

»Also gut. Mr Elliot, Mr Scout, Sie können gehen.«

Ginger führte die Jungen hinaus und bat Pippins, ihnen ein Taxi zu rufen. Anschließend kehrte sie ins Arbeitszimmer zurück, wo Reed in der Zwischenzeit seine Fassung wiedererlangt hatte. Ginger ließ sich in einen der beiden Stühle fallen, schlug die Beine übereinander und verschränkte die Arme.

Reed starrte sie ungläubig an. »Sagen Sie bloß nicht, dass Sie Kinder Ihre schmutzige Arbeit erledigen lassen.«

»Ich will den Jungs nur etwas Geld zustecken, damit sie es nicht ganz so schwer haben, aber sie sind zu stolz, es anzunehmen, wenn es nicht mit einem kleinen Auftrag verbunden ist.«

Reed dachte darüber nach. »Wofür man den beiden Respekt zollen muss.«

»Ganz richtig, das sehe ich auch so. Ich würde die beiden nie um etwas bitten, was sie in Gefahr bringen könnte, und ich bin ziemlich gekränkt, dass Sie so etwas denken.«

»Es tut mir leid, Sie haben recht.« Reed wirkte plötzlich erschöpft. »Mein Beruf lässt mich immer das Schlimmste im Menschen suchen. Aber Sie haben mir keinerlei Grund gegeben, an Ihrem Charakter zu zweifeln.«

Ginger lächelte, dann beugte sie sich über den Schreibtisch und ergriff seine Hand. »Es sei Ihnen verziehen.«

Sie sahen einander an, bevor Ginger langsam ihre Hand wieder wegzog und in den Schoß legte.

»Lady Gold ...«

Ginger hob die Hand. »Ginger. Wir haben vereinbart, uns beim Vornamen anzureden.«

Reed lehnte sich zurück. Seine blaugrünen Augen musterten Ginger auf eine Weise, die ein Kribbeln in ihrem Bauch auslöste. Dann verzog sich sein Mund zu einem schiefen Grinsen. »Sie haben recht, obwohl Ginger ja streng genommen ein Spitzname ist.«

Sie zuckte mit den Achseln. »Sie können mich auch Georgia nennen, wenn Ihnen das lieber ist.«

»Da Sie offenbar Ginger bevorzugen, bleibe ich dabei.«

Sie stand auf und stemmte trotzig die Hand in die Hüfte. »Sie haben gesagt, dass Sie den Namen niedlich finden.«

Nun wurde das Grinsen des Chief Inspectors breiter. »Was auch stimmt.« Er räusperte sich, bevor er sich wieder seinem Notizbuch widmete. »*Ginger,* bitte holen Sie nun ...«

Ein Klopfen an der Tür unterbrach sie, kurz darauf steckte Haley den Kopf herein. »Entschuldigen Sie die Störung, ich wollte Sie nur informieren, dass die Herrschaften der Forensikabteilung eingetroffen sind.«

23

*G*inger und der Chief Inspector gingen mit Haley in den Salon. Dort sah sie ihre Freundin an und fragte leise: »Wie geht es der Truppe?«

»Der erste Schock scheint abgeklungen zu sein. Dafür steigt die Reizbarkeit. *Deine* Gesellschaftsschicht findet Zumutungen ziemlich unzumutbar, selbst wenn einer aus ihrer Mitte stirbt.«

»Ich kann es leider nicht schönreden«, sagte Ginger.

Sie waren bei den Forensikern angelangt. Ein hochgewachsener Mann mittleren Alters machte Fotos, während ein anderer, etwas stämmigerer Mann die Abstände zwischen der Leiche und bestimmten Punkten im Raum maß, um die genaue Position zu dokumentieren. Ein Mann mit breiten Schultern und buschigem weißem Haarschopf kniete neben der Leiche. Er hatte Lord Turnbulls Hemd geöffnet und untersuchte Hals und Brustbereich. Als er merkte, dass Reed gekommen war, richtete er sich mit knackenden Knien auf.

»Hallo, Chief Inspector«, sagte er. »Entschuldigen Sie bitte, dass es so lange gedauert hat, bis wir gekommen sind. Heute war viel los, und ich habe zu wenig Personal.«

Haley hatte Ginger von den finanziellen und personellen Engpässen der Londoner Forensikabteilung berichtet.

»Schön, Sie wiederzusehen, Dr. Watts«, sagte Reed.

Das war also Dr. Watts, Reeds bevorzugter Pathologe und Haleys geschätzter Dozent? Ginger beäugte ihn neugierig. Man würde Alan Watts vielleicht nicht unbedingt als attraktiv bezeichnen, doch hatte der Mann eine ehrliche Ausstrahlung und ein vertrauenswürdiges Gesicht. Ginger schätzte ihn auf Ende fünfzig, obwohl sein weißes Haar ihn vielleicht älter wirken ließ.

Ginger streckte ihm die Hand entgegen. »Ich bin Ginger Gold. Dies ist mein Zuhause.«

»Lady Gold«, korrigierte Reed sie.

Dr. Watts hatte einen festen Händedruck. »Freut mich, Sie kennenzulernen, Lady Gold. Ich habe von Miss Higgins schon viel von Ihnen gehört. Sie ist eine von meinen besten Studentinnen.«

»Ich hoffe, sie hat nur Gutes erzählt«, erwiderte Ginger mit einem Lächeln.

»Na ja«, sagte Haley trocken, »größtenteils.«

Dr. Watts gluckste. »Sie haben in Miss Higgins eine gute Freundin gefunden, Madam.«

»Dr. Watts«, begann Reed. »Ich möchte Sie bitten, die Fingerabdrücke von Lord Turnbulls Glas zu nehmen, wie auch von der Rumflasche, dem blauen Curacao und dem Limettensaft, die zur Herstellung des Blue Marlins verwendet wurden.«

»Mein Butler, Mr Pippins, wird Ihnen zur Seite stehen«, erklärte Ginger. »Ich gehe ihn holen.«

Bevor sie im Wohnzimmer ankam, klingelte das Telefon. Der Anruf war für Sergeant Scott. Kurze Zeit später kam Ginger mit Pippins im Schlepptau zurück. Während er dem Arzt die fraglichen Flaschen zeigte, kam Sergeant Scott zurückgeeilt.

»Die Polizeiwache hat gerade angerufen. Ein paar Straßen weiter ist ein Einbruch im Gange, Sir. Werden Newman und ich hier noch gebraucht?«

»Ich denke, wir haben jetzt genug Hilfe. Gehen Sie nur und schnappen Sie den Einbrecher.«

Ginger ging ein weiteres Mal ins Wohnzimmer, rief Pippins zu sich und überreichte ihre Waffe dem Butler. »Jetzt, da die Polizei weg ist, zähle ich auf Sie, was die Bewachung der Tür angeht.«

Pippins ließ die Waffe in seine Tasche gleiten. »Jawohl, Madam.«

Dr. Watts stand mit geöffnetem Fingerabdruckset hinter dem Getränkewagen, als Ginger in den Salon zurückkehrte. »Lord Turnbull hatte einen interessanten Geschmack, was Cocktails angeht«, sagte er. »Die blaue Farbe des Curacao würde eine fremde Substanz verbergen, und der Rum jede Bitterkeit im Geschmack übertönen.«

»Sie glauben also, dass es Gift war und nicht ein Herzinfarkt?«, fragte Reed. »Er hat sich an die Brust gefasst, bevor er zu Boden fiel.«

»Viele Gifte wirken, indem sie den Blutfluss zum Herzen einschränken. Der Ausschlag auf der Brust deutet eher darauf hin, dass es sich um eine Vergiftung handeln könnte, aber ich kann erst eine offizielle Erklärung abgeben, wenn die Obduktion abgeschlossen ist.«

»Wie lange dauert es, bis es so weit ist?«, erkundigte sich der Chief Inspector.

Dr. Watts unterbrach seine Arbeit. »Bedauerlicherweise gibt es einen Rückstau in allen Forensiklaboren der Stadt. Es muss am Vollmond liegen. Schicken Sie Lord Turnbull direkt zu mir, dann habe ich in ein, zwei Tagen ein Ergebnis vorliegen.« Er warf einen Blick auf Haley. »Wenn Miss Higgins sich bereit erklärt, mir zu assistieren, geht es vielleicht schneller.«

Haley schnaubte. »Keine zehn Pferde würden mich davon abhalten, Doktor.«

Sie blieb bei der Forensikmannschaft, während Ginger und Reed ins Wohnzimmer zurückkehrten. Haleys Einschätzung, was die Stimmung der Gäste anging, erwies sich als durchaus zutreffend. Im selben Moment, als der Chief Inspector über die Schwelle trat, wurde er belagert.

Es gibt keinen Grund, uns gegen unseren Willen festzuhalten!

Ihr Vorgesetzter wird von mir hören!

»Beruhigen Sie sich und machen Sie Platz!« Reeds Ton war autoritär, woraufhin tatsächlich alle zurücktraten. »Wir werden Ihre Aussagen so schnell wie möglich aufnehmen.« Er deutete auf seine Uhr. »Mein Ziel ist es, dass bis Mitternacht alle gegangen sind. Mrs Fox, Sie sind die Nächste.«

Harriet Fox erhob sich anmutig und mit gekonnt beherrschtem Gesichtsausdruck. Nichts stand in ihrer Miene geschrieben – weder Trauer noch Reue noch Schuld. Ihre Augen waren eisblau, und Ginger fragte sich unwillkürlich, ob ihr Herz wohl genauso kalt war wie ihre Augen.

Im Arbeitszimmer nahm Ginger den Platz neben Harriet

Fox ein, als Reed sich wieder auf den Stuhl ihres Vaters setzte.

»Stört es Sie, wenn ich rauche?«, fragte Harriet.

Reed sah zu Ginger, die zustimmend nickte. »Nur zu«, sagte er dann.

Harriet klappte ihre kleine Handtasche auf und nahm eine Zigarettenspitze aus Elfenbein und ein vergoldetes Etui heraus. Ein Geschenk von Lord Turnbull? Ginger und Reed sahen gebannt zu, wie die Frau geschickt die Zigarette im Halter befestigte und dann mit einem silbernen Feuerzeug anzündete. Ihr frisch nachgezogener Lippenstift hinterließ einen Abdruck, als sie die Zigarettenspitze aus dem Mund nahm, um den Rauch auszupusten.

Harriet hielt ihre faszinierend blauen Augen auf den Chief Inspector gerichtet. »Warum ist *sie* hier?«

»Fürs Protokoll«, gab Reed zurück. »Ich habe versprochen, dass es schnell gehen würde, also fangen wir an.«

Harriet schlug auf aufreizende Art die Beine übereinander. »Dann schießen Sie mal los.«

Reeds Blick blieb eine Sekunde zu lang auf Harriets Wade ruhen, was sowohl Harriet als auch Ginger bemerkten. Ginger räusperte sich.

»Nun«, sagte Reed, nachdem er sich wieder auf seine Professionalität besonnen hatte. »Mrs Fox, wie lange kennen Sie Lord Turnbull schon?«

»Eine Ewigkeit, Darling. Wir verkehren in denselben Kreisen.«

»Wenn Sie eine *Ewigkeit* sagen, meinen Sie damit ein Jahr? Fünf Jahre? Mehr als fünf Jahre?«

»Ach Gottchen, das ist schwer zu sagen. Etwa fünf, denke ich.«

»Wie würden Sie Ihre heutige Beziehung zu ihm beschreiben?«

»Die heutige? Also, Chief Inspector, ich würde sagen, sie ist tot.«

Reed zog die Stirn kraus. »Lassen Sie es mich anders formulieren. Wie würden Sie Ihre gestrige Beziehung zu Lord Turnbull beschreiben?«

Harriet blies den Rauch seitlich aus dem Mund in Richtung Ginger, die ihn mit der Hand fortwedelte.

»Verzeihung, Darling«, sagte Harriet, ohne Ginger eines Blickes zu würdigen.

Reed drängte Harriet zu einer Antwort. »Mrs Fox?«

»Ja. Ich würde sagen, unsere Beziehung war kompliziert.«

»Können Sie das erklären?«

»Das ist doch die Definition von kompliziert: schwierig zu erklären, nicht wahr?«

»Hatten Sie und Lord Turnbull ein Verhältnis?«, fragte Ginger ungeduldig. »Körperlich gesehen?«

»Ach so. Jetzt kommen wir also auf den Punkt. Ja, ich gebe zu, dass dies der Fall war, zumindest bis vor Kurzem. In den letzten paar Monaten, nun ja, hatte ich das Interesse verloren, könnte man so sagen.«

»Und wie hat Lord Turnbull die Tatsache aufgenommen, dass Sie das Interesse verloren haben?«, hakte Reed nach.

»Nicht gut, Darling.«

»Er schien ziemlich besitzergreifend zu sein«, sagte Ginger. »War das problematisch?«

»Keine Frau mag es, wenn von ihr *Besitz* ergriffen wird, Lady Gold. Er konnte unausstehlich und kontrollierend sein, vor allem wenn er glaubte, die Kontrolle zu verlieren.«

»Mrs Fox«, fuhr Ginger fort. »Sie haben mir heute Abend gesagt, dass Lord Turnbull Sie so sehr verärgert habe, dass Sie ihn *umbringen* könnten.«

»Ach, im Nachhinein betrachtet, war das eine unglückliche Wortwahl.« Harriet führte die Zigarette zum Mund, inhalierte und blies den Rauch so kräftig aus, dass er Ginger wieder ins Gesicht stieg. »Ja, er hat mich verärgert, aber ich habe ihn nicht umgebracht. Ob es mir leidtut, dass er tot ist? Nicht wirklich. Aber ich war nicht diejenige, die ihn getötet hat.«

»Wissen Sie, wer es war?«, fragte Reed.

Harriet gluckste. »Das wäre zu einfach, nicht wahr, Chief Inspector? Maxwell hatte nicht wenige Feinde. Wer kann da schon sagen, wer ihn schließlich erwischt hat.«

»Jemand, der heute Abend anwesend war«, mischte sich Ginger wieder ins Gespräch.

Harriet blies den Rauch ihres letzten Zuges aus den Nasenlöchern, dann löschte sie die Zigarette in einem kleinen Aschenbecher, den sie bei sich trug. »Nun ja«, sagte sie, »da haben Sie wohl recht. Aber ich war es nicht.«

»Sie können jetzt gehen, Mrs Fox«, sagte Reed. »Aber verlassen Sie bitte nicht die Stadt.«

Harriet wölbte eine wohlgeformte Braue. »Ich freue mich darauf, wieder von Ihnen befragt zu werden, Chief Inspector. Vielleicht können wir das nächste Mal ohne Ihre ... *Sekretärin* auskommen.«

Ginger rauchte vor Wut, als Harriet Fox aus dem Zimmer schlenderte.

»Sie mögen sie nicht, oder?«, sagte Reed.

»Sie ist eine Unruhestifterin. An Ihrer Stelle würde ich

ein Auge auf sie werfen, aber anders, als Sie vielleicht meinen.«

»Ich weiß nicht, was Sie damit andeuten wollen, Lady Gold«, entgegnete Reed, aber das Funkeln in seinen Augen verriet das Gegenteil. Er rückte die Fliege zurecht und konsultierte wieder seine Notizen. »Bitten Sie nun die Moreaus herein.«

»Ich glaube, ich brauche eine kleine Pause«, sagte Ginger. »Würde es Ihnen etwas ausmachen, wenn ich Haley bitte, diesem Gespräch beizuwohnen?«

Reed musterte sie, bevor er antwortete. »Hat das etwas mit der Szene von vorhin zu tun, als Madame Moreau Sie verwechselt hat?«

Ginger seufzte auf. »Nein, natürlich nicht. Ich will mich nur eben frisch machen.«

»Nun gut.«

Natürlich aber hatte Reed mit seiner Vermutung recht. Ginger hätte es nicht ertragen, mit ihrer alten Freundin auf engem Raum zu sein. Es wäre zu intim, zu gefährlich. Zu groß war die Gefahr, dass sie etwas sagen könnte, was Julia Moreau bestätigte, dass ihr erster Impuls richtig gewesen war.

Wie Ginger erwartet hatte, ging das Gespräch mit den Moreaus schnell über die Bühne, und sie seufzte erleichtert auf, als die beiden sich auf den Heimweg gemacht hatten.

»Übrigens«, sagte Haley, als Ginger zurückkehrte, um sie abzulösen. »Dr. Watts und seine Leute haben ihre Untersuchung abgeschlossen und den Toten in die Leichenhalle der Universität gebracht. Dr. Watts hat mich gebeten, seine Grüße auszurichten.«

»Vielen Dank, Miss Higgins«, sagte Reed.

Das Gespräch mit Dr. Longden verlief ereignislos, dafür förderte Felicia interessante Informationen zutage.

Sie sah unglücklich aus, wie sie da auf dem Stuhl neben ihrer Großmutter saß. »Ich möchte niemanden in Schwierigkeiten bringen.«

»Wenn du etwas weißt, von dem du glaubst, dass es Chief Inspector Reed bei seinen Ermittlungen helfen könnte, Liebes«, erklärte Ginger entschieden, »ist es deine Pflicht, es zu sagen.«

»Also gut. Es geht um Lieutenant Schofield. Beim Abendessen hat er mich mit Geschichten über seine Heldentaten im Krieg unterhalten. Er ist früher eine Sopwith Camel geflogen, wissen Sie, furchtbar aufregende Maschinen. Ich habe einmal eine auf dem Flugplatz in Hertfordshire gesehen.« Sie stieß den Seufzer eines Mädchens aus, das sich in einen unerreichbaren Kerl verguckt hatte.

»Ich weiß, dass er dem König und dem Land gedient hat, Miss Gold«, sagte Reed.

»Ja, richtig. Nun, Lieutenant Schofield hat mir ein Medaillon gezeigt, das er um den Hals trägt. Er hat gesagt, dass er darin eine Zyankalikapsel aufbewahrt hat, für den Fall, dass die Deutschen ihn gefangen genommen hätten und er sich das Leben hätte nehmen müssen. Ich fand das so mutig und romantisch, aber jetzt ...« Felicias Miene nahm einen verzweifelten Ausdruck an.

»Er ist nicht der Richtige für dich, Kind«, mischte sich Ambrosia ein. »Ich wusste gleich beim ersten Kennenlernen, dass man ihm nicht über den Weg trauen darf. Eine Nummer zu groß für seine Stiefel, würde ich sagen. Wie es

bei allen Männern der Air Force der Fall ist. Sie halten sich
für Überflieger.«

Ginger bemerkte Reeds Blick und schmunzelte über das
unfreiwillige Wortspiel.

»Miss Gold«, sagte Reed, »die Todesursache ist noch
nicht geklärt. Es gibt keinen Grund, voreilige Schlüsse zu
ziehen.« Damit entließ er die Frauen.

Den Arm um Felicia gelegt begleitete Ginger sie hinaus.
Reed ging zum Wohnzimmer zurück und wurde sofort von
Alfred Schofield angesprochen.

»Chief Inspector! Ich bestehe darauf, dass Sie uns als
Nächstes befragen. Meine Großmutter ...«

»Ach, hör schon auf, mich so zu bemuttern, Alfred.«
Mrs Schofield grinste Reed und Ginger an. »Ich amüsiere
mich prächtig.«

Daran zweifelte Ginger nicht im Geringsten.
Mrs Schofield hatte hier eine Goldgrube für Klatsch und
Tratsch gefunden.

»Sie können jetzt mitkommen, Mrs Schofield und Lieutenant Schofield«, sagte Reed. »Bis auf die Hausangestellten
sind wir fast fertig.«

William Hayes blieb am Kamin stehen und senkte
den Kopf. Seine Schultern hingen herab wie die eines
Schuljungen, der als Letzter in die Kricketmannschaft
gewählt wurde. Ginger hatte fast ein bisschen Mitleid
mit ihm.

»Lieutenant Schofield«, begann Reed, als sie Platz
genommen hatten. »Dürfte ich das Medaillon sehen, das Sie
um den Hals tragen?«

Alfred gluckste. »Ich wusste, dass die Geschichte, die ich
Miss Gold erzählt habe, mich noch in den *derrière* treten

würde. Hätte ich gewusst, dass Turnbull den Löffel abgibt, hätte ich es nicht erwähnt.«

Reed blieb hartnäckig. »Darf ich es sehen?«

Alfred nahm eine lange Silberkette mit einem kleinen, quadratischen Anhänger ab und reichte sie dem Chief Inspector.

Reed öffnete ihn. »Er ist leer.«

»Natürlich, alter Knabe. Glauben Sie wirklich, ich laufe mit einer Zyankalikapsel herum?«

»Vielleicht, wenn Sie meinen, dass sie Ihnen von Nutzen sein könnte.«

»Ich weiß, was Sie denken. Aber ich habe Turnbull nicht umgebracht.«

»Sie meinen *Lord* Turnbull«, korrigierte Reed ihn, bevor er ihm die Kette zurückgab. »Warum tragen Sie das Medaillon überhaupt noch? Der Krieg ist doch vorbei.«

Alfred grinste. »Wollen Sie eine ehrliche Antwort? Es beeindruckt die Damenwelt. Ein toller Gesprächsanlass, wenn Sie verstehen, was ich meine.«

»Alfred!«, schalt Mrs Schofield.

»Woher kennen Sie Lord Turnbull?«

»Eigentlich kannte ich nur seinen Ruf. Demzufolge war er ein aufgeblasener Idiot.«

»Alfred!«

»Entschuldige, Großmutter.«

Es gab einen stillen Blickwechsel, bevor Alfred weitersprach. »Hören Sie, ich weiß, es sieht schlimm aus, aber ich bin nicht derjenige, den Sie suchen.«

Als sie gehen durften, schob Alfred die zögerliche Mrs Schofield eiligst zur Tür hinaus.

»Mr Hayes, Sie sind der Nächste«, rief Ginger.

William Hayes ließ sich seufzend auf dem Stuhl gegenüber vom Chief Inspector nieder.

»Ich möchte mich für mein Verhalten von vorhin entschuldigen«, begann er. »Es war ein Reflex aus meiner Jugend – Kampf oder Flucht, verstehen Sie. In Stresssituationen verspüre ich den Impuls zu fliehen. Ein Grund, weshalb ich nicht im Strafrecht tätig bin.«

»Ich verstehe«, sagte Reed. »Wie gut kannten Sie Lord Turnbull?«

William Hayes wurde rot, während er unruhig auf dem Stuhl herumrutschte. »Wenn Sie privat meinen, überhaupt nicht gut. Tatsächlich habe ich den Mann unter allen Umständen gemieden. Hätte ich gewusst, dass er heute Abend hier sein würde ...«

»Wir haben einen Zeugen, der gesehen haben will, wie Sie sich auf der Straße geprügelt haben.«

Die Röte auf William Hayes' Gesicht breitete sich über seinem Nacken aus.

»Diese unglückliche Szene war das Ergebnis einer beruflichen Begegnung.«

»Tatsächlich?«

»Ja. Weshalb die Details unserer, nun ja, Meinungsverschiedenheit mich zur Verschwiegenheit verpflichten.«

»Sich hinter Privilegien zu verstecken, lässt Sie schuldig aussehen, Mr Hayes«, entgegnete Reed.

»Ich mag mir vielleicht anderes zuschulden kommen lassen haben, Chief Inspector, aber ich habe Turnbull nicht umgebracht.«

Langsam klang der Satz wie eine hängen gebliebene Schallplatte. Der Anwalt veränderte seine Sitzposition, schlug die Beine übereinander, bewegte sich wieder, wechselte das Bein. Seine unverhohlene Erregung ließ Ginger aufhorchen. Sie wusste nicht, warum, aber sie traute dem kleinen Mann nicht über den Weg.

»Mein Vater hat 1913 seinen bisherigen Anwalt verlassen, um Sie zu engagieren, Mr Hayes«, sagte sie.

»Ja. Ich glaube, wir haben bereits darüber gesprochen. Eine gängige Sache – Anwälte gehen in den Ruhestand. Oder man ist mit seinem alten Anwalt unzufrieden und wechselt zu einem anderen.«

»Warum hat er Sie gewählt?«

William Hayes schluckte und vermied den Blickkontakt mit ihr. *Er verheimlicht etwas.* Doch Ginger würde keine Ruhe geben, bis sie herausgefunden hatte, was es war.

»Warum hätte er es nicht tun sollen?« Der Anwalt wich aus.

Ein hastiges Klopfen unterbrach das Gespräch. Als Pippins unaufgefordert hereinplatzte, zog Ginger die Stirn in Falten. Ein solches Verhalten war höchst untypisch für ihren Butler.

»Was gibt es, Pippins?«

»Es geht um Bailey. Er ist verschwunden.«

24

*G*inger und Reed sprangen auf und eilten ins Wohnzimmer.

»Wie lange ist er schon weg?«, fragte Ginger.

»Ich fürchte, das kann ich nicht mit Gewissheit sagen, Madam«, antwortete Pippins. »Ich habe es erst bemerkt, als Mr Hayes nicht mehr im Raum war und nur das Personal zurückblieb. Plötzlich ist mir aufgefallen, dass ich Bailey schon länger nicht mehr gesehen habe.«

Das Wohnzimmer wirkte leer, nachdem nur noch die vier Mitglieder von Gingers Haushaltspersonal und Mr Hayes übrig waren.

»Hat jemand gesehen, wie Mr Bailey den Raum verlassen hat?«, fragte sie.

Lizzie und Grace senkten den Blick und schüttelten den Kopf. »Nein, Madam.«

»Mrs Thornton?«

»Ich habe in diesem Stuhl gesessen und hab' die Füße

hochgelegt. Die bringen mich noch um! Ich bin wohl ein paar Mal eingenickt.«

Ginger sprach leise zu Reed. »Wie Sie wissen, hat Andrew Bailey einst in diesem Haus gewohnt. Er kennt also alle Möglichkeiten, um ungesehen hinein- und hinauszukommen.«

»Verstehe. Ich würde gern Ihr Telefon noch einmal benutzen, wenn Sie erlauben.«

William Hayes stand hinter ihnen und rang die Hände. »Wenn Sie dann mit mir fertig wären ...«

»Für den Moment ja«, sagte Reed. »Aber verlassen Sie bitte nicht die Stadt.«

William Hayes rannte regelrecht aus dem Zimmer. Er neigte wirklich zur Flucht, dachte Ginger, als sie sich auf einen leeren Stuhl fallen ließ. Haley setzte sich auf das Kanapee.

»So habe ich mir den Abend nicht vorgestellt«, sagte Ginger.

Lizzie näherte sich und machte einen Knicks. »Hätten Sie und Miss Higgins gerne Tee, Madam?«

»Danke, Lizzie«, antwortete Ginger. »Das wäre wunderbar.«

Reed kam mit Mantel und Hut in der Hand zurück.

»Chief Inspector?«, sagte Ginger.

»Ich habe im Yard angerufen. Die Fahndung nach Mr Bailey ist bereits im Gange.« Er schaute zu Gingers Hausangestellten. »Wo ist Miss Weaver?«

»In der Küche und kocht Tee. Möchten Sie eine Tasse?«

»Nein, danke. Es ist schon spät. Wenn Sie nichts dagegen haben, komme ich morgen wieder und befrage die Dienerschaft.«

»Ich bin sicher, dass alle Ihnen gerne behilflich sein werden.«

»Gut. Ich finde allein nach draußen. Gute Nacht, Lady Gold, Miss Higgins.«

Lizzie brachte das Teetablett herein und stellte es auf dem kleinen Tisch zwischen Ginger und Haley ab.

»Sie dürfen sich nun zurückziehen«, sagte Ginger zu ihr. »Bestimmt sind Sie alle recht erschöpft. Pippins, bitte sorgen Sie dafür, dass das Haus sicher abgesperrt ist.«

»Gewiss, Madam.«

Ginger streifte ihre Schuhe ab und streckte sich auf der Chaiselongue aus. »Was für ein Tag!« Sie trank von ihrem Tee und starrte auf die Glut im Kamin.

»Ich bevorzuge ein ruhiges Haus«, sagte Haley mit der Tasse in der Hand.

»Wie schmeckt der Tee?«, fragte Ginger.

»Es ist kein Kaffee.«

»Gib's zu, Tee wächst dir langsam ans Herz.«

»So etwas würde ich niemals zugeben!« Haley grinste und nahm einen weiteren Schluck. »Aber ich weiß, wie man dieses Gebräu verbessern könnte.« Haley verschwand und kam kurz darauf mit einer Flasche zurück, die mit einer bernsteinfarbenen Flüssigkeit gefüllt war. »Brandy. Für unsere armen Nerven.«

Ginger prostete ihr mit der Tasse zu. »Auf unsere armen Nerven.«

Haley goss ihnen beiden eine großzügige Menge Brandy ein, stellte die Flasche beiseite und als sie wieder auf ihrem Platz war, kam ein Wesen mit schwarz-weißem Fell angewackelt.

»Boss! Da bist du ja. Hast du die ganze Zeit geschlafen?«

Ginger ließ ihn auf den Schoß springen und fütterte ihn mit einem der Kekse, die Lizzie zusammen mit dem Tee gebracht hatte.

»Was für ein Hundeleben«, murmelte Haley.

»Er gibt mehr, als er bekommt, nicht wahr, mein Bester?« Ginger schmiegte ihr Gesicht an das Tier. Dann nahm sie ihr juwelenbesetztes Stirnband ab, fuhr sich mit den Fingern durch ihren roten Haarschopf und ließ den Kopf zurückfallen, wobei sie einen langen, müden Seufzer ausstieß.

»Vielleicht solltest du ins Bett gehen, Ginger.«

»Bald. Ich muss mich erst noch etwas entspannen, sonst lässt mich mein überaktiver Verstand nicht schlafen.«

»Geht mir genauso.«

»Haley, wir sind heute Morgen mit einem Fall aufgewacht, jetzt beenden wir den Tag mit zwei.«

»Es wird nie langweilig auf Hartigan House.«

»Ich kann mich nicht erinnern, dass es hier als Kind genauso aufregend gewesen wäre. Aber vielleicht lag das daran, dass ich um acht Uhr immer schon geschlafen habe.«

»Jetzt gibt es den Fall Eunice und den Fall Turnbull«, fasste Haley zusammen. »Die Frage ist, ob beide miteinander zu tun haben, oder ob es sich nur um einen unglücklichen Zufall handelt.«

»Es könnte durchaus bloß ein Zufall sein«, überlegte Ginger.

Haley brummte. »Dagegen spricht allerdings die Tatsache, dass Eunice damals Turnbulls Begleitung war, dass nun genau ebenjener tot ist und dass beide Leichen in diesem Haus gefunden wurden.«

»War es Rache für Eunice?«, fragte Ginger. »Dass ihre

Überreste hier gefunden wurden, ist gerade erst bekannt geworden. Bisher galt Miss Hathaway nur als vermisst.«

»Stimmt. Die Leiche wurde in Andrew Baileys ehemaliger Kammer gefunden, und er stand seit zehn Jahren im Dienst von Lord Turnbull«, sagte Haley. »Jetzt ist noch dazu auch *er* verschwunden.«

Ginger richtete sich auf. »Ja. Aber das erscheint mir alles zu offensichtlich. Wenn Bailey Turnbull töten wollte, warum gerade an diesem Abend?«

»Vielleicht, um den Verdacht auf eine größere Gruppe zu lenken?«

»Aber warum sollte er dann fliehen?«, sagte Ginger. »Das wirft den Verdacht doch bloß wieder auf ihn zurück.«

Haley zog die Füße hoch und legte sich die Wolldecke, die über der Lehne des Sofas hing, zum Wärmen über ihre Beine. »Was ist mit den anderen? Erzähl mir, wie die Verhöre verlaufen sind.«

»Harriet Fox ist eine Eiskönigin. Ich erinnere mich daran, dass ich als junges Mädchen Angst vor ihr hatte. Als sie in Boston zu Besuch war, hatte ich tatsächlich fast Mitleid mit Sally«, berichtete Ginger.

»Ist die Eiskönigin eine kaltblütige Mörderin?«

»Sie leugnet es natürlich. Interessant ist, dass sie bei dieser zweiten Soiree sozusagen der ›Ersatz‹ für Eunice war. Ich würde gerne wissen, ob es eine persönliche Verbindung zwischen Miss Hathaway und Mrs Fox gibt.«

»Sie müssen damals im gleichen Alter gewesen sein«, überlegte Haley. »Vielleicht haben sich Mrs Fox und Lord Turnbull auf diese Weise kennengelernt.«

Ginger streichelte Boss, während sie über Haleys Aussage nachdachte. Ihre Gedanken kehrten zu den Befragungen zurück. »Alfred Schofield konnte es kaum erwarten, endlich zu gehen.«

»Auch Fluchtinstinkt?«, fragte Haley. »Wahrscheinlicher ist, dass bei ihm irgendetwas läuft, von dem er nicht will, dass es die Polizei erfährt.«

Ginger gluckste. »Ich fand es sehr komisch, wie er immer wieder von seiner ›armen Großmutter‹ sprach. Wenn ich es nicht besser wüsste, würde ich behaupten, Mrs Schofield hat Lord Turnbull umgebracht, um den Abend unterhaltsamer zu gestalten.«

Haley zog die Augenbrauen hoch. »Und warum schließt du aus, dass sie es war?«

»Mrs Schofield ist zwar geistig noch rüstig, aber nicht körperlich. Wir suchen jemanden, der schnell auf den Beinen ist oder eine ausgesprochene Fingerfertigkeit an den Tag legt. Beides kann man von Mrs Schofield nicht behaupten.«

»Und Lieutenant Schofield?«

»Aufgrund seines Alters ist eine Verwicklung in den Fall Eunice Hathaway unmöglich, und wenn wir von der Theorie ausgehen, dass die beiden Vorfälle zusammenhängen, kann Alfred nicht der Mörder sein.«

»Ich glaube, Miss Felicia hat sich in ihn verguckt.«

Ginger stöhnte auf. »Ist das so offensichtlich?«

»Hm, schon. Was hältst du von diesem Anwalt? Er ist tatsächlich ein wenig wie ein Wiesel, findest du nicht?«

»Da muss ich dir leider recht geben«, sagte Ginger. »Ich bin stets stolz auf meine gute Menschenkenntnis, und ehrlich gesagt traue ich ihm nicht. Wenn ich nur wüsste, warum mein Vater das getan hat.«

»ey Bossy, wollen wir einen kleinen Ausflug machen?«

Ginger hatte ein schlechtes Gewissen, weil sie so viel Zeit ohne ihren kleinen Boston Terrier verbracht hatte, seit sie auf Hartigan House angekommen war. Heute hatte sie einige Besorgungen zu erledigen, und obwohl es klüger wäre, Boss zu Hause zu lassen, konnte sie den Gedanken nicht ertragen, ihn schon wieder in Lizzies Obhut zu geben.

Mit überschwänglicher Freude, wie sie nur Hunde zum Ausdruck bringen konnten, folgte er Ginger zum Daimler und sprang aufgeregt hinein. Sie legte ihre Handtasche und die Hundeleine vor den Beifahrersitz. Boss saß hinter dem Lenkrad und streckte die Schnauze zum Fenster hinaus.

»Ach Boss, du Dummerchen. Willst du etwa selbst fahren? Wir sind doch in London. Da musst du auf die andere Seite hinüber.«

Gehorsam sprang Boss zur Beifahrerseite und steckte nun dort den Kopf aus dem Fenster, um nach dem Fahrtwind zu schnappen. Ginger fuhr in die Stadt und fand in der Nähe von St. Paul's Cathedral einen Parkplatz vor der *Daily News*. »Hast du Lust auf ein bisschen leichte Lektüre?« Sie befestigte seine Leine am Halsband und nahm ihre Handtasche.

Im Großraumbüro des Zeitungsverlags herrschte reges Treiben. Auf den Holzschreibtischen standen tragbare Schreibmaschinen von L. C. Smith & Corona, bedenklich hohe Papierstapel, die gleich umzukippen drohten, türmten sich, überall standen Kaffeetassen, aus den Aschenbechern qualmte es. Hagere Männer, die aussahen, als hätten sie in der letzten Nacht nicht viel Schlaf abbekommen, telefonierten mit modernen Apparaten.

Hinter einer Empfangstheke saß eine schlanke Frau mit makelloser Haut und einem modernen Haarschnitt und tippte eifrig auf einer Schreibmaschine. Erst nach einer kurzen Weile bemerkte sie Ginger. »Oh, ich habe Sie gar nicht kommen hören.«

»Kein Problem, es ist ja auch nicht gerade still hier drin.«

»Das können Sie laut sagen. Ach, Sie haben einen Hund dabei!«

»Ich hoffe, es ist in Ordnung. Er tut nichts.«

»Wie heißt er denn?«

»Boss. Das ist die Abkürzung für Boston. Ich bin erst vor Kurzem von dort hergereist.«

»Sind Sie Amerikanerin?«

»Nein, eigentlich bin ich Engländerin, aber ich habe während der letzten zwanzig Jahre in Boston gelebt.«

»Donnerwetter. Das erklärt auch Ihren Akzent.«

Ginger blinzelte überrascht. »Meinen Akzent?«

»Ja. Sie klingen zwar schon wie eine Engländerin, aber mit einem Hauch von etwas anderem.«

Ginger nahm sich vor, daran zu arbeiten. Früher hatte sie alle möglichen Sprachfärbungen meisterhaft beherrscht.

»Kann ich Ihnen weiterhelfen?«, fragte die junge Frau jetzt.

»Ich suche nach einem Reporter. Leider kenne ich seinen Namen nicht. Er ist ungefähr so groß wie ich, hat kleine braune Augen und einen schütteren Haaransatz.«

»Vielleicht mit 'nem kleinen Bauchansatz?«

Ginger nickte.

»Könnt' wohl Mr Blake Brown sein. Soll ich ihn holen?«

»Ja, bitte.«

»Und wen soll ich melden?«

»Lady Gold.«

Als die junge Frau den Titel hörte, setzte sie sofort an, einen Knicks zu machen, bevor sich eines Besseren besann. Wahrscheinlich hatte sie früher als Hausangestellte gearbeitet.

Fünf Minuten später kam sie mit Blake Brown zurück. Es war tatsächlich der Reporter, den Ginger gesucht hatte. Sie streckte ihm eine behandschuhte Hand entgegen.

»Mr Brown, es ist mir ein Vergnügen.«

Blake Brown verlagerte einen Aktenordner von der linken zur rechten Seite und gab Ginger die Hand. »Das Vergnügen – und die Überraschung, wenn ich das hinzufügen darf – ist ganz meinerseits. Danke, Miss Taylor«, sagte Brown zur Empfangsdame und ließ sie gehen.

»Können wir uns vielleicht irgendwo unter vier Augen unterhalten?«

»Ich hatte gehofft, dass Sie das sagen würden. Wenn Sie mir folgen möchten?«

Blake Brown führte sie in ein Gesprächszimmer und schloss die Tür. Der kleine Raum war karg möbliert mit nur einem Tisch und vier Stühlen.

Der Reporter zögerte, bevor er sich setzte. »Möchten Sie vielleicht einen Kaffee, Lady Gold? Hier sind alle koffeinsüchtig. Eine Berufskrankheit, könnte man sagen. Ich kann aber auch irgendwo eine Tasse Tee auftreiben, wenn Ihnen das lieber wäre.«

Beides klang wenig reizvoll. »Nein, danke. Macht es Ihnen etwas aus, wenn der Hund uns Gesellschaft leistet?«

»Ich habe nichts dagegen.«

Ginger klopfte auf den leeren Holzstuhl neben sich, woraufhin Boss hochsprang.

»Warum möchten Sie mit mir sprechen, Madam?«

»Als sich die Presse vor meinem Haus versammelte, wollten Sie mir eine bestimmte Frage stellen.«

»Das stimmt. Soll ich Sie Ihnen jetzt noch einmal stellen?«

»Bitte.«

»Wussten Sie von Mr Hartigans Beteiligung an dem Unternehmensbetrug von 1915?«

Jedes Mal, wenn es darum ging, dass Gingers Vater möglicherweise in ein Verbrechen verwickelt gewesen war, zog sich ihr Magen zusammen. Sie schluckte schwer. Jetzt wünschte sie, sie hätte um ein Glas Wasser gebeten.

»Das ist eine ziemliche Anschuldigung, Mr Brown. Haben Sie dafür Beweise?«

Der Journalist lächelte. »Ich habe meine Quellen.«

»Und ich habe meine. Mein Vater führte 1915 seine amerikanischen Geschäfte in Boston und New York.«

»Ja. Aber haben Sie schon einmal von dieser modernen Erfindung namens Telegramm gehört?«

»Das beweist gar nichts.«

Blake Brown legte den Ordner, den er getragen hatte, auf den Tisch und öffnete ihn. Dann holte er einen gut gespitzten Bleistift aus der Hemdtasche und klemmte ihn der Länge nach zwischen seine Lippen. Den vorhandenen Bissspuren nach zu urteilen, kam das häufiger vor.

Brown bemerkte ihren Blick und gluckste. »Ich gehe unsanft mit meinen Bleistiften um. Der Arzt hat mir geraten, mit dem Rauchen aufzuhören – ich habe eine schlimme Lunge, wissen Sie. Dieses elendige Laster hätte mich fast umgebracht, aber hier drin kann ich dem Zigarettenduft nicht entkommen. Manchmal lehne ich mich einfach in meinem Stuhl zurück und atme tief ein.«

»Ich habe mir das Rauchen nie angewöhnt.«

»Ein Glück für Sie.«

Mr Brown war vom Thema abgekommen. Ginger holte ihn wieder auf den Punkt zurück.

»Die Beweise, Mr Brown?«

Brown schob ihr eine Akte zu. »Lord Turnbull ist Ihnen ein Begriff, oder? Er war bis zum Hals in krumme Geschäfte verwickelt. Anscheinend hat er Ihren verstorbenen Vater überredet, sich mit ihm für eines davon zusammenzutun. Mr Hartigan verließ das Land, und Lord Turnbull zog ein paar Register, um den eigenen Kopf aus der Schlinge zu ziehen.«

Gingers ausgetrocknete Kehle schnürte sich vor Entsetzen zusammen, sodass sie kaum schlucken konnte.

Hatte sich ihr Vater etwa wissentlich auf ein betrügerisches Geschäft eingelassen? Sie spürte Browns Blick auf sich ruhen. Zweifellos versuchte er herauszufinden, ob sie davon gewusst hatte.

Der Mann kaute auf seinem Bleistift herum, dann sagte er: »Diese Angelegenheit, auch wenn sie tief vergraben liegt, geht durchaus die Öffentlichkeit etwas an. Seine Lordschaft hat seinen Einfluss genutzt, um sie zu vertuschen.«

»Das ist sehr beunruhigend, Mr Brown. Ich versichere Ihnen, dass ich nie etwas davon gewusst habe. Mein Vater war keiner, der das Gesetz bricht.« Gingers Vater war von seinen Kollegen stets geschätzt und bewundert worden. Er war ein guter Freund des Bürgermeisters von Boston gewesen, eine führende Persönlichkeit in der Geschäftswelt, und trotz seines Wohlstands hatte er diejenigen, die weniger privilegiert waren, nie vergessen und mehrere Wohltätigkeitsorganisationen unterstützt. Alle, die ihn kannten, hätten gesagt, dass Mr Hartigan ein echter Gentleman war. Er hatte tadellose Umgangsformen, war vertrauenswürdig und schätzte Integrität.

»Bei allem Respekt, Madam«, sagte Brown, »ich würde nicht erwarten, dass Sie schlecht über Ihren Vater denken, vor allem jetzt, da er nicht mehr unter uns weilt.«

Vater, in was warst du nur verwickelt? Der Beweis, dass er geschäftlich mit Turnbull zu tun gehabt hatte, lag auf dem Tisch. Außerdem hatte er angeordnet, die Tür der Dachkammer, in der Eunices Leiche lag, verschlossen zu halten. Außerdem hatte er plötzlich den Anwalt gewechselt und diesen törichten William Hayes engagiert. Ginger streichelte Boss, was ihr Trost spendete. Bei all der Ungewissheit, die sie umgab, blieb Boss eine Konstante in ihrem Leben. Er blieb dasselbe liebenswerte, hingebungsvolle, bezaubernde Tier, das er war.

»Was wollen Sie nun von mir?«, fragte sie.

»Eine Geschichte. Wie ist die Leiche von Eunice Hathaway in einer Dachkammer Ihres Hauses gelandet?«

Ginger faltete die Hände auf ihrem Schoß und legte den Kopf schief. »Wie wäre es, wenn Sie und ich einen Pakt schließen, Mr Brown? Ich werde Ihre Fragen beantworten, wenn Sie mir auf meine Antwort geben.«

»Eine gegen eine?«

»In Ordnung.«

»Wie ist die Leiche von Eunice Hathaway auf dem Dachboden Ihres Hauses gelandet?«

»Ich weiß es nicht.«

Brown warf seinen malträtierten Bleistift auf den Tisch. »So funktioniert dieses Spiel nicht. Sie müssen mir schon die Wahrheit sagen.«

»Ich sage Ihnen die Wahrheit. Ich bin selbst auf der Suche nach der Antwort auf diese Frage. Was ich Ihnen aber sagen kann, ist Folgendes: Das Zimmer, in dem sie gefunden wurde, war das des ehemaligen Kammerdieners meines Vaters, Andrew Bailey.«

»Derselbe Mann, der seit Jahren für Turnbull arbeitet?«

»Ganz genau. Jetzt bin ich dran. War mein Vater noch in weitere Geschäfte mit Lord Turnbull verwickelt, und waren diese illegal?«

»Das sind zwei Fragen, Mylady.«

Ginger durchbohrte ihn mit einem Blick, der Brown zum Grinsen brachte. »Na gut. Also, er war in mehrere Geschäfte mit Lord Turnbull verwickelt, aber alle anderen waren legal. Sie dürfen mir glauben, ich habe es überprüft.«

»Nun sind Sie wieder an der Reihe«, forderte Ginger ihn auf.

»Wie lange haben Sie vor, in London zu bleiben?«

»*Das* ist Ihre Frage? Um ehrlich zu sein, ich bin mir nicht sicher.«

»Hängt es davon ab, wie lange es dauert, um, sagen wir mal, ein kleines Problem zu lösen, das Daddy hinterlassen hat?«

Gingers Magen verdrehte sich erneut bei dieser Frage, aber sie behielt einen neutralen Gesichtsausdruck bei. »Eigentlich bin ich wieder dran, Mr Brown, aber ich will großzügig sein und Ihre Frage beantworten. Wie ich bereits gesagt habe, höre ich zum ersten Mal von dieser Situation.« Sie deutete auf den Bericht vor ihr. »Jetzt ich: Was gedenken Sie mit dieser Information zu tun?«

»Wenn Sie mir einen Knüller liefern, sorge ich dafür, dass sie für immer begraben bleibt.«

»Sie haben den Betrug bereits vor meiner Haustür angesprochen. Bitte bieten Sie mir etwas an, was Sie tatsächlich versprechen können.«

»Ich habe die Frage an diesem Tag nicht zu Ende gestellt, Lady Gold. Als Sie die Tür schlossen, habe ich den Satz verklingen lassen.« Er tippte mit seinem Bleistift auf den Bericht. »Ich habe alles, was hier steht, für mich behalten. Reporter sind sehr besitzergreifend, was heiße Spuren angeht.« Er steckte den Bleistift wieder in den Mund.

»Wissen Sie etwas über Lord Turnbulls jüngste Vorhaben?«, wollte Ginger wissen.

Er kniff die kleinen braunen Augen so sehr zusammen, dass sie fast geschlossen wirkten. »Das Letzte, was ich hörte,

war, dass er an einer Dinnerparty auf Hartigan House teilge-
nommen hat. Gestern Abend, nicht wahr? Wie war es?«

»Was haben Sie gehört?«

Brown setzte sich auf. »Gab es etwas zu hören? Haben
Sie eine Geschichte für mich, Lady Gold?«

»Die habe ich wohl. Aber ich kann sie Ihnen im Moment
noch nicht erzählen.«

»Wann dann?«

»Heute Nachmittag. Geben Sie mir Ihre Nummer, ich
rufe Sie an.«

»Es muss schon etwas Gutes sein, Mylady. Ich bin kein
Klatschkolumnist.«

Ginger lächelte. »Ich glaube, Sie werden sehr glücklich
sein, Mr Brown.«

26

*W*ährend des Hauptgangs am gestrigen Abend hatte sich Haley mit Harriet Fox unterhalten und dabei den Straßennamen ihres Wohnsitzes in Belgravia erfahren. So saß Ginger nun mit Boss im Daimler, den sie an der Ecke geparkt hatte. Sie war mit einem kleinen Fernglas bewaffnet, das sie sonst bei Pferderennen verwendete, Boss kaute an einem Knochen, den Ginger zu seiner Unterhaltung mitgebracht hatte. Seit mehr als einer Stunde wartete sie schon und hoffte, dass Mrs Fox endlich ihre Wohnung verlassen würde. Es war bereits spät am Vormittag, und Ginger hatte durchaus damit gerechnet, dass Mrs Fox nach einem langen Abend mit alkoholischen Getränken, an dem noch dazu ihr Gefährte vor ihren Augen gestorben war, etwas länger im Bett bleiben würde. Aber gar so lange? Vielleicht war sie auch schon aus dem Haus? War es falsch gewesen, erst nach dem Besuch bei Blake Brown herzukommen?

Wenn Mrs Fox die exakte Adresse preisgegeben hätte, statt bloß den Straßennamen zu verraten, hätte Ginger wenigstens kein Fernglas verwenden müssen. So hatte sie, um es zu verdecken, ihren Hut tief ins Gesicht gezogen, damit nicht irgendein Passant aufmerksam wurde und die Polizei rief. Basil Reed würde ihr eine Standpauke halten, wenn er Wind davon bekäme, dass sie eine seiner Mordverdächtigen beschattete.

Automobile, Busse – sogar ein Touristenbus mit einer Treppe am Heck, die zum offenen Oberdeck führte – fuhren an ihr vorbei, hin und wieder auch eine Pferdekutsche. Fußgänger überquerten achtlos die Straße. Offenbar vertrauten sie darauf, noch rechtzeitig zur Seite springen zu können, falls es nötig war.

Dann wurde Gingers Aufmerksamkeit von einer rotblonden Frau im gelben Kostüm geweckt, die nur wenige Meter entfernt ein Wohnhaus verließ. Als Ginger durchs Fernglas schaute, identifizierte sie die Frau als Harriet Fox, die nun eine Gießkanne nahm und den Topfpflanzen vor ihrer Haustür Wasser gab, bevor sie in entgegengesetzter Richtung wegging.

Ginger beeilte sich, ihren Hut zurechtzurücken und die Hundeleine an Boss' Halsband zu befestigen. »Zeit für einen Spaziergang, Boss.« Sie hielt einen behandschuhten Finger an die Lippen. »Aber du musst schön still sein.«

Ginger hatte Schuhe mit niedrigen Absätzen und Gummisohlen mitgebracht, weil sie sich auf einen langen Spaziergang eingestellt hatte. Schnell schlüpfte sie hinein und eilte Harriet hinterher, bevor sie sie aus den Augen verlieren würde.

Harriet wohnte in der Nähe der U-Bahn-Station Knightsbridge an der Piccadilly-Linie und lief nun die Stufen zu den Gleisen hinab. Ginger war froh, dass so viele Menschen unterwegs waren. So war es einfacher, dicht hinter Harriet und dennoch unbemerkt zu bleiben. Als die U-Bahn kam, stieg Harriet in den vorderen Teil des Wagens. Ginger nahm Boss auf den Arm und stieg an der hinteren Tür in denselben Waggon ein. Da es nur Stehplätze gab, hielt sich Ginger mit der freien Hand am Griff über ihrem Kopf fest. Sie spähte an einem beleibten Herrn vorbei zu Harriet Fox, die sich gesetzt hatte und nachdenklich aussah.

Der Zug rumpelte weiter. An der nächsten Haltestelle, Hyde Park Corner, stieg Harriet wieder aus. Ginger schob sich an den anderen Fahrgästen vorbei und hielt sich dicht hinter ihr. Am Eingang zum Hyde Park blieb sie kurz stehen und kaufte eine Ausgabe der *Daily News,* wobei sie die gefaltete Zeitung griffbereit hielt, falls sie sich verstecken musste.

Harriet schien auf jemanden zu warten. Ginger duckte sich hinter einem Essensstand und blieb mit Boss außer Sichtweite.

Der Sandwichverkäufer beobachtete sie grinsend. »Woll'n Sie was, Lady?«

»Ja, bitte. Eins mit Schinken und Käse.« Nachdem das Frühstück schon ein paar Stunden zurücklag, war Ginger tatsächlich etwas hungrig geworden. Ohne Harriet Fox aus den Augen zu lassen, zupfte sie ein Stück für Boss ab.

Plötzlich weiteten sich Harriets Augen, auf ihrem attraktiven Gesicht breitete sich ein Lächeln aus. Als Ginger Harriets Blick folgte, verschluckte sie sich fast an ihrem Sandwich.

Von der östlichen Parkseite war Alfred Schofield aufgetaucht, der mit selbstsicherem Gang näherkam. Harriet stand auf, und nachdem sie sich mit einem Blick über die Schulter vergewissert hatte, dass niemand sie sah, öffnete sie die Arme. Alfred, der deutlich jünger war als sie, umfasste zärtlich ihr Gesicht. Die Leidenschaft des darauffolgenden Kusses war nicht zu übersehen.

»Na so was!«, murmelte Ginger. Wie hatte sie das nur übersehen können? Entweder konnte dieses Paar besonders gut schauspielern, oder die beiden hatten große Angst davor gehabt, sich vor Lord Turnbull etwas anmerken zu lassen. Deshalb hatte sich Alfred auch so sehr Felicia zugewandt. Er hatte sie benutzt, um seine wahren Gefühle für Lord Turnbulls Gefährtin zu verbergen. Vielleicht war es diese Taktik gewesen, die Harriet so schlechte Laune bereitet hatte.

Diese heimliche Affäre konnte durchaus ein Mordmotiv darstellen. Womöglich hatten sie die Tat gemeinsam begangen, um das gewaltige Hindernis für ihre Beziehung aus dem Weg zu räumen.

Auf einer Parkbank saß ein älteres Paar, auf das Ginger nun zuging. »Entschuldigen Sie bitte. Ich bin Lady Gold, und ich würde Sie gerne um einen kleinen Gefallen bitten.«

Die beiden lächelten sie freundlich aus faltenreichen Gesichtern an. »Solange wir dabei nicht rennen oder Berge erklimmen müssen, Madam«, entgegnete der Herr verschmitzt.

»Wunderbar, und nein, körperliche Anstrengung ist nicht vonnöten, das versichere ich Ihnen. Ich habe gerade eine Freundin hier im Park gesehen, aber sie hat schreckliche Angst vor Hunden.« Ginger wollte nicht riskieren, dass Alfred ihr Haustier erkannte. Da im Park viele Leute mit Hunden unterwegs waren, fügte Ginger schnell hinzu: »Aus der Nähe, meine ich. Würde es Ihnen etwas ausmachen, nur für ein paar Minütchen auf meinen Hund aufzupassen? Ich binde ihn einfach hier an der Bank fest.«

»Es wäre uns ein Vergnügen«, antwortete der Mann. »Wie heißt denn der kleine Kerl?«

»Boss.«

»Ach, so nenne ich meine Frau auch!«

Seine Gattin stieß ihn spielerisch an. »Also, so was. Mr Pike weiß gar nicht, wie gut er es hat.«

»Doch, doch, meine Liebste, das weiß ich wohl.«

Mit der Gewissheit, dass Boss in guten Händen war, ging Ginger um den Brunnen herum, bis sie in Hörweite von Alfred und Harriet stand, ohne gesehen zu werden.

Harriet: »Er hat mich genauso gekleidet wie sie. Bis hin zu dem verdammten Ring!«

Alfred: »Er war ein kontrollsüchtiger Teufel. Dass er tot ist, tut mir nicht leid.«

Harriet: »Mir auch nicht.«

Alfred: »Wir müssen noch eine Weile vorsichtig sein, Liebling. Bis sich die Wogen geglättet haben. Wir wollen keine Zielscheiben auf dem Rücken riskieren.«

Harriet: »Ich dachte, die Heimlichkeiten könnten endlich aufhören.«

Alfred: »Bald, mein Schatz, bald.«

Ginger wartete, bis die beiden den Park verlassen hatten, bevor sie zu dem Paar auf der Parkbank zurückging, das Boss innerhalb der kurzen Zeit bereits ins Herz geschlossen hatte. Nachdem sich Ginger herzlich bedankt hatte, hörte sie im Weggehen Mrs Pike sagen: »Vielleicht sollten wir uns auch einen Hund anschaffen, Douglas.«

Ginger nahm ein Taxi bis zu ihrem Wagen und gab dem Fahrer ein großzügiges Trinkgeld dafür, dass Boss mitkommen durfte. Sie wollte nun schnell nach Hartigan

House zurück und Haley anrufen, um ihr von den Neuigkeiten zu berichten.

Auf dem Mallowan Court fuhr plötzlich niemand Gerin-
geres als Alfred Schofield an ihr vorbei. Vor dem Haus seiner
Großmutter hielt er an. Statt in die Gasse einzubiegen, um
zu ihrer Garage zu gelangen, parkte sie vor Alfred Schofields
Wagen und sprang aus dem Daimler.

»Lieutenant Schofield! Alfred!«

»Ach, hallo.«

Ginger ging mit Boss an ihrer Seite auf Alfred zu.

»Wie geht es Ihnen nach dem schrecklichen Vorfall von
gestern Abend?«

»Es geht. Für Sie muss es fürchterlich gewesen sein,
nehme ich an. So etwas kann einem durchaus die Feier
ruinieren!«

»Es war in der Tat eine unerwartete Wendung.«

Alfred steckte die Hände in die Manteltaschen und
wippte auf den Fersen. »Eine grässliche Angelegenheit.«

»Sind Sie Lord Turnbull eigentlich oft begegnet?«

»Nicht oft. Wir haben gelegentlich an denselben Tischen
gespielt.«

»Glücksspiel?«, hakte Ginger nach.

»Gentlemen Poker. Nichts Zwielichtiges.«

»Lord Turnbull schien ein sehr charmanter Mann zu
sein.«

Alfred schnaubte. »Ja, in der Tat. Er hat die Leute mit
seinem Charisma zu täuschen gewusst. Ich kenne sonst
niemanden, der andere so geschickt manipulieren konnte.«

»Besonders Frauen, nehme ich an?«

Alfred nickte nüchtern. »Ein fieser Kerl.«

»Vielleicht war Mrs Fox deshalb über seinen plötzlichen Tod nicht sonderlich erschüttert.«

Alfred musterte sie misstrauisch. »Es muss der Schock gewesen sein.«

»Sind Sie mit Mrs Fox bekannt?«, fragte Ginger vorsichtig. »Ich meine, auch vor dem gestrigen Abend?«

»Wir sind uns schon begegnet. Wenn es Ihnen nichts ausmacht, meine Großmutter erwartet mich.«

»Lieutenant Schofield, haben Sie Lord Turnbull umgebracht?«

Wütend blitzten seine Augen auf. »Es stimmt zwar, dass ich ihn am liebsten umgebracht hätte, aber ich war es nicht. Jemand anderes ist mir zuvorgekommen.«

27

Ginger kehrte zu ihrem Daimler zurück und fuhr direkt an Reed vorbei, als dieser gerade vor Hartigan House parkte. Mit einem Fingerwackeln winkte sie ihm zu, bevor sie in die Gasse zu ihrer Garage einbog. Als sie durch den hinteren Teil des Hauses eintrat, hatte Pippins den Chief Inspector bereits hereingelassen. Er wartete im Wohnzimmer auf sie.

»Hallo, Basil«, grüßte Ginger.

Er erhob sich. »Guten Tag, Ginger. Ich hoffe, ich komme nicht ungelegen?«

»Ganz und gar nicht.« Ginger zog ihre Handschuhe aus. »Ich habe nur ein paar Besorgungen gemacht.«

»Zusammen mit Alfred Schofield?«

»Das haben Sie wohl gesehen, was?« Ginger überlegte gerade, wie sie Reed ihre Neuigkeiten mitteilen konnte, ohne zuzugeben, dass sie Harriet gefolgt war, als Boss für Ablenkung sorgte. Er war zu Reed getrottet und schnüffelte jetzt an seinem Bein, was den Chief Inspector nervös zurückweichen ließ.

»Haben Sie schlechte Erfahrungen mit Hunden gemacht, Chief Inspector?«

»Als Kind bin ich einmal gebissen worden, und seitdem habe ich den Hunden abgeschworen.«

»Was für eine Schande.« Ginger nahm Boss, der immer noch an Reed schnüffelte, auf den Arm. »Er ist ein ganz lieber Hund. Boss hat noch nie jemanden gebissen. Versuchen Sie doch einmal, ihn zu streicheln.«

Reed sah Ginger groß an. Sein Blick wanderte von ihrem Gesicht zu dem Hund und wieder zurück. Dabei streckte er langsam die Hand aus. »Sind Sie sicher, dass er nicht beißt?«

»Absolut.«

Boss beschnupperte Reeds Hand und leckte sie ab.

»Er hat Ihnen einen Kuss gegeben!«, sagte Ginger lachend. »Sehen Sie, kein Grund zur Sorge.«

Nun wagte auch Reed ein Lächeln und streichelte den Hund sogar am Kopf, wenn auch etwas unbeholfen.

»Am liebsten mag er es, hinter den Ohren gekrault zu werden«, erklärte Ginger und tat ebendas an Boss' linkem Ohr. Reed nahm sich das rechte vor.

»Ach, Bossy«, gurrte sie. »Womit hast du nur so viel Zuneigung verdient?« Sie streichelte dem Hund über den Rücken, und als sie zu seinem Ohr zurückkehren wollte, landete ihre Hand unversehens auf der des Chief Inspectors. Beide erstarrten und traten sogleich einen Schritt zurück.

»Das ist genug Aufmerksamkeit, Boss.« Schnell setzte Ginger das Tier auf den Teppich zurück. Zu ihrem Entsetzen schlug ihr Herz plötzlich bis zum Hals.

Reed räusperte sich und rückte seine Krawatte zurecht.

»Ist Ihr Personal für eine Befragung verfügbar?«, fragte er mit belegter Stimme und hustete, um seine Verlegenheit zu kaschieren, was Ginger höflich ignorierte.

»Ja. Sie wussten ja, dass Sie kommen. Soll ich sie herein-schicken? Oder wollen Sie wieder mein Arbeitszimmer benutzen?«

»Nein, das wird nicht nötig sein, Lady Gold.«

Ginger wandte sich an die erste Person, die sie sah. »Liz-zie, der Chief Inspector ist hier, um mit den Hausange-stellten zu sprechen. Können Sie sich darum kümmern, dass alle nacheinander zum Gespräch antreten?«

Lizzie machte einen Knicks. »Jawohl, Madam. Dann gehe ich gleich als Erste zu ihm und hole im Anschluss daran die nächste.«

»Fabelhaft. Wo sind eigentlich Miss Felicia und die Dowager Lady Gold?«

»Sie packen, Madam.«

»Sie packen?«

»Jawohl, Madam. Die Dowager Lady Gold sagt, sie hat genug von der großen Stadt und will auf der Stelle nach Hertfordshire zurück.«

»Ich verstehe. Vielen Dank, Lizzie. Sie können jetzt zum Chief Inspector. Er ist im Wohnzimmer.«

Ginger fand Felicia weinend in ihrem Zimmer vor.

»Felicia, Liebes.«

»Ich weiß auch nicht, warum ich weine. Wir sind immerhin länger geblieben als ursprünglich geplant. Die Ereignisse der letzten Nacht, die für mich absolut aufregend waren, haben Großmamas Nerven strapaziert. Sie möchte mit dem nächsten Zug abreisen.«

»Es scheint mir zwar etwas überstürzt, aber es ist ja nicht

so, dass wir uns nie wiedersehen würden. Ich verspreche dir, dass ich euch besuche, bevor ich nach Boston zurückkehre.«

Mit einem Spitzentaschentuch wischte sich Felicia über die feuchten Wangen. »Das tröstet mich ein wenig.«

»Brauchst du Hilfe beim Packen? Soll ich Lizzie hochschicken?« Dann erinnerte sie sich daran, dass diese gerade befragt wurde. »Beziehungsweise Grace.«

»Ich erledige das lieber selbst. Ich bin es nicht gewohnt, dass sich andere Leute um meine privaten Angelegenheiten kümmern. Außerdem muss ich mich ablenken, sonst bin ich allzu traurig.«

»Packt Großmutter auch selbst?«

»Gott bewahre, nein. Sie hat es Lizzie gleich in der Früh erledigen lassen. Ich glaube, nun sitzt sie da und wartet darauf, dass ich endlich fertig bin.«

Ginger beschloss, Ambrosia erst einmal in Ruhe zu lassen, und ging mit Boss in ihr Zimmer. Immer wieder musste sie an die zufällige Berührung mit Basil Reeds Hand denken und an die Funken, die dabei entstanden waren. Sie griff nach Daniels Foto.

»Es tut mir leid, Liebling. Du bist derjenige, den ich vermisse. Die Wärme seiner Hand hat mich nur an das erinnert, was ich nicht mehr habe. Ich bin dir immer noch treu ergeben.« Sie drückte einen Kuss auf das Rahmenglas, dann wischte sie ihre Lippenstiftspuren mit dem Taschentuch ab.

Ginger betrachtete ihr Spiegelbild und erneuerte ihr dezentes Make-up. Als sie sich wieder frisch fühlte, ging sie nach unten und begegnete einer verärgerten Mrs Thornton, die gerade aus dem Wohnzimmer kam. »Der Mann behandelt mich wie eine Verbrecherin!«

Ginger musste ein Grinsen unterdrücken. Sie klopfte

leise an der Wohnzimmertür und spähte hinein. »Sind Sie fertig?«

»Mrs Thornton ist gerade gegangen«, sagte Reed. »Ich fürchte, ich habe keinen besonders guten Eindruck auf sie gemacht. Jetzt fehlt nur noch Mr Pippins.«

»Darf ich Ihnen kurz eine Frage stellen? Ich möchte die Presse über Lord Turnbulls Tod informieren, bevor es auf andere Weise bekannt wird.«

»Verstehe. Ja, es ist das Beste, die Berichterstattung so weit wie möglich selbst zu kontrollieren. Ich hatte vor, mit der Presse zu sprechen, sobald ich hier fertig bin.«

»Haben Sie etwas dagegen, wenn ich das tue?«

»Haben Sie jemanden im Sinn?«

»Blake Brown von der *Daily News*.«

»Oh? Warum Brown?«

»Ich schulde ihm einen Gefallen.«

Pippins klopfte und trat ein. »Verzeihung.« Er wollte wieder gehen, um nicht zu stören, aber Reed rief ihn zurück. Dann wandte er sich noch einmal zu Ginger und sagte: »Rufen Sie den Mann an.«

Ginger ging zum Telefon, wählte die Nummer, die Brown ihr gegeben hatte, und bat Miss Taylor, sie mit ihm zu verbinden.

»Lady Gold!«, rief er über den Hintergrundlärm hinweg.

»So schnell?«

»Ich habe die Erlaubnis bekommen, meine Neuigkeiten ein wenig früher mitzuteilen als erwartet.«

»Prächtig. Schießen Sie los.«

Ginger gab eine gekürzte Version der Ereignisse des Vorabends wieder und berichtete über den plötzlichen Tod von Lord Turnbull.

Brown stieß einen Pfiff aus. »Betrachten Sie die Akte von Mr Hartigan als begraben!«

»Ich danke Ihnen, Mr Brown.«

»Ich danke Ihnen, Lady Gold.«

Nachdem Brown aufgelegt hatte, stellte sich Ginger vor, wie er gleich zu seiner Schreibmaschine zurückrannte. Wahrscheinlich würde er es noch schaffen, die Geschichte in die Abendausgabe der *Daily News* zu bringen.

Ginger fragte sich, ob Reed sich noch von ihr verabschieden würde, oder ob er nach Pippins Befragung gegangen war. Sie blickte ins Wohnzimmer und fand ihn dort wartend vor.

»Wie ist es gelaufen?«, fragte sie, wobei sie darauf achtete, einen höflichen Abstand zu ihm zu bewahren.

»Es war unkompliziert. Sagen Sie, wie gut kennen Sie Ihre Angestellten, Ginger?«

»Lizzie habe ich nach meiner Ankunft kennengelernt, und Grace ist erst seit gestern hier. Beide kenne ich also noch gar nicht richtig. Mrs Thornton ist vor Kurzem nach Hartigan House zurückgekehrt, sie hat schon vor Jahren hier gearbeitet. Und Pippins ist schon so lange hier, wie ich denken kann. Er war an die Cousine meines Vaters ausgeliehen, während das Haus geschlossen war.«

»Ausgeliehen?«

»Ja. Cousine Enid Hartigan brauchte einen Butler, als mein Vater gerade beschloss, das Haus zu schließen. Ein Glücksfall für uns alle.«

»Und Mr Pippins hat sie verlassen, um zu Ihnen zurückzukommen?«

»Bedauerlicherweise ist Cousine Enid vor Kurzem verstorben.«

So wie Reed nun die Augen zusammenkniff, war Ginger klar, dass er versuchte, diesen Zufall zu analysieren. »Es ist alles mit rechten Dingen zugegangen, Chief Inspector. Für Pippins lege ich meine Hand ins Feuer.«

Bevor sie mehr sagen konnte, läutete es an der Tür. Ambrosias Stimme schallte durchs Treppenhaus: »Felicia! Das Taxi ist da!«

Ginger eilte hinaus, um sich von ihren Verwandten zu verabschieden. »Pippins, bitten Sie den Taxifahrer, mit dem Gepäck von Miss Felicia und der Dowager Lady Gold zu helfen. Sagen Sie ihm, dass er für seine Mühe mit einem zusätzlichen Trinkgeld belohnt wird.«

»Jawohl, Madam.«

»Es tut mir leid, dass wir so kurzfristig abreisen, meine Liebe«, erklärte Ambrosia, »aber ich kann einfach nicht noch mehr Aufregung vertragen.«

Ginger nickte verständnisvoll. »Es war ungewöhnlich ereignisreich.«

Neben der matronenhaften Frau stand Felicia und sah Ginger traurig an. »Ich werde dich vermissen.«

»Kopf hoch, Liebes. Wir werden uns bald wiedersehen.«

»Kann ich Ihnen behilflich sein?«, fragte Reed, der sah, wie der Butler und der Taxifahrer die Koffer hinunterschleppten.

»Nein, danke. Ich glaube, das ist der letzte«, sagte Ginger. »Sonst müssen wir ein zweites Taxi nur fürs Gepäck rufen.«

Reed setzte seinen Hut auf. »Dann werde ich Ihnen nun auch nicht länger im Weg herumstehen.«

Ginger wollte sich gerade von ihm verabschieden, als Lizzie herbeigeeilt kam. »Ein Anruf für den Chief Inspector, Madam.«

Er zog eine Augenbraue hoch und nahm seinen Hut wieder ab. »Entschuldigen Sie mich.«

Ginger umarmte ihre Schwiegergroßmutter und gab ihr zum Abschied einen Kuss. »Es war so schön, euch beide wiederzusehen.«

»Das letzte Mal liegt zu lange zurück«, sagte Ambrosia. »Ich hoffe, du entscheidest dich dazu, in London zu bleiben. Du gehörst doch zur Familie.«

Ginger lächelte, sagte aber nichts. Sie hatte auch in Boston Familie, ihre Stiefmutter und ihre Halbschwester. Was sie daran erinnerte, dass sie wirklich bald einen Brief an Louisa schreiben musste.

Am Tor winkte sie den beiden zum Abschied. »Gute Reise! Ruft mich an, wenn ihr angekommen seid!«

Ohne Ambrosia und Felicia herrschte eine merkwürdige Stille im Haus. Da auch Haley gerade in der Vorlesung war, fühlten sich die Räume so leer an. Ginger überlegte, was sie nun tun sollte. Ihr Magen knurrte und erinnerte sie daran, dass es fast Mittag war. Sie würde nachsehen, ob Mrs Thornton etwas gekocht hatte.

In der Halle begegnete sie Reed und wich erschrocken zurück. Sie hatte den Anruf ganz vergessen.

»Ist alles in Ordnung?«, fragte sie.

»Es war der Yard. Sie haben Andrew Bailey gefunden.«

28

*U*ngefragt setzte sich Ginger auf den Beifahrersitz von Reeds Wagen. Innerhalb einer Sekunde wandelte sich sein Blick von Überraschung über Empörung zu Resignation.

»Ich weiß wirklich nicht, warum ich das zulasse«, murmelte er, als er auf dem Mallowan Court wendete.

»Weil ich Ihnen Glück bringe!«, entgegnete Ginger fröhlich. »Oder zumindest einen frischen Blick und Objektivität.«

Reed gab nur ein Brummen von sich.

Vor dem Vernehmungsraum, in dem Andrew Bailey saß, bewachte ein Beamter die Tür. Lord Turnbulls Diener trug immer noch seine Dienstuniform, doch die Hose war schmutzig, das Hemd zerknittert, die Schulternaht seines Jacketts aufgeplatzt. Mit hängenden Schultern saß er da und kratzte sich nervös an den Handknöcheln.

Als Reed und Ginger eintraten, zuckte Bailey zusammen.

Er nahm ein Taschentuch und tupfte sich die Schweißperlen von der Stirn.

»Mr Bailey, so sehen wir uns wieder«, begann er. »Auch mit Lady Gold sind Sie ja bereits bekannt.« Er zog einen Stuhl für Ginger heraus, bevor er neben ihr Platz nahm. Constable Newman stand als Wache an der Tür.

Reed räusperte sich. »Mr Bailey, Sie haben sich der Anweisung, auf Hartigan House zu bleiben, bis alle befragt wurden, widersetzt. Warum?«

»I-ich weiß es nicht genau, Sir. Ich bin einfach in Panik geraten.«

»In Panik geraten? Haben Sie sich denn etwas zuschulden kommen lassen?«

Bailey schluckte und wand sich.

»Laut und deutlich fürs Protokoll, Mr Bailey.«

»N-nein ...«

»Haben Sie Lord Turnbull umgebracht?«

»Nein! Warum sollte ich das tun? Ich habe verdammt noch mal meine Anstellung verloren.«

»Warum haben Sie meinen Vater verlassen, um für Lord Turnbull zu arbeiten?«, fragte Ginger.

»Vielmehr hat er *mich* verlassen, Madam, wegen Boston und seiner neuen amerikanischen Frau. Er hat mich gefragt, ob ich ihn begleiten will, aber das habe ich abgelehnt. Ich bin kein Abenteurer. Als dann irgendwann auch klar war, dass er Hartigan House ganz schließen würde, hat er mich mit einer Empfehlung entlassen. Als Lord Turnbull davon erfuhr, hat er mich sofort eingestellt.«

»Haben Sie Eunice Hathaway getötet, Mr Bailey?«, fragte Reed nun.

Im Gegensatz zur prompten Antwort auf die Frage nach Lord Turnbull, zögerte der Mann.

»Mr Bailey, bitte beantworten Sie die Frage.«

»Ich habe die junge Frau nicht umgebracht.«

»Wissen Sie, wer es war?«

Bailey seufzte. »Ich nehme an, es hat keinen Sinn, länger zu schweigen. Lord Turnbull war es, der Miss Hathaway getötet hat.«

Ginger und Reed tauschten einen Blick aus. War dies die Wahrheit, oder benutzte Bailey Lord Turnbull als Sündenbock?

»Auf welche Weise wurde sie getötet?«, fragte Reed. Der Yard hatte die Todesursache noch nicht an die Presse weitergegeben.

»Er hat sie mit bloßen Händen erwürgt«, lautete Baileys Antwort. »Miss Hathaway war jung und schön und setzte ihre Reize ein, um reiche Männer zu verführen. Diese Art von Frauen hatten es Lord Turnbull angetan. Bald schon kaufte er Kleider für Miss Hathaway und Schmuck und ging mit ihr aus, obwohl er gerade erst Witwer geworden war. Lord Turnbull behauptete, dass Miss Hathaway nie zufrieden gewesen sei und immer mehr wollte. Nach ihrem Tod waren seine Beziehungen zu Frauen dieser Art nur von kurzer Dauer. Oft habe ich miterlebt, wie seine Mädchen weinten und jammerten, aber sie sind gegangen, wenn er nicht mehr wollte. Miss Hathaway war offenbar anders. Sie hat sich geweigert zu gehen, wollte sich von ihm nicht einschüchtern lassen, hat sie gesagt. Ich glaube, sie hatte Informationen, mit denen sie seine Lordschaft in der Hand hatte.«

»Sie hat ihn erpresst?«, hakte Reed nach.

»Es scheint so. Laut Lord Turnbull – er neigte dazu, mir nach ein paar Drinks seine privaten Angelegenheiten anzuvertrauen – hat sie verlangt, dass seine Lordschaft ihre Verlobung bekannt gab. Es sei ihr egal gewesen, ob er sie liebte oder nicht.«

»Sie wollte den Titel«, sagte Ginger. »Das hätte ihr definitiv mehr gesellschaftliches Ansehen und Respekt verschafft.«

»Miss Hathaway hat allerdings Lord Turnbulls Zorn unterschätzt«, fuhr Bailey fort. »Ich weiß nicht, was der Auslöser in der Nacht von Mr Hartigans Soiree war, aber der … Vorfall ereignete sich im Londoner Stadthaus von Lord Turnbull.«

»Wie ist Miss Hathaways Leiche in Ihrer Kammer auf Hartigan House gelandet?«, fragte Reed.

Bailey stieß abermals einen bedauernden Seufzer aus. »Die Nacht der Soiree war mein letzter Arbeitstag bei Mr Hartigan. Am nächsten Morgen sollte ich in die Residenz von Lord Turnbull ziehen. Als ich dort ankam, beauftragte er mich damit, die Leiche fortzuschaffen.« Baileys Augen verfinsterten sich bei der Erinnerung. »Ich war starr vor Schock und wollte mich weigern, aber Lord Turnbull war fest entschlossen und sagte, wenn ich ihm nicht helfen würde, werde er dafür sorgen, dass mein jüngerer Bruder *verschwindet*. Ich sagte, dass ich nicht die geringste Ahnung habe, wie man eine Leiche loswird. Da lachte er, und zwar so hysterisch, dass mir klar wurde, dass er nicht ganz bei Sinnen war. Er klopfte sich auf den Schenkel und sagte, ich solle die Leiche in mein Zimmer auf Hartigan House schaffen, er sei sicher, dass Mr Hartigan nichts dagegen habe. Als ich ihn fragte, wie ich die Leiche transportieren solle, sagte er, ich solle Mr Hartigans Daimler benutzen. Ich wollte mich weigern, weil ich wusste, dass das schlecht für Mr Hartigan war.«

Ginger schäumte vor Empörung. »Was hat Lord Turnbull darauf geantwortet?«

»Er sagte: ›Ihr Bruder heißt James, nicht wahr?‹«

Der arme Andrew Bailey war zu dieser schrecklichen Tat erpresst worden, womit er sich selbst belastete und für immer in den Schraubstockgriff seines Arbeitgebers begeben hatte.

»Wir warteten – in der Zwischenzeit lag Miss Hathaways Leiche in der Badewanne –, bis wir sicher waren, dass Hartigan House verschlossen war und leer stand.«

»Ich war gerade dabei, Miss Hathaways Leiche aus der Badewanne zu heben, als Lord Turnbull von seinem Stuhl aufsprang, sodass er beinahe seinen Blue Marlin verschüttet hätte. ›Mein Ring!‹, rief er. Als sich das Ding nicht über den Knöchel ziehen ließ, weil der Finger angeschwollen war ...«

Bailey schluckte. »Da hat er einfach das Fingerglied gebrochen.«

Ginger zuckte bei der Vorstellung zusammen.

Bailey fuhr fort: »Ich brachte die Leiche also nach Hartigan House – den Daimler hatte ich vorher geholt – und legte sie in meiner alten Kammer ab. Den Wagen habe ich danach in der Garage geparkt und den Schlüssel wieder an den Haken in der Küche gehängt, wo ich ihn herhatte.«

»Wie sind Sie denn ins Haus gekommen?«, wollte Ginger wissen.

»Im Keller gab es ein lockeres Fenster. Man konnte es öffnen, indem man fest daran rüttelt.«

»Es sieht nicht gut für Sie aus, Mr Bailey«, sagte Reed

nun. »Sie haben gerade ein Motiv geliefert.«

»Was meinen Sie damit?«

»Lord Turnbull hat gedroht, Ihrem Bruder etwas anzutun. Zweifellos war er ein äußerst schwieriger Arbeitgeber, und er hätte Ihnen auch keine Empfehlung für eine neue Anstellung gegeben.«

Bailey riss die Augen auf. »Ich schwöre, ich habe ihn nicht umgebracht. Ich habe niemanden umgebracht. Ich bin kein Mörder!«

»Mr Andrew Bailey«, sagte Reed. »Ich verhafte Sie wegen Beihilfe zum Mord an Miss Eunice Hathaway. Sie müssen nichts aussagen, doch könnte es Ihrer Verteidigung schaden, wenn Sie etwas verschweigen, auf das Sie sich später vor Gericht berufen. Alles, was Sie sagen, kann als Beweismittel verwendet werden.«

Bailey schluchzte, während Constable Newman ihm Handschellen anlegte und ihn abführte.

»Er tut mir leid«, sagte Ginger. »Er ist von Lord Turnbull missbraucht worden.«

Reed sammelte die Papiere vom Tisch und legte sie in eine Aktenmappe. »Ja, aber zumindest sind wir jetzt einen Schritt weiter, um zu wissen, was mit Miss Hathaway passiert ist.«

»Sie glauben Baileys Geschichte über Lord Turnbull nicht?«

»Ich denke, darüber hat das Gericht zu entscheiden«, erwiderte Reed. »Ich muss mich vor allem auf den Tod von Lord Turnbull konzentrieren.«

»Wenn Bailey die Wahrheit sagt«, meinte Ginger, »und er Lord Turnbull nicht getötet hat, stehen wir wieder ganz am Anfang.«

29

*E*rst als Ginger die Eingangstür des Yard erreichte, fiel ihr wieder ein, dass sie mit dem Chief Inspector hergekommen war und ihren Daimler gar nicht dort stehen hatte. Sie trat an die Straße und winkte ein Taxi herbei. Der Fahrer saß auf der vorderen Sitzbank im Freien und öffnete mit einem Griff die Tür zum überdachten Fahrgastraum.

»Zur London School of Medicine for Women, bitte«, sagte Ginger. »In der Hunter Street.«

»Jawohl, Madam.«

Ginger erinnerte sich an die Zeit vor dem Krieg, als ein Taxifahrer noch ein Kutscher war, der die Zügel der Pferde schnalzen ließ. Jetzt betätigte der Mann die Kupplung, der Motor stotterte los, und sie fuhren Whitehall in Richtung Saint Pancras entlang. Ginger musste zugeben, dass es recht angenehm war, sich entspannt zurückzulehnen und die Aussicht zu genießen, statt sich auf den Verkehr zu konzentrieren und den Fußgängern ausweichen zu müssen. So konnte sie ihren Gedanken freien Lauf lassen und über den Fall nachdenken.

Eunice Hathaway hatte Hartigan House am frühen Morgen des ersten Januartages 1914 in Begleitung von Lord Maxwell Turnbull verlassen, was von vielen bezeugt worden war. Wenn man Bailey Glauben schenken durfte, hatte Lord Turnbull sie erwürgt, und Baileys erste Aufgabe als Lord Turnbulls neuer Kammerdiener hatte darin bestanden, die Leiche fortzuschaffen.

In der Zwischenzeit war Hartigan House geschlossen worden, Gingers Vater und ihre Stiefmutter waren am nächsten Tag aufs Schiff nach Boston gestiegen, die Dienerschaft war entlassen worden und Pippins hatte sich auf den Weg gemacht, um der alten Cousine Enid als Butler zur Seite zu stehen.

Auf Anweisung von Lord Turnbull fuhr Bailey am ersten Abend, als das Haus leer war, nach Hartigan House zurück, verschaffte sich durchs Kellerfenster Zugang, schleppte die Leiche von Miss Hathaway in seine alte Dachkammer und schloss die Tür ab.

Ginger musste zugeben, dass Lord Turnbulls Plan von dreister Genialität war. Indem er Bailey dieses Verbrechen auferlegte, hatte er die absolute Kontrolle über seinen Diener. Was wiederum ein mögliches Mordmotiv für Bailey darstellte.

Da das Haus so lange verschlossen war, blieb die Leiche unentdeckt. Der einzige Hinweis darauf, dass etwas nicht stimmte, war das Telegramm ihres Vaters an Pippins, in dem der Butler angewiesen wurde, die Tür zu diesem Zimmer verschlossen zu halten. Diese Nachricht musste Pippins erhalten haben, nachdem er Hartigan House schon verlassen hatte, aber bevor der Krieg begann.

Ihr Vater hatte seinem Anwalt Anweisungen gegeben, aber Ginger wusste nicht, welche, denn Mr Hayes wollte nichts preisgeben.

Wer hatte also Lord Turnbull getötet? Bailey hatte ein Motiv, wie auch Harriet Fox und Alfred Schofield. Sie alle hatten sich von dem Mann in die Enge getrieben und kontrolliert gefühlt.

Als der Fahrer vor dem Backsteingebäude hielt, bezahlte Ginger und eilte zur Tür. Sie konnte es kaum erwarten, Haley die Neuigkeiten über Andrew Bailey zu erzählen.

Miss Knight wies Ginger den Weg zum Chemielabor, wo Haley gerade im weißen Laborkittel dasaß und in ein Mikroskop schaute. Als sie kurz aufblickte, winkte Ginger ihr durchs Türfenster zu, und wartete, bis ihre Freundin in den Gang hinauskam.

»Ginger, ist alles in Ordnung?«

»Ja, es gibt keinen Notfall. Entschuldige, dass ich dich beim Lernen störe.«

»Kein Problem, der Unterricht ist sowieso gleich zu Ende. Eigentlich wollte ich in die Cafeteria gehen. Willst du mir für ein spätes Mittagessen Gesellschaft leisten?«

»Sehr gern, ich verhungere fast.«

»Lass mich noch kurz aufräumen. Es dauert nur eine Minute.«

Nachdem Haley ihren Arbeitsplatz in Ordnung gebracht hatte, machten sie sich auf den Weg in die Cafeteria, wo sie sich mit Suppe und Sandwiches an einen Tisch am Fenster setzten.

Haley musterte Ginger mit fragendem Blick.

»Ja, ich habe Neuigkeiten«, begann Ginger. »Ich komme gerade von Scotland Yard. Andrew Bailey wurde aufgefunden und ist im Fall von Eunice Hathaway wegen Beihilfe zum Mord verhaftet worden.«

»Heiliger Strohsack!«

Ginger berichtete von allen Details, die sie während des Verhörs erfahren hatte.

»Was für eine seltsame Geschichte«, sagte Haley. »Aber warum wollte Turnbull die Leiche auf Hartigan House loswerden?«

»Das würde ich auch gern wissen. Es wirft kein gutes Licht auf Vater.«

Haley verstummte und blickte Ginger in die Augen. »Auf keinen Fall hat Mr Hartigan etwas mit der Sache zu tun.«

»Warum dann die Anweisung, die Tür verschlossen zu halten?«

»Lord Turnbull muss etwas gegen ihn in der Hand gehabt haben.«

»Erpressung?«, fragte Ginger entsetzt. »Aber warum? Was könnte so schlimm sein, dass Vater sich nicht an die Polizei gewandt hat?«

»Vielleicht hatte er es ja vorgehabt.«

Ginger hielt inne. »Weißt du, er hatte tatsächlich eine Reise nach London absagen müssen, weil er krank wurde.«

»Vielleicht war er zu krank, um die Dinge wieder in Ordnung zu bringen.«

»Das gefällt mir nicht, Haley. Warum lässt er es dann nicht von seinem Anwalt erledigen?« Die Krankheit ihres Vaters hatte mehrere Jahre angehalten, was sicherlich genug Zeit für Mr Hayes gewesen wäre, die Angelegenheit zu bereinigen.

»Vielleicht wusste der Anwalt nichts davon«, überlegte Haley.

»Oder er hat es gewusst, sich aber aus irgendeinem Grund geweigert zu handeln«, überlegte Ginger.

»Hat Bailey gestanden, Lord Turnbull getötet zu haben?«

Ginger schüttelte den Kopf. »Er bestreitet hartnäckig, etwas damit zu tun zu haben.«

»Die Aussicht auf den Galgen beeinträchtigt oft das Gedächtnis.«

Sie nahmen ihr Geschirr und stellten es auf den dafür vorgesehenen Tresen ab.

»Fast hätte ich es vergessen: Ambrosia und Felicia sind heute Morgen abgereist.«

»Ach, tatsächlich? Das kommt etwas plötzlich.«

»Die Aufregung war zu viel für Ambrosias Nerven.«

»Und Felicia war betrübt, würde ich wetten.«

»So wie sie sich beschwert, muss das Leben auf Bray Manor die reinste Qual sein.«

Haley schob mitfühlend die Unterlippe vor. »Die Arme. Sie braucht eine Berufung. Oder wenigstens ein Hobby.«

»Da hast du recht. Eine andere Beschäftigung als attraktive junge Männer.«

Auf dem Weg zu Haleys Labor kamen sie im Gang an anderen Studentinnen vorbei.

»Wir haben also eine unglückliche Geliebte, einen verärgerten Diener und einen wütenden Anwalt«, fasste Haley zusammen. »Wer von ihnen hat Lord Turnbull getötet?«

»Alle haben ein Motiv und hätten die Gelegenheit dazu gehabt. Harriet hatte offensichtlich genug davon, von ihm kontrolliert zu werden. Dasselbe könnte man von Bailey und Hayes sagen.« Ginger sah Haley an. »Gibt es Neuigkeiten über die Todesursache? Ist schon bestätigt, dass es eine Vergiftung war? Wenn wir das wüssten, könnte es uns mehr Aufschluss geben.«

»Lass uns Dr. Watts suchen und es herausfinden.«

Der Doktor saß am Schreibtisch in einem kalten, sterilen Raum, in dem die Leichen gelagert wurden. Als sie eintraten, erhob er sich und fasste sich dabei an den steif gewordenen Rücken. »Lady Gold! Es ist mir ein Vergnügen, Sie wiederzusehen.«

»Die Freude ist ganz meinerseits.«

Dr. Watts setzte sich wieder. »Ich nehme an, Sie wollen wegen Lord Turnbull nachfragen.«

»Das ist richtig.«

»Ich kann bestätigen, dass es sich bei der Todesursache um eine Vergiftung handelt. Ich habe bereits den Chief Inspector angerufen, um ihm Bescheid zu geben.«

»Welches Gift war es denn?«, wollte Ginger wissen.

»Das steht noch nicht fest. Heute Nachmittag werde ich den Mageninhalt untersuchen.« Er fing Haleys Blick ein. »Miss Higgins, würden Sie mir assistieren?«

»Natürlich, Sir«, antwortete Haley ohne Zögern.

30

*P*ippins stand zur Begrüßung an der Eingangstür, als Ginger ankam. »Pips, wie machen Sie das nur?«

»Es ist meine Aufgabe, das Kommen und Gehen auf Hartigan House zu überwachen, Madam.« Er grinste. »Und ich habe zufällig am Fenster gestanden, als das Taxi angehalten hat.« Er half ihr aus dem Mantel.

»Danke«, sagte Ginger, während sie sich die Handschuhe auszog. »Der Tag hatte es in sich.«

»Kann ich Ihnen etwas bringen?«

»Im Moment nicht, danke schön.«

Pippins verbeugte sich und ließ sie allein.

Im Haus war es sehr ruhig, ganz anders als zuvor, als Ambrosia und Felicia zu Gast gewesen waren. Ginger stellte fest, dass sie die Energie und die Ablenkung vermisste, die ihre Verwandten mitgebracht hatten.

Sie nahm ihren Hut ab, steckte sorgfältig die Hutnadeln zurück und legte ihn auf einen Teetisch im Wohnzimmer ab. Dann ging sie in Richtung Küche. »Lizzie? Boss? Hallo?«

»Lady Gold?«

Die Stimme ließ Ginger zusammenzucken. »Mrs Thornton! Sie haben mich erschreckt.«

»Tut mir leid, Madam. Ich sollte mehr Lärm machen, wenn ich herumlaufe.« Die Köchin schien wie aus dem Nichts aufgetaucht zu sein.

Ginger sah der älteren Frau in die Augen und suchte nach einem Anflug von Humor, doch die Köchin blickte sie ernst an. »Ich hoffe, ich habe Sie nicht gestört?«

»Ganz und gar nicht. Kann ich Ihnen etwas bringen?«

»Ich wollte Lizzie bitten, mir einen Tee zu bringen.«

»Sie ist mit Ihrem Hündchen spazieren gegangen. Die beiden scheinen sich sehr zu mögen.«

Ginger spürte einen Stich. Ob es Eifersucht oder Schuldgefühle waren, wusste sie nicht. »Ist Grace da?«

»Es ist ihr freier Nachmittag, Madam. Aber ich kann Ihnen auch einen Tee kochen. Ich habe einen neuen, den ich aus den Beeren von unserem Garten zusammengestellt habe.«

»Das klingt wunderbar. Können Sie ihn auf mein Zimmer bringen?«

»Es ist mir ein Vergnügen.«

Wieder schenkte Mrs Thornton ihr kein Lächeln. Die Frau hat ihre Freude verloren, dachte Ginger. Das gestrige Ereignis würde wohl jedem den Wind aus den Segeln nehmen. Noch dazu war die Köchin nicht mehr die Jüngste. Wahrscheinlich brauchte sie Urlaub. Ginger würde es mit Pippins besprechen. Vielleicht konnten ja Lizzie oder Grace kochen.

In ihrem Zimmer zog sie ein bequemes Tageskleid an, setzte sich auf ihren bequemen Sessel und legte die Füße hoch. Sofort kreisten ihre Gedanken um den Fall, um Baileys Geständnis, um den Tod von Lord Turnbull. Sobald das Gift ermittelt war, sollten sie in der Lage sein, die Verdächtigen einzugrenzen und so den Mörder zu entlarven. Haley hatte versprochen anzurufen, wenn sie und Dr. Watts eine endgültige Antwort hätten.

Es klopfte an der Tür, dann kam die leicht erschöpft wirkende Mrs Thornton mit dem Tablett herein. »Für diesen Tee brauchen Sie etwas mehr Zucker«, erklärte sie, während sie einschenkte und großzügig Zucker in die Tasse gab, bevor Ginger sie aufhalten konnte. »Es ist ein Brombeertee, ein bisschen säuerlich, aber gut für die Nerven.«

»Danke, Mrs Thornton. Bitte sagen Sie Lizzie, sie soll Boss zu mir bringen, wenn sie zurück ist.«

»Jawohl, Madam.«

»Und hören Sie bitte aufs Telefon. Ich erwarte einen Anruf von Miss Higgins.« Ginger probierte den Tee. Er war etwas zu herb für ihren Geschmack, aber sie wollte die Köchin nicht beleidigen. »Sehr schmackhaft, Mrs Thornton.«

Die Köchin sah zu, wie Ginger einen weiteren Schluck nahm, bevor sie nickte und den Raum verließ.

Seufzend lehnte Ginger sich zurück. Seit vierzehn Tagen war sie nun in London und hatte bisher kaum Gelegenheit gehabt, sich auszuruhen. Sie nippte wieder an der Tasse. Der Tee würde nicht ihr Lieblingsgetränk werden, aber wenigstens war er heiß.

Wieder klopfte es und Pippins erschien an der Tür. »Miss Higgins hat für Sie angerufen, Madam.«

Ginger wollte aufstehen, doch da überkam sie ein Schwindelgefühl, das sie in den Sessel zurücksinken ließ. Wahrscheinlich war es eine Botschaft ihres Körpers, der ihr mitteilte, dass sie sich einmal gründlich ausruhen sollte.

Pippins trat vor und streckte ihr ein zusammengefaltetes Stück Papier entgegen. »Miss Higgins hat eine Nachricht für Sie hinterlassen.«

Ginger faltete den Zettel auseinander und las: *Atropin.*

»Danke, Pippins.« Plötzlich bekam Ginger Herzrasen. Sie schloss die Augen, bis es besser wurde.

»Ist alles in Ordnung, Madam?«

»Ja, Pippins. Ich glaube, ich bin nur recht erschöpft, das ist alles.«

»Man sieht es Ihnen durchaus an, Madam, falls ich mir diese Bemerkung erlauben darf. Vielleicht sollten Sie sich ein wenig hinlegen?«

Ginger lächelte. »Ich weiß Ihre Besorgnis zu schätzen, Pips. Ein kleines Nickerchen erscheint mir verlockend.«

Pippins verbeugte sich, dann ging er und schloss die Tür hinter sich.

Atropin, Atropin. Ginger trank einen weiteren Schluck von ihrem Tee.

Atropin! Die Teetasse glitt ihr aus der Hand, die heiße Flüssigkeit brannte durch den Stoff ihres Kleides. Atropin war das Gift der Tollkirschen! Im Garten stand eine Tollkirsche mit reifen schwarzen Beeren.

Gingers Kehle schnürte sich zu, sie bekam nicht mehr genügend Luft, um nach Hilfe zu rufen. »Pippins ...«

Sie fühlte sich, als würde sie an ihrem eigenen Herzschlag ersticken. Eine große Hitze stieg in ihr auf, Schweißperlen bildeten sich auf der Stirn.

Nach Luft ringend fasste sie sich an die Kehle, sie bekam Panik. Jetzt würde sie sterben.

Da kam jemand ins Zimmer.

»H-holen Sie einen A-arzt!«

»Ach, Lady Gold«, sagte die Köchin. »Warum trinken Sie nicht noch einen Schluck? Dann geht es Ihnen besser.«

Mrs Thornton hob die Teetasse von dem nass gewordenen Teppich auf und schenkte nach. »Das hilft ihrer trockenen Kehle.« Sie setzte die Tasse an Gingers Lippen.

Gingers Gedanken drehten sich. Sie wollte ihren Durst stillen, doch sie stieß die Tasse von sich und starrte die Köchin anklagend an.

Mrs Thornton ist die Mörderin.

»Aha, Sie haben es herausgefunden, nicht wahr?«, sagte Mrs Thornton, als sie das giftige Gebräu absetzte. »Ihre hochnäsige Schwiegergroßmutter hat mich dazu gebracht, die reifen Tollkirschen zu ernten. Ich wollte sie schon wegwerfen, aber dann dachte ich mir, dass sie vielleicht ganz nützlich sein könnten. Und das sind sie wohl auch, was?«

»W-warum?«

»Gute Frage. Ja, warum. Lassen Sie uns spazieren gehen, Mylady, dann erzähl' ich Ihnen 'ne kleine Geschichte.«

Mrs Thornton war durch die Arbeit in der Küche ziemlich stark. Mit Leichtigkeit zog sie Ginger hoch, griff unter ihre Arme und zwang sie zum Gehen.

»Ich habe seine Lordschaft umgebracht, Madam.«

Dieses unverblümte Schuldbekenntnis jagte Ginger kalte Angstschauer über den Rücken.

»Als ich den roten Ring gesehen hab'«, fuhr Mrs Thornton fort, »wär' ich fast ohnmächtig geworden, wirklich. Derselbe Ring, den er meiner Eunice gegeben hat. Was für'n Frevel! Ja, Madam, Eunice war meine Tochter.«

Unsanft zerrte Mrs Thornton Ginger am Arm, schob sie durch die Dienstbotentür und zog sie mit sich die enge Treppe hinauf.

»Als ich früher für die Hathaways gearbeitet hab', hat sich Mr Hathaway mir aufgedrängt. Damals war ich hübsch, das war ich. Als ich gemerkt hab', dass ich ein Kind in mir trage, hatte ich fürchterliche Angst. Unverheiratet und ohne Geld, aber Mr Hathaway hat gesagt, er kümmert sich um alles. Ich wollte nicht, dass mir das Kind weggenommen wird. Mr Hathaway war so wütend, aber dann is' er zu seiner Frau gegangen und hat ihr alles gebeichtet. Seine Frau hat alle glauben lassen, dass Eunice ihre eig'ne Tochter is', aber sie hat sie nich' so geliebt wie ich. Ich habe sie von ganzem Herzen geliebt, das hab' ich wohl.«

Noch mehr Stufen? Ginger torkelte vor Schwindel. Doch Mrs Thornton stützte sie, um sie vor dem Fallen zu bewahren.

»Mrs Hathaway wollte, dass ich weggeh'«, stieß Mrs Thornton keuchend hervor. Auch sie war jetzt außer Atem. »Und so is' es gekommen, dass ich für Mr Hartigan gearbeitet hab'. Ich hab' Eunice jeden Sonntag besuchen dürfen, als Hilfe fürs Kindermädchen. Das war mein Lieblingstag in der Woche.«

Oben schob Mrs Thornton Ginger durch die Tür.

Wo war sie? Auf dem Dachboden?

»Mein Herz is' fast vor Stolz geplatzt, als ich sie mit einem *Lord* zusammen gesehen hab'. Sie hätte auch glücklich sein können, wenn es nicht so Leute wie Sie gäbe. Sie hätt' auch Lady Turnbull werden können. Aber nein. Die feine Gesellschaft hat auf sie herabgeschaut, als wär' meine Eunice nicht gut genug für sie. Dabei is' sie ja sogar bei der Upper Class aufgewachsen!«

Gingers Beine zitterten. Von den Augenwinkeln her schränkte sich ihr Sichtfeld ein. Dann fielen ihr die Augen zu, bevor ein schmerzhafter Schlag auf der Wange sie dazu brachte, sie wieder zu öffnen.

»Wehe, Sie schlafen jetzt ein! Nich', bevor ich mit meiner Geschichte fertig bin!« Ächzend zerrte die Frau weiter an ihr.

»Wo war ich steh'n geblieben? Ja, als ich Lord Turnbull mit der neuen Frau gesehen hab', die genauso angezogen war wie meine Eunice, war mir sofort klar, dass er derjenige war, der mein liebes Mädchen aus dieser Welt gerissen hat. In Mr Hartigans Haus! Lord Turnbull und Mr Hartigan waren damals wie Pech und Schwefel. Ihr Vater hat gewusst, dass meine Eunice Ärger mit Lord Turnbull hat, aber er hat keinen Finger gerührt, um ihr zu helfen.« Mrs Thornton kicherte. »Auge um Auge, so heißt's doch? Tochter um Tochter.«

Mrs Thornton schob Ginger in ein Zimmer, in dem nur ein kleines Bett und eine Kommode standen. Auf dem staubigen Holzboden waren Fußabdrücke zu sehen.

»Sie können in derselben Kammer sterben, in der meine Eunice gefunden worden ist. Jetz' sorg' ich selbst für Gerechtigkeit, jawohl.«

»B-bitte.« Gingers Finger klammerten sich an ihre Kehle. »Helfen Sie m-mir!«

»Das ist die einzige Hilfe, die Sie von mir kriegen, Mylady. Grüßen Sie meine Eunice von mir.«

31

*H*eiß, so heiß!

Ginger fühlte sich, als würde ihr Gesicht explodieren. Ihre Sicht war verschwommen, der Mund staubtrocken.

Sie kroch zur Tür.

Abgeschlossen.

Ihre Hände, krebsrot, zitterten, als sie sich an den Kopf griff.

Kein Hut. Keine Hutnadeln.

O nein.

Wie sollte sie aus diesem verschlossenen Raum entkommen? Panisch kratzte sie an der Tür. Schmerz schoss in ihre Finger, weil sie sich dabei die Nägel umbog. Sie ... musste ... raus ... *raus.*

Erschöpft von der Anstrengung sackte sie auf dem Boden zusammen.

So müde.

Sie kroch zum Bett, Stück für Stück. Der dreckige Boden,

auf dem sie sich die Strümpfe aufriss und der ihre Hände schmutzig machte, widerte sie an. Auf ihm würde sie sich nicht tot auffinden lassen.

Quietschend nahm die Matratze ihr Gewicht auf.

Aber Ginger durfte nicht einschlafen, das wusste sie. *Wach bleiben!*

Mit großer Mühe setzte sie sich auf. Ihre Kehle brannte bei dem Versuch, zu schlucken. Kaum hörbar stotterte sie: »Boss? Komm zu mir, Junge.«

Sie stellte sich vor, wie ihr geliebtes Haustier zu ihr lief und zu ihr hochsprang. Ginger rollte sich mit dem schmutzigen Kissen zusammen, das Andrew Bailey zurückgelassen hatte, und streichelte es.

32

»*G*inger!«

Jemand rüttelte an ihren Schultern. Ihr Kopf rollte herum, doch Ginger konnte nicht die Augen öffnen.

»Ginger, wach auf!«

»Mummy?«, sagte Ginger verwaschen. »Kommst du, um mich zu holen?«

»Sie halluziniert. Pippins! Rufen Sie den Arzt. Wir brauchen Pilocarpin!«

»Ginger, trink das hier. Das ist Wasser. Es wird das Gift verdünnen.«

Sie riss die Augen auf. »Du bist nicht meine Mum.«

Haley hielt ihr ein Glas an die Lippen. Ginger konnte nicht widerstehen. Vielleicht war es nicht echt, nur eine Oase in ihrer inneren Wüste, aber sie trank trotzdem und spürte, wie die kühle Flüssigkeit ihr Kinn hinablief.

Das Herz pochte in ihrer Brust. »Mir ist ... so heiß.«

»Ich weiß, Liebes. Gleich kommt Hilfe.«

Zittern. Dunkelheit.

»Ginger! Dr. Longden ist hier.«

»Daddy.« Tränen befeuchteten ihre brennenden Augen. »Oh, Daddy!«

»Trinken Sie alles aus, Lady Gold.«

Ginger trank.

»Jetzt lassen wir sie schlafen«, sagte der Arzt.

33

Als Ginger erwachte, war es Morgen. Doch sie fühlte sich nicht erfrischt und energiegeladen, sondern so schwer, als wären ihre Glieder aus Blei. Die Augen waren trocken und juckten, ihre Lippen klebten aneinander.

»Trink das hier.«

Haley hob Gingers Kopf an und hielt ihr ein Glas Wasser an die Lippen. Ginger trank, dann ließ sie den Kopf wieder aufs Kissen sinken.

»Ich fühle mich, als wäre ich von einem dieser roten Stadtbusse überfahren worden.«

Haley ergriff Gingers warme Hand und drückte sie. »Ich bin nur ...« Ihre Stimme brach. »Ich bin sehr dankbar, dass du noch unter uns weilst.«

»Ich selbst bin auch recht froh darüber.«

»Dr. Longden meint, dass du wieder gesund wirst. In ein paar Wochen ist das Gift vollständig ausgeschieden. Bis dahin sollst du dich ausruhen.«

»Da werde ich nicht widersprechen. Zumindest heute nicht.«

Ginger sah ihre Freundin an. Im Gegensatz zu sonst trug Haley ihr langes Haar nicht zu einem falschen Bob hochgesteckt, sondern hatte es zu einem Zopf geflochten, der ihr über die Schultern fiel und aus dem einzelne Locken heraustraten. Die verräterischen Ringe unter den Augen zeugten von Müdigkeit und Sorgen.

»Hast du letzte Nacht überhaupt ein Auge zugetan?«, fragte Ginger.

»Ein bisschen. In deinem Sessel. Ich konnte dich nicht allein lassen, bis ich sicher wusste, dass du ...«

Ginger lächelte sanft. »Mir geht's gut, Haley. Ich bin wieder ganz die Alte, bevor du es merkst.«

»Ich rechne fest damit.«

»Wie hast du mich gefunden?« Ginger war sich sicher gewesen, dass sie in der Dachkammer sterben würde.

»Boss hat ein großes Gezeter veranstaltet«, sagte Haley. »Pippins hat versucht, ihn zu beruhigen, aber der Hund wollte unbedingt zur Treppe. So ist Pippins ihm bis zur Dachkammer gefolgt. Er hat mit dem Generalschlüssel, den er immer bei sich trägt, die Tür aufgeschlossen.«

»Ach Bossy«, sagte Ginger. »Du hast mir das Leben gerettet.«

Als der Hund seinen Namen hörte, sprang er aufs Bett. Ginger klopfte auf den leeren Platz neben sich, woraufhin Boss sich unter ihrem Arm zusammenrollte.

»Was ist mit Mrs Thornton?«, wollte Ginger wissen.

Haley schüttelte den Kopf. »Ich weiß leider überhaupt nichts. Ich kann aber Chief Inspector Reed anrufen, wenn du willst.«

Ein Klopfen an der Schlafzimmertür unterbrach sie. Haley ging nachsehen, wer es war.

»Hallo, Pippins«, sagte sie.

Auf dem Gang wurde geflüstert, weshalb Ginger kein Wort verstehen konnte. Dann kam Haley wieder herein. »Ich muss den Chief Inspector gar nicht erst anrufen. Er ist schon hier.«

»Was?« Ginger stützte sich auf den Ellbogen, hatte aber nicht die Kraft, ihre Beine aus dem Bett zu schwingen.

»Leg dich wieder hin«, wies Haley sie an. Sie stopfte Kissen ans Kopfteil und half Ginger, sich aufrecht hinzusetzen.

»Sag bloß nicht, du hast ihn in mein Zimmer eingeladen!«

»Wir haben keine andere Wahl. Chief Inspector Reed ist in offizieller Funktion hier. Er wollte unbedingt wissen, ob du aufgewacht bist.« Haley zwinkerte. »Ich glaube, er ist *ganz besonders* um dein Wohlergehen besorgt, Lady Gold.«

»Ach, Unsinn.«

»Bist du bereit?«

Ginger mochte zwar an einer Vergiftung leiden, aber ihr Verstand war nicht so beeinträchtigt, dass sie vergessen hätte, wie man sich präsentierte.

»Bring mir meinen seidenen Morgenmantel, den smaragdgrünen«, bat sie Haley. »In der Schublade.«

Haley holte das Kleidungsstück und half Ginger beim Anziehen.

»Und jetzt mein Schminkkästchen.«

»In Kuckucks Namen, Ginger, es ist ein Verhör, kein Fototermin für eine Modezeitschrift.«

»Du hast recht, es ist zu viel. Dann eben nur Mascara und Lippenbalsam.«

Mit gespielter Entrüstung holte Haley die Schminksachen. »Ich habe keinen Zweifel daran, dass du schon wieder auf dem aufsteigenden Ast bist. Entweder das, oder du verleugnest deine Gefühle für den Chief Inspector.«

»Miss Higgins«, sagte Ginger. »Du vergisst immer wieder, dass der Chief Inspector verheiratet ist.«

Haley zuckte mit den Schultern. »Aber bis jetzt hat er uns keine Ehefrau präsentiert.«

»Glaubst du, sie ist ein Phantom? Warum sollte der Chief Inspector so tun, als wäre er verheiratet?«

»Ich sage ja nicht, dass er so tut, ich sage nur, dass mit seiner Ehe etwas nicht stimmt.«

Ginger wusste ja, wie wahr diese Annahme war, aber sie wollte Haley nicht auch noch Munition liefern. »Er trägt einen Ring.«

»Vielleicht will er sich damit in der Gesellschaft Respekt verschaffen. Oder vielleicht hält er sich damit unerwünschte Aufmerksamkeit des weiblichen Geschlechts vom Leib. Er ist immerhin sehr attraktiv.«

»Hmm. Ist mir nicht aufgefallen.« Ginger starrte auf ihr Spiegelbild. »Ach, du meine Güte. Ich sehe furchtbar aus!«

»Du siehst überhaupt nicht furchtbar aus. Eher wie jemand, der knapp dem Tode entronnen ist. Kann ich jetzt den Chief Inspector holen? Er sitzt wahrscheinlich schon auf glühenden Kohlen.«

»Also gut.«

Dass sie sich in einem solchen Moment über ihr Aussehen sorgte, war der Inbegriff von Eitelkeit, schalt sich Ginger. Haley hatte recht. Dies war kein Anlass, sich über

Äußerlichkeiten Gedanken zu machen. *Vielleicht wäre dir dein Aussehen egal, wenn es sich um einen anderen Chief Inspector handeln würde, einen weniger attraktiven,* sagte ihr ein leises Stimmchen, das sie aber schnell wieder beiseiteschob.

Nun kam Haley mit Reed im Schlepptau. Seine Augen, an denen bei dienstlichen Angelegenheiten sonst nichts abzulesen war, blitzten vor Sorge auf, seine Stirn wies tiefe Furchen auf. »Lady Gold, wie geht es Ihnen?«

»Ich bin sehr müde, aber Dr. Longden meint, dass ich wieder ganz gesund werde.«

Reed fasste sich. »Gut. Sehr gut.«

Haley nahm auf dem Sessel Platz, in dem sie schon die Nacht verbracht hatte, um der Situation etwas mehr Anstand zu verleihen. Es würde sich nicht ziemen, wenn Ginger und der Chief Inspector allein in Gingers Schlafzimmer wären.

Der Blick des Chief Inspectors blieb auf dem gerahmten Foto hängen, das auf dem Nachttisch stand, was Ginger nicht entging. »Mein verstorbener Mann«, erklärte sie, was ohnehin offensichtlich war.

»Das habe ich vermutet. Ist er in Frankreich begraben?«

»O nein. Er liegt im Familiengrab auf Bray Manor.«

»Hat jemand die Dowager Lady Ambrosia und Miss Felicia über Ihre ... über die unglücklichen Ereignisse von gestern informiert?«

»Ich weiß es nicht. Haley?«

Haley strich ihren Zopf über die Schulter zurück. »Nicht, dass ich wüsste.«

Ein Gefühl des Grauens kroch Gingers Rücken hoch. »Meinen Sie, dass sie in Gefahr sein könnten, Basil?«

»Nein, das glaube ich nicht. Als Vorsichtsmaßnahme habe ich zwei Constables zur Bewachung von Bray Manor abgestellt.«

Ginger atmete laut aus. »Ich danke Ihnen. Und wenn es für die Ermittlungen nicht notwendig ist, möchte ich darum bitten, dass die beiden nichts erfahren. Die Nerven meiner Großmutter würden das nicht verkraften.«

»Natürlich.« Reed holte sein Notizbuch und einen Bleistift aus der Manteltasche. »Ich möchte nicht zu viel von Ihrer Zeit in Anspruch nehmen. Der Arzt hat Ihnen sicherlich Ruhe verordnet.« Er las seine Notizen, dann blickte er wieder zu Ginger. »Können Sie mir bitte genau schildern, was Sie machten, nachdem Sie gestern Scotland Yard verlassen haben?«

Ginger holte Luft und begann. »Ich bin mit dem Taxi zur medizinischen Fakultät gefahren. Dort haben Haley und ich zusammen gegessen.«

»Haben Sie über den Fall gesprochen?«

»Ja. Ich habe ihr von dem Gespräch mit Andrew Bailey berichtet, und wir haben gemeinsam Dr. Watts aufgesucht, der bestätigt hat, dass die Todesursache Vergiftung war. Nur wusste er noch nicht, um welches Gift es sich handelte. Von dort bin ich mit dem Taxi zurück nach Hartigan House gefahren, wo Mrs Thornton mir Tee anbot. Ich ließ ihn auf mein Zimmer bringen, weil das für mich gemütlicher war. Nachdem ich eine Tasse getrunken hatte, kam Mrs Thornton zurück und brachte mich in Baileys alte Kammer.«

»Hat sie etwas zu Ihnen gesagt?«

»Ja, das hat sie. Und zwar hat sie ein volles Geständnis abgeliefert.« Ginger schilderte Mrs Thorntons Beziehung zu

Eunice und dass die Frau den Ring erkannt hatte. Reed kritzelte eifrig in sein Notizbuch. »Ich hatte mich bei unserer Soiree schon gewundert, dass sie ins Speisezimmer gekommen war, was für eine Köchin eher ungewöhnlich ist. Ihr muss die Zusammenstellung der Gäste aufgefallen sein. Lord Turnbulls Blue Marlin war eine perfekte Tarnung für die Tollkirschen. Jetzt ist auch klar, warum Mrs Thornton nach dem Essen noch Kekse in den Salon brachte. Sie hat einen Vorwand gebraucht, um an den Getränkewagen zu kommen.«

»Ich muss die Flasche Curacao als Beweismittel mitnehmen«, sagte Reed.

Nun schaltete sich Haley ein: »Ich verstehe immer noch nicht, warum sie hinter dir her war.«

Beschämt wandte Ginger den Blick ab. Das Andenken ihres Vaters und der Name der Familie würden für immer durch diese Ereignisse befleckt sein. »Mein Vater hatte mit Lord Turnbull zu tun, inwiefern, weiß ich nicht, aber Mrs Thornton fand, dass er durch seine Verbindung zu Turnbull eine Mitschuld trug. Die Tatsache, dass Eunices Leiche in diesem Haus gefunden wurde, untermauert ihre Theorie.«

»Ich glaube, ich kann Sie beruhigen«, sagte Reed. »Der Yard hat alle Finanzen und Geschäftsangelegenheiten von Lord Turnbull durchleuchtet. Er hat über ein Unternehmen, das Mr Hartigan mitfinanziert hatte, in großem Maßstab Finanzbetrug per Schneeballsystem betrieben. Da war Ihr Vater schon seit einigen Jahren in Boston, und es scheint, dass er von dem Betrug zunächst nichts mitbekommen hat. Laut William Hayes hatte er später geplant, nach London zurückzukehren, um diese Sache in Ordnung zu bringen,

wurde aber zu krank, um zu reisen. Er hatte Mr Hayes ange-
wiesen, zur Polizei zu gehen, aber Mr Hayes war der
Meinung, dass eine solche Aktion den guten Namen
Hartigan durch den Dreck ziehen würde.«

Als sie das hörte, fiel Ginger eine große Last von den
Schultern. Der Ruf ihres Vaters, der Name der Familie
würde unversehrt bleiben. Sie empfand ein Gefühl der
Dankbarkeit gegenüber dem Anwalt.»Wahrscheinlich hatte
er recht.«

»Ja. Wäre Mr Hayes allerdings zur Polizei gegangen, wäre
Lord Turnbull noch am Leben.«

»Bekommt er jetzt Schwierigkeiten?«, wollte Ginger
wissen.

»Hayes ist durch die anwaltliche Schweigepflicht
geschützt.«

Ginger bekam ein schlechtes Gewissen, weil sie den
Anwalt falsch eingeschätzt hatte.»Brauchen Sie sonst noch
etwas, Chief Inspector?«

Reed klappte sein Notizbuch zu.»Ich denke, das ist alles
für den Moment.«

Haley hielt ihn auf.»Gibt es etwas Neues von
Mrs Thornton?«

»Oh, ja. Ich habe das Fehlen eines Ihrer Kunstwerke
bemerkt, Lady Gold, und ein Telegramm an alle Galerien,
Auktionshäuser und Pfandhäuser geschickt. Mrs Thornton
wurde in York aufgegriffen.«

»Welches Kunstwerk war es?«, fragte Ginger.

»Die *Meerjungfrau*.«

*G*inger war es nicht gewohnt, den Gang nach Canossa anzutreten, aber wenn sie sich bei etwas oder in jemandem irrte, war sie die Erste, die es zugab. So saß sie nun gegenüber von Mr Hayes vor seinem massiven Eichenschreibtisch und sagte mit aufrichtiger Reue: »Ich habe Sie falsch eingeschätzt, Mr Hayes. Aus welchem Grund auch immer habe ich Ihnen misstraut und angenommen, Sie hätten meinen Vater irgendwie betrogen. Stattdessen stellt sich heraus, dass Sie ihn und seinen Ruf schützen wollten. Ich bedaure diesen Irrtum zutiefst, und sollte ich Sie in irgendeiner Weise verletzt haben, möchte ich Sie um Verzeihung bitten. Ich hoffe, Sie werden meine Entschuldigung annehmen.«

William Hayes formte mit den Händen ein Zelt und lächelte. »Sie sind nicht die Erste, die mich falsch einschätzt, Lady Gold, und Sie werden auch nicht die Letzte sein. Ich fasse es eher als ein Kompliment auf. In meinem Beruf hilft es, die Leute im Dunklen tappen zu lassen. Also ja, ich nehme Ihre Entschuldigung an.«

»Ich danke Ihnen.«

Der Anwalt beugte sich vor und sagte leise: »Ich sollte mich auch bei Ihnen entschuldigen, Mylady. Ich schäme mich für das unprofessionelle Verhalten, das ich in Ihrem Haus an den Tag gelegt habe. Es ist mir sehr peinlich. Ich tauge sehr viel besser dazu, hinter einem Schreibtisch zu sitzen, Papiere zu lesen und zu unterschreiben.«

»Wir alle gehen mit Stresssituationen auf eigene Weise um«, entgegnete Ginger. »Es tut mir nur leid, dass Sie den Vorfall miterleben mussten.«

Der Anwalt lehnte sich in seinem großen Ledersessel zurück und nahm seine Fingerübungen wieder auf. »Wie Nietzsche schon sagte, was uns nicht umbringt, macht uns stärker.«

Lachend erhob sich Ginger. »Guten Tag, Mr Hayes.«

»Guten Tag, Lady Gold.«

GINGER SETZTE sich in einer Teestube in der Regent Street an einen Tisch und blickte aus dem Fenster, während sie auf Haley wartete. Auf dem Bürgersteig waren Fußgänger unterwegs, auf den Straßen Pferdekutschen und Automobile. Dann fiel ihr Blick auf ihr Spiegelbild in der Glasscheibe. Sie zog ihre Handschuhe aus und strich den Bob glatt, dann formte sie die beiden Locken nach, sodass sie mittig auf der Wange lagen. Ihre Augen waren klar, sie sah ausgeruht aus. Dr. Longden hatte bestätigt, dass sie wieder frei von Atropin war, und er hatte ihr einen einwandfreien Gesundheitszustand attestiert. Ginger richtete ihren schwarzen Samthut. Auf der linken Seite hatte er einen geschwungenen Rand mit einer großen königsblauen Feder und saß in einem perfekten Winkel auf ihrem Kopf.

Einen Augenblick später kam Haley zusammen mit einer kühlen Herbstbrise hereingeweht.

»Hallo, Schwester Higgins«, grüßte Ginger sie. »Ich muss dich einfach so nennen, solange ich noch kann. Bald muss ich dich mit Dr. Higgins ansprechen.«

Haley setzte sich und zog ihre Handschuhe aus. »Du kannst mich nennen, wie du willst, Lady Gold.«

Ginger lächelte ihre Freundin an. Der glockenförmige Hut hatte den Wind nicht davon abgehalten, Haleys falschem Bob übel mitzuspielen. Einzelne lange Locken hatten sich gelöst und umrahmten ihr breites Gesicht.

Als die Kellnerin kam, gaben sie ihre Bestellung auf: Minztee für Ginger und starker Kaffee – mit Milch und zwei Stück Zucker – für Haley.

»Schön, dich wieder auf den Beinen zu sehen«, sagte Haley.

»Oh, ich war schon sehr beschäftigt.«

Haley legte den Kopf schief. »Tatsächlich? Erzähl.«

»Zunächst einmal habe ich eine Entscheidung bezüglich London getroffen. Ich werde hierbleiben.«

»Das sind ja großartige Neuigkeiten!«, rief Haley. »Ich meine, das sage ich nur, solange ich auch hier bin. Wenn ich nach Boston zurückgehe, werde ich todtraurig sein.«

»Willst du denn ganz sicher wieder zurück?«

»Das war schon immer mein Plan. Ich will hier meinen Doktor machen und dann zum Arbeiten wieder in die Staaten zurückkehren. Meine Familie ist dort. Ich habe es ihnen versprochen.«

»Na ja, es dauert ja noch, bis es so weit ist. Du bleibst mindestens noch zwei Jahre hier.«

»Mindestens«, erwiderte Haley.

Ihre Getränke wurden gebracht und sie nahmen sich einen Moment Zeit, um die ersten Schlucke zu genießen. Ginger sah Haley in die Augen und sagte mit einem Hauch von Erregung in der Stimme: »Es gibt einen Grund, warum ich dich hierher in die Regent Street bestellt habe.«

»Ich hatte mich schon gewundert.«

»Siehst du die leere Ladenfront dort drüben?« Ginger zeigte auf ein vierstöckiges Gebäude aus hellem Kalkstein, in dessen Schaufenster ein Schild angebracht war, auf dem »Zu vermieten« stand.

»Ja?«, sagte Haley, indem sie das Wort fragend in die Länge zog.

»Man hat einen Mieter gefunden. Mich! Ich bleibe in London und eröffne einen Modesalon!«

Mit heruntergeklappter Kinnlade setzte Haley ihre Kaffeetasse ab. »Das ist perfekt, Ginger!«

»Nicht wahr! Ich brauche eine Beschäftigung, und na ja, ich liebe Mode. Die Idee ist mir gekommen, als Felicia und ich die anderen Geschäfte erkundet haben. Ich konnte nicht anders, als zu denken, dass es Spaß machen würde, einen solchen Laden zu führen. Die Menschen, die man treffen, die Kleider, die man tragen könnte.«

»Ich habe keinen Zweifel daran, dass du in kürzester Zeit in aller Munde sein wirst.« Haleys Augen funkelten begeistert. »Hast du dir schon einen Namen überlegt?«

»Jawohl, das habe ich.« Ginger bewegte eine offene

Handfläche durch die Luft wie ein Banner. »Ich nenne es *Feathers & Flair.*«

Wᴇɴɴ ᴅɪʀ Mᴏʀᴅ *auf Hartigan House* gefallen hat, bitte weitersagen!

Empfehlen: Damit andere das Buch auch finden können, empfiehl es Freunden, Lesezirkeln, Buchclubs und deiner Bücherei vor Ort.

Rezensieren: Schreibe eine Rezension auf leestraussbooks.com oder Amazon und/oder Lovely Books und teile anderen Lesern mit, was dir an dem Buch gefallen hat.

Aber pssst! Bitte keine Spoiler.

Weiter ist MORD AUF BRAY MANOR

Ein Poltergeist als Mörder?

UM BRAY MANOR finanziell über Wasser zu halten, vermieten Felicia und Ambrosia das Anwesen für Vereinstreffen und Veranstaltungen. Dadurch geraten Strickerinnen, Briefmarkensammler und Gartenbegeisterte wöchentlich ins Visier eines Poltergeistes, der es lustig zu finden scheint, Gegenstände vor ihren Besitzern zu verstecken.

Als auf Bray Manor ein Tanzabend veranstaltet wird, um Geld für verletzte Soldaten zu sammeln, die nach dem Krieg Schwierigkeiten haben, sich zurechtzufinden, lädt Felicia auch ihre Flapper-Freundinnen und ihren neuen Verehrer, Captain Smithwick, ein. Ginger hat den Mann bereits kennengelernt, mag ihn jedoch nicht.

Der Abend endet mit einem Toten – und während Ambrosia den Poltergeist für den Schuldigen hält, ist Ginger fest davon überzeugt, dass der Mörder aus Fleisch und Blut ist ...

Shoppen Sie bei leestraussbooks.com

LESEN SIE weiter für Kapitel Eins

MORD AUF BRAY MANOR - KAPITAL 1

$\mathcal{G}$ inger Gold faltete den Brief zusammen, den sie gerade gelesen hatte, und ließ ihn auf den Beistelltisch fallen. »Haley, glaubst du an Geister?«

Ihre amerikanische Freundin Haley Higgins, die an der London School of Medicine for Women studierte, hatte es sich auf dem Sofa im Wohnzimmer von Hartigan House bequem gemacht und nippte an einem Verdauungssherry. Sie zog eine dunkle Braue hoch. »Warum? Hast du Post aus dem Jenseits bekommen?«

Ginger legte seufzend ihre Füße auf die Ottomane. Ihre Riemenpumps hatte sie ausgezogen, widerstand aber dem Drang, ihre Strumpfhalter zu öffnen und die Strümpfe ebenfalls abzustreifen. Der Spitzensaum ihrer türkisfarbenen Chiffontunika fiel lässig über ihre Knie. Das erst kürzlich in einem bekannten Pariser Modehaus erstandene Stück hatte eine breite Zierstickerei entlang des Mieders und vorn Pailletten, die im Licht des Kaminfeuers funkelten.

Boss, ihr Boston Terrier, hatte sich auf ihrem Schoß

zusammengerollt. Sie streichelte sein seidiges schwarzes Fell. »Der Brief kommt von Bray Manor. Von meiner Schwägerin Felicia.«

»Ist ihr das Landleben immer noch ein Graus?«, fragte Haley.

»Oh, absolut. Und ich kann mir nicht vorstellen, dass Ambrosia je den Familiensitz verlässt. Selbst wenn Felicia eine standesgemäße Verbindung einginge, würde Großmutter darauf bestehen, dass die Jungvermählten dort einziehen.«

Haley schnalzte mit der Zunge. »Arme Felicia. Wie geht es denn der guten Dowager Lady Gold?«

Ginger schob sich die Strähnen ihres roten Bobs hinter die Ohren und las vor.

Liebste Ginger,

ich hoffe, dieser Brief findet dich in bester Gesundheit. Wie aufregend, dass du einen Modesalon eröffnet hast. Ich freue mich schon sehr darauf, ihn zu besuchen – hoffentlich bald!

Heute schreibe ich dir, weil ich mir Sorgen um Großmama mache.

Seit unserem letzten Besuch bei dir haben sich ihre Nerven noch verschlechtert. Jetzt glaubt sie sogar, dass es hier auf Bray Manor spukt. Ich habe noch keine übernatürlichen Erscheinungen bemerkt, aber Großmama besteht darauf, dass ein Poltergeist am Werk ist.

Oh Ginger, du hast versprochen, uns zu besuchen, und das liegt nun schon Wochen zurück! Könnte ich dich überreden, schnell zu kommen? Ich weiß nicht, wie ich Großmama beruhigen soll. Aber du bist so klug und löst die schwierigsten Rätsel. Vielleicht kannst du ja auch dieses lösen.

In aufrichtiger Zuneigung,
Felicia

»Ein Poltergeist?«, fragte Haley. Aus ihrem falschen Bob hatte sich eine dunkle Locke gelöst, und sie blies sie sich von der Wange. »Das klingt, als ob die ältere Lady Gold langsam vergesslich wird. Vermutlich verlegt sie selbst irgendwelche Gegenstände und kann sich dann an nichts erinnern. Und hinterher glaubt sie, es wären arglistige Gespenster am Werk.«

Ginger gähnte und bedeckte den Mund mit dem Handrücken. Seit der Eröffnung ihres Modegeschäfts – *Feathers & Flair* – waren ihre Tage lang, arbeitsreich und anstrengend.

»Vermutlich hast du recht. Aber von Felicia zu erwarten, dass sie die Last, sich um Ambrosia zu kümmern, ganz alleine schultert, ist ein bisschen unfair von mir. Felicia ist jung. Sie sollte frei sein und ihr Leben leben können.«

»Gut gesprochen, Lady Gold.«

Ginger hatte ihren Titel durch die Heirat mit dem inzwischen verstorbenen Lord Gold erworben. Daniel, Felicias Bruder und Ambrosias Enkel, lag auf dem Familienfriedhof auf Bray Manor begraben. Seit ihrer Rückkehr nach London hatte Ginger sein Grab noch nicht besucht. Schon bei dem Gedanken daran verknotete sich etwas in ihrer Brust. Noch war sie nicht wirklich bereit, sich der Vergangenheit zu stellen.

Davon einmal abgesehen, war eine Reise nach Hertfordshire das Letzte, was sie im Augenblick brauchte. Diese zusätzliche Verpflichtung passte ihr nicht, aber sie kämpfte gegen ihren inneren Widerstand an.

»Ich weiß schlicht nicht, wie ich mich im Augenblick

vom *Feathers & Flair* loseisen sollte. Das Geschäft steckt noch in den Kinderschuhen und benötigt meine volle Aufmerksamkeit.«

»Dann fahr nicht.« Haley streckte sich und strich ihren wadenlangen Tweedrock glatt. Sie stand auf, trat an den offenen Kamin und schürte die Flammen. »Könntest du nicht jemanden einstellen, der öfter mal nach Ambrosia schaut?«

»Ja, vielleicht. Aber das schiene doch recht herzlos. Außerdem habe ich tatsächlich versprochen, sie zu besuchen, bevor der Winter kommt.«

»Dann fahr hin.«

Ginger warf ihrer Freundin einen ungeduldigen Blick zu. »Für dich gibt es nur schwarz oder weiß.«

Haley zuckte mit den Schultern. »Ich bin nun mal eine Naturwissenschaftlerin.«

Ihr Gespräch wurde vom Klingeln des Telefons draußen im Flur unterbrochen.

»Wer ruft denn um diese Zeit noch an?«, fragte Ginger.

Haley warf einen Blick auf ihre Armbanduhr. »Es ist erst neun.«

»Wirklich?« Ginger gähnte erneut. »Es fühlt sich viel später an.«

Pippins klopfte an die Wohnzimmertür und trat ein. »Telefon für Sie, Madam.« Er war groß, schlank und kahlköpfig und hatte die schlaffe Haut, die sich mit Mitte siebzig unweigerlich einstellte. Der Butler war schon in Gingers Kindertagen ein loyaler Diener der Familie Hartigan gewesen, und sie schätzte und mochte ihn sehr.

Sie setzte Boss auf den Boden. Der Hund streckte die Hinterbeine, dann ließ er sich auf dem runden türkischen

Teppich vor dem Kamin nieder und schlief sofort wieder ein.

»Wer ist es denn, Pips?« Wie so oft benutzte Ginger seinen Spitznamen.

»Miss Felicia Gold, Madam.«

Gingers Brust zog sich vor Sorge zusammen. Erst ein Brief und jetzt ein Anruf? Sie eilte in den Flur, drückte den Hörer ans Ohr und hob den Ständer mit der Sprechmuschel an den Mund. »Felicia?«

»Oh, Ginger.« Felicias Stimme klang dünn und besorgt. »Ich habe Angst.«

»Warum? Was ist passiert?«

»Ich habe gedacht, Großmama würde langsam wunderlich, weil sie ständig von Gegenständen spricht, die verschwinden und woanders wieder auftauchen. Aber jetzt habe ich es mit eigenen Augen gesehen. Der Garderobenständer wurde an einen anderen Platz gerückt. Und ich weiß, dass Großmama das nicht getan haben kann. Für sie ist er viel zu schwer. Aber vom Personal will es auch niemand gewesen sein.«

»Gütiger Himmel«, murmelte Ginger. »Keine Panik, Felicia. Sicher gibt es dafür eine ganz plausible Erklärung.«

»Ich möchte dir wirklich keine Umstände bereiten. Aber könntest du bitte herkommen? Am besten noch heute Abend?«

»Heute Abend? Das ist wirklich sehr kurzfristig.«

»Dann vielleicht morgen? Bitte, Ginger. Ich weiß nicht, was ich tun soll. Und Großmama ist völlig außer sich.«

»Na schön.« Ginger seufzte. »Dann morgen.«

»Danke, Ginger! Ich glaube, bis du hier bist, werde ich kein Auge zutun.«

Als Ginger ins Wohnzimmer zurückkehrte, saß Haley aufrecht da. »Ist alles in Ordnung?«

»Ich nehme an, du hättest keine Lust, mich auf eine kurze Reise nach Hertfordshire zu begleiten?«

»Wann denn?«

»Morgen.«

»Oh je.«

»Felicia ist dabei, den Kopf zu verlieren, und ich habe ihr versprochen, auf dem schnellsten Weg zu kommen.«

»Das Wochenende steht vor der Tür«, sagte Haley. »Und zufällig habe ich morgen keine Vorlesungen.«

»Dann kommst du also mit?«

»Nur wenn wir die Eisenbahn nehmen.«

»So schlecht fahre ich nun auch wieder nicht!«

»Tut mir leid, Ginger. Du weißt, mir wird übel, wenn du am Steuer sitzt. Und an den Linksverkehr werde ich mich sicher niemals gewöhnen.«

»Na schön.« Ginger schnaubte. Dass Haley so wenig Vertrauen in ihre Fahrkünste hatte, ärgerte sie. »Wir nehmen die Eisenbahn.« Für eine längere Autofahrt war sie sowieso zu erschlagen. Vielleicht konnte sie im Zug ja eine Weile schlafen. Das rhythmische Rattern der Räder auf den Schienen, wenn die Dampflok die Waggons durch die Lande zog, konnte einen tatsächlich einlullen.

Ginger klopfte sich auf den Oberschenkel und rief nach ihrem Hund. »Hey, Bossy.« Sie kraulte ihn hinter den spitzen Ohren. »Hast du Lust, auf Gespensterjagd zu gehen?«

Shoppen Sie bei leestraussbooks.com

ÜBER DIE AUTORIN

Die USA-Today-Bestsellerautorin Lee Strauss hat bereits mehrere Reihen historischer Cosy-Krimis veröffentlicht, darunter auch die viel gepriesene Krimireihe um Ginger Gold. Wenn sie nicht gerade schreibt oder liest, fährt Lee am liebsten Rad oder wandert und schaut hinaus aufs Meer. Sie trinkt gerne Caffè Latte und Rotwein an außergewöhnlichen Orten, dunkle Schokolade mag sie überall. Lee lebt mit ihrem Mann Norm Strauss und einer trägen Katze in Kanada.

Weitere Informationen zu den Büchern von Lee Strauss sowie Links zu ihren Social-Media-Accounts findest du unter leestraussbooks.com. Wenn du die nächste Neuerscheinung nicht verpassen willst, trag dich in den Newsletter ein! https://www.leestraussbooks.com/deutsch/

leestraussbooks@gmail.com
Facebook ~ Ein Fall für Ginger Gold
Instagram ~ Lee Strauss Autorin

MEHR VON LEE STRAUSS

Shoppen Sie bei leestraussbooks.com

Ein Fall für Ginger Gold (Ein 1920er-jahre cosy-krimi)

Mord auf der SS Rosa

Mord auf Hartigan House

Mord auf Bray Manor

Mord auf Feathers & Flair

GEFÄHRLICHE ZETTEL:

Vom Jungen zum Mann im Dritten Reich

AUF ENGLISCH

Ginger Gold Mystery series (cozy 1920s historical)

Cozy. Charming. Filled with Bright Young Things. This Jazz Age murder mystery will entertain and delight you with its 1920s flair and pizzazz!

Murder on the SS Rosa

Murder at Hartigan House

Murder at Bray Manor

Murder at Feathers & Flair

Murder at the Mortuary

Murder at Kensington Gardens

Murder at St. George's Church

The Wedding of Ginger & Basil

Murder Aboard the Flying Scotsman

Murder at the Boat Club

Murder on Eaton Square

Murder by Plum Pudding

Murder on Fleet Street

Murder at Brighton Beach

Murder in Hyde Park

Murder at the Royal Albert Hall

Murder in Belgravia

Murder on Mallowan Court

Murder at the Savoy

Murder at the Circus

Murder in France

Murder at Yuletide

Murder at Madame Tussauds

LADY GOLD INVESTIGATES (Ginger Gold companion short stories)

Volume 1

Volume 2

Volume 3

Volume 4

Volume 5

HIGGINS & HAWKE MYSTERY SERIES (cozy 1930s historical)

The 1930s meets Rizzoli & Isles in this friendship depression era cozy mystery series.

Death at the Tavern

Death on the Tower

Death on Hanover

Death by Dancing

THE ROSA REED MYSTERIES

(1950s cozy historical)

Murder at High Tide

Murder on the Boardwalk

Murder at the Bomb Shelter

Murder on Location

Murder and Rock 'n Roll

Murder at the Races

Murder at the Dude Ranch

Murder in London

Murder at the Fiesta

Murder at the Weddings

A NURSERY RHYME MYSTERY SERIES(mystery/sci fi)

Marlow finds himself teamed up with intelligent and savvy Sage Farrell, a girl so far out of his league he feels blinded in her presence - literally - damned glasses! Together they work to find the identity of @gingerbreadman. Can they stop the killer before he strikes again?

Gingerbread Man

Life Is but a Dream

Hickory Dickory Dock

Twinkle Little Star

LIGHT & LOVE (sweet romance)

Set in the dazzling charm of Europe, follow Katja, Gabriella, Eva, Anna and Belle as they find strength, hope and love.

Love Song

Your Love is Sweet

In Light of Us

Lying in Starlight

PLAYING WITH MATCHES (WW2 history/romance)

A sobering but hopeful journey about how one young German boy copes with the war and propaganda. Based on true events.

A Piece of Blue String (companion short story)

THE CLOCKWISE COLLECTION (YA time travel romance)

Casey Donovan has issues: hair, height and uncontrollable trips to the 19th century! And now this ~ she's accidentally taken Nate Mackenzie, the cutest boy in the school, back in time. Awkward.

Clockwise

Clockwiser

Like Clockwork

Counter Clockwise

Clockwork Crazy

Clocked (companion novella)

<u>Standalones</u>

Seaweed

Love, Tink

DANKSAGUNG

Vielen Dank an meine Lektorinnen Angelika Offenwanger und Robbi Brandt sowie an Heather Belleguelle, die mir geholfen haben, die Epoche und die britische Kultur authentisch wiederzugeben.

Ich danke Stephanie von der Mark für die Übersetzung ins Deutsche und Judith Zimmer für das Lektorat, sodass die Abenteuer von Ginger Gold auch auf Deutsch gelesen werden können.

Wie immer gilt meine Liebe meiner Familie, insbesondere meinem Mann Norm Strauss, der mir in vielerlei Hinsicht zur Seite steht, und meinem Sohn Joel, der unermüdlich als mein Assistent arbeitet.